六十而来“止”

刘紫娸　编著

国家开放大学出版社·北京

图书在版编目（CIP）数据

六十而未“止”/刘紫琪编著.-- 北京：国家开放大学出版社，2024. 11. -- ISBN 978-7-304-12669-8

Ⅰ. I267

中国国家版本馆 CIP 数据核字第 2024EN8706 号

六十而未“止”

LIUSHI ER WEI“ZHI”

刘紫琪　编著

出版·发行：国家开放大学出版社

电话：营销中心 010-68180820　　总编室 010-68182524

网址：http：//www.crtvup.com.cn

地址：北京市海淀区西四环中路 45 号　　**邮编：**100039

经销：新华书店北京发行所

策划编辑：黄　琴　李京妹　　**版式设计：**何智杰

责任编辑：张道静　黄　琴　　**责任校对：**吕昀豁

责任印制：武　鹏　沙　烁

印刷：北京鑫益晖印刷有限公司

版本：2024 年 11 月第 1 版　　2024 年 11 月第 1 次印刷

开本：148mm × 210mm　　**印张：**10.5　**字数：**207 千字

书号：ISBN 978-7-304-12669-8

定价：59.00 元

（如有缺页或倒装，本社负责退换）

意见及建议：OUCP_LN@ouchn.edu.cn

序

这本书，从我找到刘紫琪到正式出版，用了整整一年的时间。

紫琪采访了很多人，我也想了很久这本书的方向。

有时，人生的答案并不在年少的热血沸腾里，而在满头白发时的安然自信中。《六十而未“止”》是一部关于重新启程的书，它讲述了一群人如何在六十岁这个人生的转折点，拒绝停止，拒绝妥协，勇敢走上全新旅途的故事。

《六十而未“止”》不仅是一本书，更是一本关于时间的启示录，讲述了那些在人生后半程仍然选择追梦的人如何以新的步伐走向未来。

六十岁往往被视为人生某种意义上的终点。然而，这本书中的主人公们向我们展示了年龄只是一个数字，它永远不会定义一个人的价值。

岁月带走了我们的体力，却赋予了我们真正的智慧与力量。在六十岁以后的阶段，成功不再只是外在的财富或地位，而是心灵的宁静与内在的丰盈。这本书里的每一位主人公都是普通人，但他们用行动告诉我们：“真正的勇气，不是年轻时无所畏惧，而是年老时依然敢于开始。”

我们总以为追梦是年轻人的特权，却忽略了梦想没有年龄的界限。时间从不亏待那些心中有光的人。这些六十而未“止”的故事，正是对这句话最好的诠释。书中的主人公在经历生活的风浪后，依旧选择重新启航，这种勇气与坚持，是对抗时光的最佳武器。

就像紫琪说的那样，真正的成长，不是在你最有力气的时候拼尽全力，而是在你疲惫不堪时依然微笑前行。六十岁，只是时间的一道标尺，而非终点线。每一位在这条道路上奔跑的人，所追寻的不是年轻的影子，而是心中的那片天地。

书中的每一个故事都是一盏灯火，照亮了我们对未来的恐惧与迷茫。每一个故事里的每一位主人公都在用真实的经历告诉我们：人生的每一个阶段都是值得期待的。六十岁，他们选择了重燃青春；而你，是否也能从这些故事中找到属于自己的勇气？

人生是一场不断探寻意义的旅程，无论在哪个年龄段，只要心怀梦想，便没有止步的理由。所谓的“停止”，从来不是由年龄决定的，而是由心态定义的。当我们不再为过去的遗憾所牵绊，依然热爱当下，依然相信未来，便是人生最好的时刻。

愿你我在任何年龄，都能以无畏的姿态，走向人生的下一站。因为，最好的年华不在过去，而在每一个你决定前行的时刻。

李尚龙

2024年10月

前　言

时光不老，人生刚好

六十岁常常被视为人生的一道分水岭。很多人会在这一年到来时感慨万千，觉得自己开始步入暮年，个人越来越失去价值，生活越来越无趣。然而，在这本书中，我们要颠覆这种观念。

我们走访了十几位即将步入和已经步入六十岁的老人，他们是我们身边平凡、亲切的老人，却也是不平凡的“六十而未止”的“年轻人”。他们以自身的故事展示了梦想与生命的另一种可能，告诉我们六十岁是一个值得铭记的年纪，它是在生命的旅途中沉淀下来的智慧和经验的结晶，是另一种辉煌的开始。

“人老心不老”，这是他们共同的信念。在岁月的洗礼中，他们不仅积累了丰富的人生经验，更锻造了不断追求梦想的勇气。每个故事都如同一颗璀璨的星星，照亮了生活的每个角落。

在这一系列故事中，我们会看到他们对生活的热爱，对未来的期待。无论过去如何，他们都不愿意被岁月的枷锁束缚，而是选择以积极的态度，拥抱每一天的可能。人生的每一个阶段都有不同的风景，而他们的故事正是这幅画卷中最动人的一笔。

他们从没有以“年龄”为借口，拒绝改变，拒绝冒险，而是勇敢地去探索一切未知的可能性。他们站在六十岁的当口，却已将年龄抛之脑后，或许他们在体力上不再如年轻时那般充沛，但岁月的沉淀、智慧与经验的积累，让他们对自我有了更深刻的认知，对生命有了更通透的感悟，人生反而跃上了更高的阶段。

在他们的故事里，心态才是岁月真正的主宰。他们有人在学习一门新的技能，去探索未知的文化；有人投身公益事业，用自己的力量去帮助那些需要帮助的人；还有人去旅行，领略世界的美好，探寻自己的内心……无论他们选择什么，重要的是在这个过程中，他们的心态一直是积极的、向上的、年轻的，他们将生活都过得有滋有味，创造着不输过去甚至是超越过去的未来。也正因为如此，每一个当下都是他们最年轻的时刻。

在这个快速变迁的时代，岁月的流逝无法阻挡，人生的旅程充满了未知与挑战，想在这条道路上走得更远，就必须具有良好的心态。四季不停，容颜老去，但年轻的心态，能让白发苍苍的老人依然神采奕奕，眼中有光，在每个晨曦中都能感受到生活的美好。

书中的每一个主人公称不上是风云人物，但他们都是自己生命中的主角。他们以自己的亲身经历证明了沧桑不改热爱，世事不缺意气，不管多大年龄，不问过往，只要心怀梦想，就应勇敢地走出去，让生命在不断的挑战中焕发新的光彩。

六十而未“止”，不仅仅是老人们追求梦想的见证，更是生命的宣言和对未来的承诺。

希望每一位读者能在这些故事中找到共鸣，无论正处于人生的哪个阶段，都能从中汲取力量与灵感，勇敢追梦，书写属于自己的精彩篇章；无论面临怎样的人生境遇，都能意气风发地驰骋在悠长的岁月中，拥抱生命中的每一个精彩瞬间。

刘紫琪

2024 年 6 月

contents 目录

时光裁缝铺

01

明师傅的裁缝手艺是祖传的，他的爷爷靠这门手艺养活了五个孩子，父亲靠这门手艺带着家人熬过了困难时期。明师傅天赋高，手艺比父辈们还精湛，二十岁的时候就在最繁华的街道上开了一家裁缝铺，生意做得红红火火。最重要的是，明师傅赢得了心仪姑娘的芳心，组建了自己的小家，有了一个可爱的女儿，取名玥玥。明师傅更有干劲儿了，他给铺子换了招牌，叫“时光裁缝铺”，他说将用这间铺子见证自己最好的时光，给家人创造最好的时光，也为客人记录他们的时光。

时光裁缝铺也如明师傅所愿，见证了最好的时光。明师傅的名气越来越大，甚至在那个消息靠口口相传的年代，很多外地人都慕名来找明师傅裁剪衣服，尤其是在婚丧嫁娶、小儿百日等人生关键日子，大家都希望能穿上明师傅做的衣服。明师傅妻子是姑娘媳妇们羡慕的对象，她的衣服永远剪裁得体，新颖别致。在女儿玥玥的心中，明师傅更是魔法师一般的存在，别的小女孩只在动画片上见过蓬蓬的公主裙，而父亲能做出和白雪公主一模一样的裙子。一张案台、一架缝纫机、一台锁边机、一个电熨斗、一根皮尺、一块粉饼，再加上一把大剪刀，就是明师傅“征战沙场”的全部工具，也是他荣耀光辉的所在。

然而，承载诸多美好的时光裁缝铺却慢慢被时光抛在了身后。原来最繁华的街道早被豪华的商业中心取代，时尚新颖的服装店遍地都是，人们随时可以买到心仪的衣服，再也不需要量体裁衣、加工赶制的等待。做衣服的人越来越少，只有一些熟络的老朋友偶尔来找明师傅定做，平常便只有改改衣服尺寸、换个拉链、缝补衣服上的破洞之类的琐碎活计。三年前，明师傅的妻子病逝，女儿玥玥不放心明师傅一个人，让明师傅把铺子关了，搬去她所在的城市一起生活。但关掉铺子，就是关掉了过去四十多年的时光，明师傅舍不得。今年，明师傅检查出高血脂、高血压，女儿更是隔三差五地打电话催促。明师傅却是一副“任尔东西南北风，我自岿然不动”的态度。女儿无奈，最后只得和明师傅约定以半年的时间为限，半年内如果明师傅能接到 15 个做衣服的订单就不再干涉他，裁缝铺想开到什么时候就开到什么时候。

可是已经过去四个月了，明师傅只改了三条裤子、补了一件羽绒服、换了五个拉链、缝了一个婴儿床的褥子套。现在是 11 月，以前这个时候，案台上的布料已堆得如小山般高，快到年底时，给老人、小孩做身新衣服是很多家庭的惯例，若是钱有盈余，再给自己做件衣服，所以每到这个时候明师傅都要忙到后半夜。他从来都是来者不拒，妻子让他少接一些活儿，他说快过年了，想让大家都穿上漂亮的新衣服迎接新年。

明师傅擦拭着落满灰尘的缝纫机，收拾着空无一物的案台，抚摸着码放整齐的布料，把皮尺、粉饼拿起来又放下，在铺子里来回转着，试图找点事情做。看着铺子外路过的行人、行驶的车辆都有自己的方向，明师傅对着妻子的照片喃喃自语道："秀珠，这铺子真的开不下去了吗？"

02

11 月底的时候，明师傅终于接到了订单。

老张的儿子小满要结婚了，老张带儿子来定做婚礼时穿的西装。“啥牌子的衣服都没有你明叔做的衣服好，穿着合身。”老张对儿子说，“我们当年结婚谁要是穿的不是你明叔做的衣服，那都是要被人看不起的。”

明师傅赶忙说：“言重了，那都是大家抬举。”

老张说：“那也是因为你手艺好。”接着又对儿子说道，“你小时候的衣服都是你明叔做的。有一年六一儿童节你们表演节目，服装是绿军装，演出前一天晚上你穿着衣服各种显摆，恰巧那天停电，点了支蜡烛，你转圈转着把蜡烛扑倒了，衣服烧了个大窟窿，还是你明叔连夜给你重新做了一套。”

小满说：“记得记得，我当时都吓哭了，觉得完了，要被老师狠狠批评一顿了。是明叔救了我啊！”

明师傅笑着说：“都是小事，小孩子衣服好做。”

老张也笑着对明师傅说："结婚这么大的事，还是得穿上你做的衣服才妥帖。我想让儿媳也来你这儿做衣服，小满说她要穿婚纱，你这儿做婚纱吗？"

明师傅说："哎哟，婚纱我可做不了，做婚纱需要很多配饰，我这小店没那些材料。"

"没事，给我们爷俩做就行。"老张一边说着，一边熟练地张开双臂，让明师傅量尺寸。

定款式，选面料，量尺寸，明师傅觉得自己这株干枯的植物终于等来了一场甘霖，开始焕发新的生机。明师傅做出来的衣服都是顾客心里想要的那种款式，甚至一些顾客可能都说不出来自己想要什么样的款式，但是等明师傅做出来，就会恍然大悟且赞不绝口地说："对对对，我就是想要这样的！"明师傅做的衣服从不花哨，也没有多余的点缀装饰，但是会让每个人穿上之后能够展示出最好的自己。明师傅因为在几十年中练就了一双"裁缝眼"，所以不仅量体裁剪分毫不差，更能体察顾客的外形优势以及心中所想所爱，真正做到量身定做。

老张的身形和喜好明师傅再清楚不过了，所以老张让明师傅直接定面料和款式："从你开这个铺子，我就一直在你这儿做衣服，早到几十年前结婚，近到前年的六十岁生日，每次你做的衣服都让我显得精神十足，这次儿子结婚我把衣服的事儿交给你最踏实。"

明师傅笑着说："放心，没法帅过新郎，但保证让你帅过其他老头儿。"

给小满量尺寸时，明师傅觉得他有心事，与老张的兴奋和期待不同，小满虽也是面带笑容，但明师傅还是感到其心中的一丝敷衍和不满。想着年轻人的喜好和老年人不同，且又是婚姻大事，明师傅拿来布料样品一一介绍，又在纸上画了西装的设计图，小到排扣、领型、扣眼之类的小细节都仔细讲解。明师傅明显感觉小满对他的认同增加了许多，讲到最后，小满对设计方案欣然同意：“明叔，那就按照这个做吧，我挺喜欢。”

老张说：“你就放心吧，你小时候哪次过年不是穿着明师傅做的新衣服到处显摆？叫我说，让你媳妇儿别穿什么婚纱了，来明师傅这儿做一身，你妈当年那身喜服可是十里八乡人见人夸。”

明师傅忙打断老张，说道：“哎呀，孩子们有自己的想法，他们才是婚礼的主角，肯定要按他们的喜好来嘛。咱们做父母的就少说话，多配合。”

老张和儿子走后，明师傅马不停蹄地开始忙活起来。他本来准备让布行把面料送来，想想还是觉得亲自去才放心。

布行在北三环，离铺子有些远，往常明师傅都是先坐公交后换乘地铁，今天他想节省些时间，破例打了出租车。布行陈老板与明师傅也是二十多年的老交情了，老远见到明师傅就热情地招呼道：“明师傅，好久不见你啦。”

“是啊，现在铺子生意少。要不是朋友照顾，还没有生意呢。”

“忙活一辈子了，也该歇歇了。”

“那你咋不歇着？都七十了，还忙着赚钱呢。”

“唉，儿子顶不上事啊。仓库压了那么多布料，不敢偷懒啊。”陈老板有些无奈地摆摆手说道，“不说了不说了，说起来都糟心。来看看你需要的料子。”

陈老板拿出几匹布，颜色、纹路看起来跟明师傅拿的样本一模一样，但明师傅上手一摸就摸出了区别。陈老板伸出大拇指赞叹道：“不愧是火眼金睛的裁缝眼。这是新出的料子——化纤仿毛，和纯羊毛相比几乎没什么区别，一般人分辨不出来，但价格要比纯羊毛便宜一半。”

明师傅拿着料子仔细对比了一下，说：“大体上看着差别不大，但这仿的，光泽还是要暗淡一些，手感疲软，挺括感也差一些。顾客订的衣服是结婚时要穿的，还是选纯羊毛的料子吧。”

“还是明师傅讲究，我这就给你准备。”陈老板边整理着布料边问道，“这衣服收定金了吧，你选的料子可是贵货，大几千了，不会又是自己先垫钱吧？”

明师傅笑道：“都是多年的老朋友了，没那么多规矩。”

“那万一对方不要了，你可要亏不少。”陈老板皱着眉头说。

“没事，对方跟你一样，都是几十年的老交情了，放心。”明师傅语气轻松地回答。

陈老板无奈地笑了，“垫钱做衣服的裁缝，你也是头一个。”

选好了布料，明师傅正准备走，陈老板叫住了他，“本来我最近要去找你的，恰巧你今天来了，有件事要拜托你。”

“啥事？你说。”

“帮我做套寿衣。”陈老板笑着说道，“我们闽南人很注重这个，这是大事。按我们那儿的习俗，六十岁后就要开始准备了，可儿女没一个放在心上的，我只好自己张罗。”

明师傅说：“也不能怪孩子们，现在这些老习俗年轻人没几个懂的。到了咱们这个岁数，是该备着了。寿衣，寓意健康长寿，提前做，添福增寿。放心，这件事就交给我。”

陈老板的眼眶一下子就红了，说道：“虽说现在什么都能买现成的，但总感觉少些温度，人生最后一件衣服还是希望就是专门为自己做的。找你，我安心。”

在明师傅心里，衣服就是时光的刻刀，雕刻着每一个人的形象，也记录着人生的每一段路程。衣服的一生，就是人的一生。明师傅做了四十多年的衣服，已经记不清自己到底做了多少件，但不管是给谁做、做什么样的衣服，他都仔细、郑重，因为他知道每一件寻常衣服所承托的都是一份不寻常的情愫。

明师傅就是怀着这样虔诚的心情开始裁剪，缝制样衣。一周之后，明师傅约老张父子来试样衣，以确定袖型、袖笼等细节。样衣只有一只袖子，且只是衬里，但老张仍赞不绝口。明师傅笑着说：“都这么熟了，就不用这么硬夸吧。”

老张说：“我可是真心实意的，样衣都这么合适，成品肯定没的说啊。”

样衣确认后，明师傅开始正式制作老张的西装。可小满一直说忙，没时间来试。明师傅隐约觉得可能有变故。果然，在明师傅第三次和小满约时间时，小满支支吾吾地说："明叔，我媳妇儿说衣服她来定，就不在您这儿做了。"

03

明师傅是个老裁缝，但他的观念可不老。在没有互联网的年代，他订报纸、看杂志，对每年的服装流行趋势都了如指掌；有了互联网后，他学会了使用电脑、智能手机，时刻关注流行资讯。所以，明师傅做的衣服是一直走在时尚前沿的。虽然明师傅是一个小铺子的裁缝，但是西装的各个版型，无论是欧洲版、美国版、英国版，还是后来流行的日版、韩版，他做起来都游刃有余，服装成品也都是上乘之选。

“不是您衣服做得不好，是……是……是……您没有名气。”小满的一句话道出了明师傅的困境。

明师傅沉默了，小满继续说道：“明叔，现在什么都讲究品牌。东西再好，没有品牌和知名度别人都是不认的。您设计的那套衣服我很喜欢，但我媳妇儿说还是要订个品牌的，要不然别人问我衣服是什么牌子、在哪儿定做的，我如实说了，别人可能会看轻我的，尤其是我岳父岳母那边的亲戚朋友。”小满越说声音越小，隔着电话都能听出来心虚。

明师傅也是几十年的生意人了，道理也是懂的。当年排队找他做衣服和如今没人找他做衣服，这两种境遇的根本原因是一样的，都是因为名气。他语气温和地说："好的，小满，我知道了。那就不做了，没关系的。"

"真是太感谢您了。"小满语气轻松起来，听得出他是松了一口气，但随即又支支吾吾起来，"还有一件事要拜托您，明叔，麻烦您跟我爸说一下。我爸是铁了心要在您这儿定做衣服，我要是和他说不在您这儿做了，他会发飙的。马上就要到婚礼了，我也不想跟他闹得不愉快。您能不能帮我说一下，就说是您这边做不了。我知道这有些过分，但我也实在没办法了。您就看在从小看着我长大的分儿上，帮帮我吧。"

明师傅毫不犹豫地答应了："没问题，我跟你爸说，你放心。"虽然心里有些憋屈，但六十而耳顺，赞美的话听得，不认同的话也能理解，没有什么是不能接受的。

明师傅能理解小满，憋屈的感觉虽淡了，但他到底不是孔夫子那样的圣人，那句"你没有名气"带来的失落感一直萦绕在心头。他索性关了铺子，去找同样是手艺人的老朋友金师傅。

金师傅人如其名，是一名做金银饰品的打金师傅，也是一位老师傅了，二十来岁拜师学了这门手艺，一干也是四十多年。早些年明师傅生意红火的时候，金师傅的生意比较冷清，说起来是打金师傅，但基本上做的都是银匠的活儿。后来各大珠宝品牌的店面越来越多，推出的款式也多，不用等待，又有品牌效应加持，找打金铺做饰品的人就越来越少了。

明师傅想，打金铺和裁缝铺的困境应是一样的。可等到了金师傅的店里，看到的却是门庭若市、人声鼎沸的场面。店的左边一溜坐着七八个人应该是学徒，都在打磨、拉丝、敲打，叮叮当当，很是热闹。右边靠近店门的地方是接待区，有五个人围在一起看着平板电脑里的饰品图片。店后面的操作区，金师傅则正忙着做一只手镯，一个年轻人举着手机一边拍，一边大声讲解制作过程。明师傅以为他是在录视频，但仔细听又像是他在回答别人的问话。“这是干什么呢？”明师傅嘀咕着。

旁边正在看饰品图片的一个女孩回应道：“在直播呢。”

“直播？”明师傅还没有反应过来。

“是啊，爷爷，在直播呢，你看。”女孩指着手机说。

明师傅看过去，手机画面正是金师傅在做手镯，明师傅有些不可置信地抬头看看金师傅，再看看手机，赞叹道：“果然是同步的呢。”

女孩说：“是啊，金师傅可是人气师傅呢，我们都是看他直播来的。”

“看直播的人多吗？”明师傅问道。

“挺多的，这会儿就有五六千人在看呢。”女孩指着手机说道。

明师傅看着手机，只见金师傅做好了一只手镯，一边展示一边说道：“家人们，这只卷草纹手镯就完成了，大家看看，漂亮吧。卷草纹造型是咱们中国文化中的传统图案，寓意着财富和幸运生生不息。老金也祝愿屏幕前的家人们，财源广进，幸福美满。上午的直播就到这里啦，我们下午见。”直播结束了，老金走了过来，把手镯递给女孩，说：“姑娘，手镯做好了，你看看，跟你要求的式样一致吧？”

女孩接过手镯端详，喜爱之情溢于言表，说道：“太好看了，跟商场的一模一样，但是工费却便宜这么多，多谢金师傅啦。”

“我们牌子不大，这工艺虽不敢自称大师，但是绝对比得上商场那些品牌的水平。”金师傅满脸的自信，转身看到了明师傅，又连忙说道，“姑娘，接下来我们经理给你做质检报告，再打上足金标志就可以啦，以后有什么问题随时来找我，终身包售后。”说完对明师傅说，“老伙计，走！吃饭去。”

旁边另外一个女孩叫住金师傅并问道：“金师傅，我的手镯什么时候做啊？”

金师傅笑着说：“容老朽吃口饭，填饱肚子才有力气啊。到饭点儿了，姑娘你也先去吃饭，吃完饭我就开始做。”

金师傅拉着明师傅往店外走，问道：“今天没开店？遇到啥事了？”

“没事就不能来找你啊。”明师傅笑着说，“真好啊，你这儿门庭若市，不像我那儿，门可罗雀。”

金师傅自嘲地笑了一下：“都是别人的店喽。走，咱们买些吃的再去冰河公园，老周应该在那儿摆摊儿呢。”

冰河公园离金师傅的店只有一个路口，两人提着盒饭走到公园广场便看到一辆插满糖画的小车，一位老人正拿着小勺往白色的大理石板上倒糖浆。金师傅走过去，喊道：“老周，吃饭啦。”

老周抬头笑着回应道：“哎哟，两位老弟，这个点儿你们咋有空啊？”

“想你了呗。”明师傅说着看向大理石台面，“老周挺赶潮流啊，还会画奥特曼。”

老周拿出一根竹签放在画好的糖画上，再用铲子压紧实，等糖凝固了把它铲起来，一个形态逼真的奥特曼糖画就做好了。老周把它插在小车前，旁边还有两个看起来有些不一样的奥特曼。老周指着它们说道：“迪迦奥特曼、泰罗奥特曼、雷杰多奥特曼。”

金师傅竖起了大拇指说道：“厉害，这是返老还童，打入娃娃内部了吗？”

老周说：“不打入娃娃内部也不行啊，现在的娃娃都不喜欢原来那些龙、凤式样的糖画。不做些他们感兴趣的，根本没人买啊。”

明师傅正要把盒饭递给老周，就见一位女士带着一男一女两个孩子路过糖画摊儿，其中的小男孩一眼就看中了老周刚做的奥特曼，激动地喊着：“妈妈，我要这个糖做的雷杰多奥特曼。”

孩子妈妈也惊奇地说道：“您不就是网上那个奥特曼糖画

爷爷吗？我前几天看小视频还看到过您呢。”

老周不好意思地笑了笑：“都是别人发着玩儿的。”

妈妈给小男孩买了奥特曼，旁边的小女孩羡慕地说道：“我想要艾莎公主。”

老周说：“哎呀，艾莎公主我还没有学会怎么做，能不能给你做个美羊羊呢？”

小女孩欣然同意。老周用勺倒着糖浆行云流水地画着，很快一个戴着蝴蝶结的美羊羊便做好了。小女孩一边蹦跳着一边拍着手掌喊道：“爷爷好厉害，爷爷好厉害。”

孩子们心满意足地走了，老周才开始吃饭。明师傅羡慕地说：“真好啊，你们都找到了自己的路数。”

“遇到什么事了，今天一直发出这样的感慨？”金师傅又一次问道。

明师傅扒拉着饭盒里的洋葱，叹了口气说：“也没啥，就是客人嫌我没名气把订单取消了。”

金师傅说：“名气这个东西啊，还是得看年轻人。就说我那个店吧，去年因为负债累累没办法只好转出去了，新老板把这个店交给他儿子来管。说真的，我当时真有点儿瞧不上他，我有几十年的经验都没能把店保住，他一个毛头小伙能干什么。结果，就是这个毛头小伙把店，甚至是把我给盘活了。他拍短视频发到网上，又教我直播，还教我直播的时候怎么说话。”

“就是在店里举着手机跟拍你的那个年轻人吗？”明师傅问道。

“对，就是他。”金师傅说道，“短视频厉害啊，传播得太快了。他从去年年底开始给我拍视频，快一年了，我的粉丝也有好几万人了。现在来找我做首饰的人，几乎都是从短视频上知道的我。唉，店刚转出去那阵子，失败、失落、失望快把我压垮了，我现在特别庆幸把店转出去了。店还在，我还有价值，谁是老板也就不重要了。”

老周也说道：“短视频真是比电视广告厉害太多了。前几个月孙子要‘吃’奥特曼，我就学着开始画，后来摆摊儿的时候被人拍下来发到网上，结果很多人看到了，来我这儿买糖画的人也就更多了。我是既意外，又惊喜啊。”

“老明啊，我觉得你可以尝试做短视频。你的手艺是没得挑的，就是少个路子让别人看到你。”金师傅说道。

“我回去琢磨琢磨，老了，也不晓得能不能学会。”明师傅知道，会做和做好是天壤之别，拍视频容易，但要拍一个好视频，他心里没一点儿底。

金师傅说：“这个啊，还是要向年轻人学习，一代更比一代强，这个咱们得认。我们少东家说，手上技术他不如我，但是营销我不如他。”

明师傅心里的郁闷情绪一下子消失了，人生就是问题叠问题，遇到问题就面对它、解决它。想通后，明师傅觉得嘴里的饭都变得有滋味起来。吃完盒饭，金师傅和老周回到工作岗位，明师傅也往回走，准备开工。

明师傅还没到店里，就看见门前坐着一位头发雪白，身体佝偻，提着一只竹篮的老太太，连忙走过去，说道："吴阿婆，您等很久了？"

老太太颤颤巍巍地站起来，说道："没有，我也是刚来。"

明师傅把老太太扶进店里，老太太从竹篮里拿出一个包袱，里面是两双虎头鞋、两双绣着花鸟的小鞋和五个绣着各式荷花的小红肚兜，"明师傅，又要麻烦你帮忙卖啦。"吴阿婆说道。

"没问题。"明师傅接过包袱，一边往货架上摆，一边说道，"阿婆，你眼睛本就不好，针线活儿又最伤眼，孙子小天也工作了，你以后还是不要这么辛苦了。"

老太太摇摇头说："外面欠的账还多着呢，我趁着身体还行，能挣一点是一点。"

明师傅听着心酸也不再劝，拿出两百块钱递给吴阿婆，说："阿婆，这是上次卖出去的钱。四双虎头鞋，30 块一双，是 120 块。四个小肚兜，15 块一个，是 60 块。还有一顶小帽，卖了 20 块，刚好两百。"

"好，好，真是太感谢你啦。"吴阿婆接过钱，小心翼翼地装进一个小布包里，"这些年真是给你添麻烦了，要不是你一直帮衬，我和小天都不晓得能不能活到现在。"老太太说着眼泪就掉了下来。

明师傅连忙安慰道："都是举手之劳，关键还是你的手艺好。"

明师傅与吴阿婆认识是在六年前的夏天，吴阿婆和孙子摆摊时下了大暴雨，明师傅让他们进店躲雨，闲聊中得知了吴阿婆坎坷多磨的一生。丈夫在儿子一岁时为了贴补家用上山挖药，结果不慎摔倒掉到崖下去世了；好不容易把儿子拉扯大，又帮儿子娶了一个贤惠的媳妇儿，以为总要苦尽甘来了，结果儿子儿媳相继病逝，只留下一个十来岁的孩子和为了给儿子儿媳治病欠下的一大笔债，其中有十万元还是高利贷。为了还债，吴阿婆四处打工，她绣工很好，空闲的时候便做一些婴儿穿的鞋帽衣物摆摊售卖。明师傅很是动容，让吴阿婆以后将做的衣物放在他的店里，他来帮着卖。如此一卖就是六年。

看着吴阿婆越发佝偻的身体，明师傅还是忍不住叮嘱她少做一些。等吴阿婆走远，明师傅从案台下拿出一个纸箱，里面装的全是虎头鞋、绣花鞋、肚兜、小帽。明师傅拿出一双虎头鞋，看着上面整齐细密的针脚，深深地叹了口气说：“多好看的鞋子啊，可惜了，都压箱底了。”吴阿婆做的鞋子衣物，前几年有很多人喜欢，卖得很快，后来越卖越慢，现在已经完全卖不动了，明师傅便自己垫钱，谎称都卖出去了。

明师傅抱着纸箱环顾店里，给小满做的西装样衣还穿在模特身上，前胸棉衬上布满白色的针脚，这都是明师傅一针一线缝合的，因为只有通过手工缝合定位才能确保前襟洗涤后即便不熨烫也能挺括有型。这是高级定制的特色，但是明师傅从来不用缝纫机代替手工缝合。如今这件样衣没有机会完成了，明师傅用布将它盖起来，也将自己内心的失落掩盖起来。

明师傅为老朋友们高兴，他们都找到了新的商机；他又为自己和吴阿婆惆怅，不知道是否也会迎来新的转机。

04

—

离与女儿约定的时间只剩一个月了，明师傅还是只有两个订单——老张的西装和陈老板的寿衣。女儿已经胜券在握，刚好放寒假了，她将她的女儿妍妍送到明师傅这里，为关店做准备。

妍妍一到店里就瘫坐在沙发上，长出一口气，说道："外公，我终于从我妈的魔掌下逃出来喘口气了。"

明师傅笑道："看把你妈说得像黑恶势力似的。"

妍妍撇嘴道："我妈人生两大爱好，管制我和强迫您。"说罢又做出一副神秘的样子，小声说道："外公，过几天刚好这里要举办个 cosplay[①] 的比赛，我报名参加了，您可要帮我打掩护啊。"

"没问题。你说的是个啥比赛？"

① "cosplay"是和制英语"costume play"的简略写法，一般指代通过服装、道具、化妆、造型等方式，借助摄影、舞台剧、摄像等形式，对出现在动画、漫画、游戏作品中某位角色或者某段剧情进行现实还原的活动。

“就知道外公最疼我了，不知道是啥比赛就先答应。”妍妍搂着明师傅的脖子亲昵地说道，“cosplay 就是角色扮演的意思，打个比方，外公您喜欢包青天，那就把您按照电视上包青天的那个样子打扮，扮得越像越好。”

“明白了。就是说你要扮演个角色去参加比赛，谁扮得最像，谁就获胜？”明师傅问道。

“满分理解。”妍妍迫不及待地拿出手机给明师傅看图片，是一款手机游戏里的人物，有个很好听的名字叫水凝墨。妍妍眉飞色舞地讲着水凝墨的故事，明师傅听不懂，但是看外孙女这么开心，他也跟着高兴。“外公你知道吗？我攒了半年的零花钱，下单后又等了三个月，终于商家回复我说完成了定制，昨天发货了，过两天我就能收到和图片中一样的衣服啦。”妍妍激动地在屋子里转圈。

明师傅满脸笑意地说：“我们家妍妍打扮起来肯定是最好看的。”

“外公，你不认为我是在玩物丧志吗？我妈总说明年我就初三了，要中考，学习才是第一位的。我都不敢想象她要是知道这件事会怎么收拾我。”妍妍说着还害怕似的缩了缩脖子。

明师傅说：“学习自然是重要的，但要寓学于乐，也要适当地放松。”

“哎呀外公，您就是我的神。出于这个私心，我还真盼着您把店关了和我们一起住。”妍妍搂着明师傅的胳膊说，“不过，我还是希望这个店能开下去，当我的‘秘密基地’，要不然我的快递都没地方寄。”

两人正说笑着，吴阿婆和一个高高瘦瘦的男生走进了店里。男生很有礼貌，进来就恭敬地向明师傅问好。明师傅也热情地回应：“小天啊，今天休息来陪奶奶啦。”

吴阿婆从塑料袋里拿出一件黑色的衣服，有些不好意思地说道：“明师傅，想麻烦你看看这件衣服能不能改一下给孩子穿。”

明师傅接过衣服，是一件黑色的西服，普通的涤纶面料，做工粗糙，露着不少线头，两只袖子的里衬还破了，在明师傅看来这件衣服并没有改的价值。他正犹豫着，听小天说道：“明爷爷，公司开年会要求穿正装，我今年评上了进步奖，领导嘱咐我穿得正式一点。这是房东大哥给的，有些大，就想麻烦您帮忙改一下。”

小天面带微笑，语气平静，坦荡的气度让明师傅在心中称赞不已，随即说道：“能改能改，放心。”说着拿起皮尺开始给小天量尺寸，量到胸围时，他突然停下，转头看了看案台边被盖起来的模特，然后一脸严肃地说：“不行，这衣服没改的价值。”

吴阿婆和小天一脸错愕，连妍妍都惊讶地张大了嘴。“那件西服的料子不行，改不出来。再说它也没有配套的裤子，你还得另外找一条裤子。你们领导不是叮嘱要穿得正式一些吗，那件不行。”明师傅说着揭开模特身上的布，有些得意地说道：“这件行。”

小天正要开口，明师傅就打断了他，“别的客人订的，临时有变故不要了。你们身高差不多，你瘦一些，这只是样衣，改一下就可以。还有这件衣服的颜色也比你那件黑色的要鲜亮一些，更适合你这个年纪。料子也是选的好的，穿个五六年都不怕变形。”

吴阿婆马上答应了，含着眼泪说道：“明师傅，就这件，我们就要这件。这孩子啊，没有一件像样的衣服。”

小天扶着吴阿婆，轻声安慰道：“奶奶，年会就穿那么一会儿，不用买这么好的衣服。”

明师傅说：“不要钱，原来的客人付过钱了。我们做衣服的，只要裁剪了，就不退款。这件样衣本来我都想着要浪费了，刚好小天能用上，物尽其用，也是好事啊。”

“真的是付过钱了吗，不是您垫钱的吧？”小天的语气中还是有些犹豫。

“这么多年了，明爷爷什么时候说过假话。工作中的正式场合以后还会有很多，你需要一套西装。”明师傅听吴阿婆说过，小天现在的工资是七千块，但他每个月至少能攒下六千块，吴阿婆说小天的目标是四年还清所有的债务。明师傅很心疼眼前这个小伙子，像他一般大的好多孩子还需要父母贴补，真不知道他是如何苛待自己省下了那些钱。“小天啊，做西装前期的打版、裁剪、做样衣里衬最费工夫了，都要一针一线手工缝。不做了，那我之前就是白忙活。但你穿上，我的心血就没白费。”

小天被说服了，他给明师傅鞠了一躬，郑重地说道："谢谢明爷爷。我知道原来的客人付钱也肯定是只付了定金。您的心意我收下了，但是衣服的钱我以后一定会给您的。"

"成，就这么定！你什么时候完成了你的那个目标，什么时候再给我工钱。"明师傅爽快地说道。

妍妍虽然不知道吴阿婆家的情况，但从谈话中也猜到了吴阿婆家应该并不富裕。再者就是妈妈经常向她吐槽外公做衣服从不收定金，若有人中途不要了，都是外公默默地自己吃亏。所以她断定，外公是在帮这个叫小天的哥哥。

明师傅的铺子叫"时光裁缝铺"，妍妍觉得外公一定温暖了很多人的时光。

小天的年会正装问题解决了，可妍妍的大麻烦来了。

05

快递终于送来了，妍妍欢欣雀跃地拆开，可当她把衣服铺展开来后，立马崩溃了。她要扮演的水凝墨是位“玲珑雪颜”的少女，收到的衣服却是男装。

妍妍赶忙联系店家，一通追问后确定，当天有三个人同时订了另一个游戏人物乔寻影的服装，妍妍订水凝墨的服装时，客服习惯性地也记成了乔寻影。客服表示全额退款，外加服装价格的40%作为补偿费。虽然店家处理事情的态度还算积极，但是妍妍还是委屈地大哭起来，左省右省省了半年的钱，左盼右盼盼了三个月，结果竹篮打水一场空。一周之后就是比赛了，手工好的店铺都要提前三个月预约，现在根本来不及重新买。

看着外孙女哭，明师傅也很难受，他仔细看了看水凝墨的图片，对妍妍说：“外公给你做，时间肯定来得及。”

“您能做吗？您做的都是平时穿的衣服。”妍妍觉得明师傅就是在哄自己。

“做衣服就像盖房子，房子虽然各式各样，但打地基、砌墙、刷墙等这些基本的操作都是一样的。做衣服也是如此，虽然款式各不相同，但打版、裁剪、缝纫这些工序都是相同的。虽说我不了解这个人物，但是你熟悉啊，你可以指导，我们一起做，一定能做好的。”明师傅表现得信心满满，“你也说了，下周就是比赛了，与其难过抱怨，不如放手一搏，说不定就成了呢?”

妍妍的信心一下子被鼓动起来，她抹干眼泪，声音洪亮地说：“大神级的 coser 就是能自己做装备。外公，我们开始吧。”

祖孙二人将水凝墨衣服正面、反面、侧面的图都打印出来，然后按照图片开始画衣服、饰品和武器的样图。明师傅负责画衣服，妍妍负责画饰品和武器。乍一看图片，繁复绚丽，感觉根本做不出来，但大化小、繁化简，逐一拆分后，每个部分看起来也不是很难。

一老一少从早上画到天黑，吃饭都是妍妍点的外卖。明师傅也是第一次吃螺蛳粉、喝奶茶。妍妍很兴奋地问他味道如何，明师傅说：“有点怪，但是还不错。”

妍妍说：“外公，不能总吃清汤面。不热爱美食的人生是有遗憾的。”

明师傅也笑了笑说：“说得对。下顿我就吃你说的那个上校鸡块和什么生打椰椰，名字很奇特，我要尝尝。”

妍妍竖了个大拇指，说道：“人生就是要勇于且热衷于尝试新事物。”

明师傅默默念叨着这句话，看着正在画的衣服样图，心想做了几十年的裁缝了从来没有做过这样的衣服，倒也是一次很新奇的体验。

晚上十一点，终于把所有的样图画好了。明师傅捶着腰，说道：“哎哟，我的老腰啊。”

妍妍捶着腰，学道：“哎哟，我的小腰啊。”

明师傅哈哈大笑，说道：“那快让‘小腰’休息休息。样图画好了，明天我们去选布料。”

“那饰品和武器呢？”妍妍问道。

“饰品好办，金爷爷还记得吧，让他帮忙做。武器是支毛笔，文玩城有卖那种特别大的毛笔的，我们买一支回来装饰一下。”

“太棒了！我也是个有团队的人了。”妍妍高兴得跳起来，明师傅不禁感叹孩子的快乐真是简单纯粹。

第二天，明师傅带着妍妍先去找了金师傅，金师傅看了眼样图，豪爽地拍着胸脯就应承下来。接着，就是去布行找布料。游戏人物的服装大多轻盈飘逸，现实中想要呈现这样的效果需要布料轻薄，但仍要有质感和光泽。陈老板带着他们去店里找、仓库找，最后还去了更大的布料批发市场，终于找到了合适的布料。

陈老板笑着对明师傅说：“这是个重量级客户。”

明师傅点头说道：“是啊，最重要的客户。”

明师傅在布料上画好线，准备开始裁剪，想了想，把剪刀递给妍妍，问道："想不想自己试试?"

妍妍瞪大了眼睛，惊喜地问道："可以吗? 万一剪坏了怎么办?"

"布料很多，放心剪。"明师傅肯定地说。

妍妍拿着剪刀开始小心翼翼地剪裁，明师傅想起自己像她这般大时，也是父亲画完线后交给自己裁。那时候为了多接一些活计，他常跟着父亲走乡串镇去为别人做衣服。有时候是有人请父亲去的，缝纫设备就不用自己操心，雇主会负责搬运。大多数时候是自己去找，就像那些游走的卖货郎一样，父亲背着蝴蝶牌缝纫机，自己背着剪刀、烧炭的熨斗、尺子等其他工具。平路还好说，若走崎岖的山路时，他需要跟父亲抬着缝纫机走，那缝纫机像座大山压在他的肩上，让他走路直打颤。然而最大的挑战还不是体力，而是裁缝的技术。那时候布料是紧俏品，买布都需要布票，所以每块布都要最大化地利用，连块布头都不能浪费。比如一块用来做嫁妆的长三丈、宽三尺的花布，要给新娘裁一件新衣，还要做一个被套、两个枕套。这是极具挑战的，因为按照这个布宽，做一件成人的上衣至少需要十尺布料。但父亲总能满足要求，他能把碎布头拼接成图案，做成好看的枕套。

明师傅小时候跟着父亲裁剪的几乎都是颜色深的棉麻布；等自己开店了，各色化纤织物、丝织物都有了，后来毛料也变成常见的布料之一；现在妍妍手中拿的是再生纤维布，轻柔鲜艳。明师傅不禁感叹，时光和岁月就是在这一块块布料中流淌、前行。

裁剪好布料，明师傅开始教妍妍用缝纫机、锁边机。当年的蝴蝶牌缝纫机早已淘汰，现在的自动缝纫机已经不需要脚踏。明师傅讲解示范后，先让妍妍用其他布料练习，熟练后便开始缝制。妍妍很有耐心，中间也有出错的时候，比如将几块布缝在了一起，明师傅总是温柔地安慰她：“没关系，咱们买的布料多，重新裁就行。”

缝纫机像小鸡啄米似的上下运转，发出的嗒嗒声像在演奏一曲传承的乐章。比赛前的第二天，衣服终于做好了。明师傅在裙摆和飘带里加上了细细的铁丝，如此便能保持飘动的样子，完美复刻了游戏中水凝墨的衣服。妍妍兴奋地紧紧抱着明师傅，说道：“外公，这是我亲手裁剪和缝制的衣裳，比花一千多定制的还要美千倍万倍！我在做衣服的过程中，感觉自己就是水凝墨，太有意义了！”

“所以啊，当你亲手去做的时候，这就不仅是一件贴身的衣服，而是我们情感的承载和寄托。”这是儿时父亲跟明师傅说的话，如今他也说给外孙女听。

金师傅把饰品也做好了，金灿灿的一套。“这是金的吗？好富贵。”妍妍惊喜地问道。

金师傅笑了，“哪能呢？金的你外公可付不起。铜的，我打磨的，看起来和金的一样。上面镶嵌的宝石是琉璃珠，这个比较贵，至少得一顿大虾。”

“好说，直接三顿大虾，敞开吃。”明师傅说道。

“那就只剩武器了。”妍妍说道。大毛笔买回来了，根据图片，毛笔的前端和后端都有祥云装饰，明师傅试了很多材料和办法都没法达到那种通透圆润的感觉。

金师傅想了想说：“要不找老周看看呢？”

明师傅眼前一亮，“对啊，糖可以用来随意画形状，比切割出来的更圆润。糖熬出来的棕黄色刚好接近图片上这个颜色，而且这个季节温度低，糖画也不容易融化变形。”说着便拉着妍妍去找老周。

老周看了图片，胸有成竹地说：“没问题，半个小时。”

融糖、画样、冷却、粘贴，老周以糖为墨，以勺为笔，挥洒自如，行云流水。围观的人越来越多，当老周将最后一个配件粘到大毛笔上时，大家都不约而同地鼓掌。还有一个孩子喊道：“哇，这不是水凝墨的画笔吗？”

明师傅对妍妍说：“看来做得很成功啊。”妍妍兴奋得直点头。

比赛也很成功，妍妍靠着衣服、饰品和武器高度还原了水凝墨这一人物，获得了单人组的第一名。

颁奖时主持人问道：“服装如此精致，是有专门的团队吗？”

“有，我有最专业的团队。我的外公帮我做的服装，金爷爷做的饰品，周爷爷做的画笔。”妍妍指向坐在角落里的明师傅，“那就是我外公，我今天取得这样的成绩都要感谢我的外公。”

在座的观众都将目光都投向明师傅，他惶恐地站起来点头鞠躬。

主持人说：“真是很意外啊，外公居然也懂二次元。”

妍妍说：“我外公不懂二次元，但是他懂爱。”

掌声雷动，明师傅也湿了眼眶。

时光裁缝铺终于能继续开下去了。比赛过后，明师傅在cosplay圈火了，好多人来找他定制服装，还有两个服装爱好者拜了明师傅为师。

妍妍既为外公感到开心，又很担心母亲知道她玩cosplay肯定要大发雷霆。明师傅安慰她，说：“一切有我。”明师傅打了一个电话，之后母亲就跟妍妍说，只要不影响学习，不会干涉她的爱好。母亲强调，只有把必须要做的事做好，才能去做想做的事。作为学生，学习就是必须要做的事。

妍妍悬着的心终于落了下来，她问明师傅跟母亲说了什么，让母亲有如此大的转变。明师傅说：“我只是跟你妈提了她在你这个年纪看言情小说的事。”

“我妈看言情小说？”妍妍面露惊讶。

“是啊，我记得那时候她特别爱看琼瑶小说，废寝忘食地看。有些小说拍成电视剧了，她也看得很痴迷，学里面的人的装扮，甚至语言、动作，就和你们现在的cosplay差不多。”

“然后我妈就放过我了？”妍妍的语气里还是有些不可置信。

“你做的事都是她做过的，自然也能理解你的行为。”

“外公，你就是我的幸运之神。”妍妍说着便给了明师傅一个大大的拥抱。

小天后来也说，明师傅是他的幸运之神。明师傅剪裁得体的西装给了他极大的自信心，让他在年会上表现得非常好，还得到了集团总裁的表扬。主管和经理都夸他的西装帅气，得知是明师傅做的，也都来店里定做。

订单多了，明师傅找陈老板订了不少布料，陈老板的儿子小陈来送布料时，明师傅让他帮忙把陈老板定做的寿衣带回去。小陈愣住了，明师傅连忙跟他解释，是按他们老家的习俗做的，并补充道：“年纪大了，这些都是必须要准备的。你爸也是怕给你们添麻烦，自己先备下了。”

“我一直都觉得我爸年轻力壮，精神抖擞的。”小陈垂着头说。

“谁不会老呢，还不都是为了孩子才必须要精神抖擞的吗？”明师傅拍拍他的肩膀说。

小陈沉默着，捧着衣服走了。一个月后，陈老板来跟明师傅道别，说他要回闽南老家待一阵子。“儿子一下变得勤快了，这一个月把店里的生意也理顺了。我都快十年没回过老家了，人老了，格外念根，我终于可以回去看一看了。”陈老板握着明师傅的手，说道：“明师傅，多谢你啊。”

“谢什么，等你带闽南特产回来。”

“哈哈，没问题。”陈老板热烈回应道。

陈老板走了，明师傅继续在案台前忙碌，左手拿布料，右手拿剪刀，“咔嚓咔嚓”，明师傅忽然觉得，手中裁的不仅是布，还是时光。

幼儿班的老学员

01

一

文英家客厅有个玻璃柜，正中间的那层摆着一张用金边相框装裱的荣誉证书，上面写着：“许文英女士：您重视家庭教育，有科学的教育理念和教育方法，教子有方，乐于奉献，成绩显著，特被评为‘最棒妈妈’。”

这是儿子明浩上高中时学校给文英颁的奖。虽然这件事已过去了 15 年，但是文英依旧清晰地记得那天大雨滂沱，原以为学校的表彰大会要取消了，可在大会开始前一个小时，雨过天晴，一道绚丽的彩虹横跨在校园上空。文英在彩虹下，接过校长颁发的荣誉证书，她把腰杆挺得笔直，脸上挂着对着镜子练习了很久的得体的微笑，努力控制着心中那个欢呼雀跃的小人儿不要蹦出来。

那天，文英见到了最绚烂的彩虹；那天，也是文英人生中最高光的时刻；那天，她骄傲地将荣誉证书拿到公司，以不经意的方式收获了很多夸赞。更让文英骄傲的是，她当时的那份荣誉一直延续了下去。她将儿子培养成了名牌大学生，高瞻远瞩地让儿子学了计算机专业，儿子毕业后就进入知名企业，工作体面，收入丰厚。更重要的是，她还给儿子寻到了一个贤惠媳妇儿，小夫妻感情和睦，没几年就添了个伶俐可爱的孙子。文英常对身边的人说，她的人生圆满了。

朋友们也都羡慕文英，夸她持家有道，教子有方。常有人向她请教育儿之道，文英每次都颇带优越感地说：“想成为好父母就要比孩子还爱学习，你想孩子成为什么样的人，自己首先就得成为什么样的人。”

文英也确实是这么做的。虽然儿子已经成年，但是文英仍然学习最新出版、最畅销的育儿书籍，报名参加了一些家庭教育课程，她要确保自己的教育理念是与时代接轨的，因为她要做“最棒奶奶”。

文英武装好了头脑，退休后信心十足地住进了儿子家，接管了三岁孙子凯凯的起居和教育。儿子明浩和儿媳晓兰对文英的到来非常欢迎，在他们眼中，文英是一位开明的母亲，从不干涉他们小夫妻的生活。他们也知道文英读了很多育儿书籍，对此都有些自愧不如。但文英说他们的工作压力大，并不需要面面俱到，在空闲的时候能陪孩子尽情玩耍就非常好了。二人听了热泪盈眶，感叹母爱的伟大，从这一代延续至下一代。最高兴的当属孙子凯凯，文英对孩子极有耐心，她一直是凯凯最喜欢的玩伴。每次凯凯都搂着文英的脖子，贴着她的脸说：“奶奶，我要和你永远在一起。”

可到了文英在儿子家当“全职奶奶”的第214天，是的，第214天，文英记得特别清楚，孙子却哭喊着说：“再也不要跟奶奶一起玩儿了。”

儿媳抱着孙子，儿子挡在他们面前，对文英喊道：“妈，你就是个控制狂！”

文英呆住了，她觉得似乎有什么东西“砰”地一下碎掉了，满地碎片，拼都拼不起来。

02

即便明浩对母亲那般态度，还是不得不承认文英带孙子是很有成效的。此前小两口给凯凯报过昂贵的早教课，花了好几万元收获了几个“包装新颖”的教育名词。但文英来了之后，为凯凯制订了一份详细的计划表，吃饭睡觉、语言启蒙、思维游戏、体能锻炼，样样涵盖，面面俱到。后来明浩和晓兰给凯凯选幼儿园，有些幼儿园的课程安排还没有文英设计得合理。文英还制订了一份全家日常计划，她负责照顾孙子；老伴儿老郑负责后勤，身兼采购、厨师、司机和助教；明浩和晓兰工作之余如何高质量陪伴孩子，文英的计划里也有详细说明。明浩看着计划表，感叹应该让母亲去培训一下公司的项目经理。

某个周末，明浩和晓兰带凯凯去公园玩，走到湖边时，凯凯指着湖面奶声奶气地说：“爸爸，看，小荷才露尖尖角，早有蜻蜓立上头。”

明浩顺着凯凯指的方向看过去，一张还未展开的荷叶上停着一只红色的蜻蜓，还没等他开口，凯凯继续说道："只不过杨万里诗里的荷叶是长在小池里，这里的荷叶长在大湖里。"

明浩和晓兰对视了一下，两人眼中的惊喜都要撞出火花来。他们知道文英在教凯凯背古诗，甚至还曾偷偷议论过让孩子囫囵吞枣式地背诵毫无意义，但显然肤浅的是他们。为了进一步验证，他们让凯凯说一说对整首诗的理解，小家伙说得头头是道，还给出了自己的观点："泉眼是妈妈，泉水是她的孩子，荷叶要想长大就需要很多泉水，泉眼妈妈舍不得自己的孩子，可她又想帮助荷叶，只好每次很珍惜地放出一点泉水。"

明浩问："这也是奶奶教的吗？"

凯凯得意地说："不是。奶奶说每个人从诗里看到的东西都不一样。这是我看到的。"

夫妻俩看着彼此，不约而同地点头，他们彻底被文英征服了，下定决心，以后文英指哪儿他们就打哪儿。

文英在好几本书上都看到过学习乐器的好处，她又查阅了很多资料，决定让凯凯学钢琴。晓兰有些犹豫，她觉得孩子才三岁，非常调皮好动，平时除了睡觉和讲绘本时能安静下来，基本上都是在各种闹腾，让他坐下来学琴怕是不容易。

文英解释道："正是不容易才要学。钢琴的每个音是固定的，对孩子来说是比较容易入门的乐器，也有利于培养孩子的音准和乐感。学习钢琴需要眼睛看谱，嘴巴唱谱，双手协调，脚还要控制踏板，精神需要高度集中，凯凯好动，学钢琴对培养他的专注力非常有利。另外，学乐器其实很辛苦，每天都要练习，这也是培养孩子耐心和毅力的过程。我都了解过了，三岁的孩子手指力度已经可以了，在蒙氏教育里面，这个年龄正是通过手指的精细活动开发大脑的黄金时间，钢琴是最便捷有效的工具，而且大文豪雨果说过，音乐、文字、数学是开启人类智能的三把钥匙。”

文英的回答有理有据，晓兰当即从犹豫变成了崇拜，表示全力支持。

文英考察了几家钢琴机构，最后选择了一家小班制的教学机构，理由也让全家人很是佩服。学乐器一般是一对一教学，但是文英认为对于三岁的孩子来说，重点是激发其对钢琴的兴趣，这家机构是六个同龄孩子一起上课，课程当中也设计了很多游戏，有小伙伴，还能玩游戏，用来进行钢琴启蒙再好不过。只要兴趣养成了，再换一对一的老师提升弹奏技巧就是水到渠成的事儿。

晓兰赞叹道：“我们应该再给您颁发一张‘最佳奶奶’的荣誉证书。”

文英也知道学乐器是一项不菲的支出，学费贵，一架钢琴更是不便宜，所以要学就不能半途而废。为此她带凯凯上了两次试听课，确定小家伙愿意学，文英才报了名，买了钢琴，一年的退休工资轻松花完。老郑有些心疼，但文英说花在教育上的钱都会有回报。

凯凯刚开始也是学得有模有样，文英每天陪着他练琴，黑色的钢琴前，一老一小打着拍子，唱着谱，一个稚嫩俏皮，一个沉静温和，再伴着清脆的琴声，其乐融融的情景让见到的人都忍不住笑意洋洋。一个月后，凯凯能完整地弹奏出《玛丽有只小绵羊》，小手像一条欢快的小鱼在黑白琴键上跳跃。明浩对文英说："妈，您能来带凯凯真是太好了。"文英笑得眉眼弯弯，骄傲和自豪之情溢满心胸，她相信凯凯一定会像明浩一样优秀。

但随着课程的推进，开始学习双手弹奏钢琴，难度增加，凯凯有了畏难情绪，开始抵触练琴。文英很坚定，每天必须练，不管如何哭闹都不可以改变。凯凯人虽小脾气却犟得很，不想练就坚决不练。文英先是柔声细语地各种哄，无济于事后开始严肃地讲道理，凯凯仍旧当作马耳东风，文英的耐心消磨殆尽，拍着桌子将孩子吼到钢琴前。虽然仍是不服，但三岁的幼童如何拗得过六十岁的老人呢？所以，最后的场景就是孩子一边哭一边弹，文英黑着脸拿着一根细教棍在一旁严肃地守着。

这样的"祖孙大战"几乎在每次练琴前都要上演一番。晓兰看着儿子哭得可怜巴巴，让明浩去问文英是否可以缓一缓，孩子才三岁没必要逼得这么紧。

文英说："这个阶段正是培养孩子规则意识的时候，正是因为年龄小才要让他知道不是所有的事都能随心所欲，有必须要做且必须要做好的事。更重要的是，不能让他养成一遇到困难就放弃的毛病。就像钢琴开课第一天老师给家长说的，很多时候孩子没有坚持下去是因为家长放弃了。"

道理虽如此，但不练琴的时候欢声笑语，一练琴就鸡飞狗跳，凯凯的反抗越来越激烈，哭声越来越大，文英的柔声细语越来越少，言辞越来越严厉，家里其他人的眉头也皱得越来越紧。黑色的钢琴成了压在家里上空的一片乌云，云层越来越厚，就要裹不住里面积压的雷暴。

终于在凯凯又一次弹错，文英让他重弹时，小家伙哭喊着说：“再也不要跟奶奶一起玩儿了。”

晓兰冲进来抱起儿子，文英严厉地说道：“把他放下来，不要惯着他，今天这段必须练好！”

凯凯紧紧搂着妈妈的脖子，晓兰也丝毫没有放手的意思，文英正要开口，明浩站在了妻儿前面，说道：“妈，就缓一缓吧，凯凯才三岁，已经弹得可以了。”

文英紧皱眉头，说：“你们这样没有原则的娇惯，他以后做什么事都成不了。要让他知道，既然决定要学，就一定要学好。凯凯下来！这一段今天必须练好。”

凯凯哭得更凶了，儿子儿媳的不退让使得文英心中的焦躁更盛，她上前想把凯凯从晓兰的怀中拉下来，明浩也急了，他拉住文英，大声喊道：“妈，你就是个控制狂！”

文英像被电击了一下，顿时呆住了，明浩继续说道：“这曲子您能弹好吗？大人都做不到的事为什么要求一个三岁的孩子做到？您不要把自己的想法强加在凯凯身上。”

老郑急忙走过来阻止，说：“明浩，怎么跟你妈说话呢？”说着伸手扶住文英的胳膊。

文英推开他的手，转身走出房间，一言不发，拿包，穿鞋，开门，下楼，老郑匆忙跟着她，到了公交站才发现自己身上的围裙还没摘。老郑知道明浩的话有些重，也觉得文英最近确实有些偏执，但几十年的夫妻了，他很清楚文英在气头上时谁的话都听不进去，只能默默地跟在文英身后，祈祷她能自己慢慢想通，早点平复情绪。

文英一路都非常平静，到家后如往常般洗漱、睡觉。老郑小心地与她说些闲话，文英简单地回应，看不出情绪。但老郑心中的不安急剧扩大，他给明浩发信息，让他们明天一早务必过来给文英道歉。他看着蒙在被子里的文英，只想到一句话——暴风雨前的宁静。

03

文英表面上非常平静，但那句“你就是个控制狂”就像一颗原子弹在她心里炸出了万丈狂澜，连带着陈年的伤感和委屈席卷而来。她紧紧咬着牙，强撑着不被巨浪吞没，回到家后躲进被子，眼泪才夺眶而出。

这是明浩第二次说她是“控制狂”。上一次是明浩读初中的时候，那时候他迷上了网络游戏，整天旷课泡网吧，和社会上一些不良青年混在一起，抽烟喝酒、打架斗殴。为了看住他，文英请了假，二十四小时守着。早上将明浩送去学校，文英会在校门口一直守到放学。回到家，文英更是监管得严密，家里的每扇窗户都安装上了防盗网，晚上睡觉文英都守在大门前。

这样的严防死守，让明浩对文英的怒意甚至是恨意都是明晃晃的，但文英不在乎。她认为，如果父母明知道孩子走错了路而不去阻止，才真应该被憎恨。

一天放学，文英照例接明浩回家，路上遇到了那群不良青年，他们吹着口哨，嘲笑并怂恿明浩跟他们走。文英牢牢拽住明浩的胳膊把他往家的方向拉，明浩在一声比一声高的起哄声中终于爆发了，他抽出胳膊，一把推开文英，吼道："许文英，你就是个控制狂，我讨厌你！"

文英被他推得踉踉跄跄地往后倒，幸亏后面停靠着旁边小卖部的一辆三轮车。三轮车上堆放着一筐筐啤酒，文英抄起一瓶啤酒就朝小混混们砸去，吼道："你们这些孬娃再来找郑明浩，看我不打死你们！"她一边吼着，一边拿起一瓶一瓶的啤酒朝对方砸去，小混混们被文英突如其来的气势吓到了，喊着"疯子杀人了"，四散跑开。但文英仍像是正在爆发的火山，她一边嘶吼一边砸着啤酒，绿色碎片和白色酒沫一起溅得老高，浅黄色的液体在发白的水泥地上汇聚、慢慢流淌，周围所有人都看着疯了似的文英，没一个人敢上前。明浩从来没有见过这样失控的母亲，他吓得呆住了，酒瓶在他脚边炸开都浑然不知。

文英砸完了一筐啤酒，终于脱力到瘫坐在地上。小卖部的老板这才大呼小叫地冲出来，文英鞠躬道歉，赔酒钱，又借来扫帚，仔细清扫碎玻璃。整套动作行云流水，老板瞬间平息了怒火，半晌后对仍在发呆的明浩说："娃儿啊，不要再跟那些坏娃们玩，你妈都是为你好，要好好学习呀。"

明浩低头不语，文英打扫完碎片，平静地对他说："回家。"

经此一役，混混们不敢再找明浩，明浩也不敢再对文英有任何怨言。

文英觉得，她当时对明浩的“控制”是必须且正确的，因为那时候明浩的做法是错误的。

可如今呢？凯凯错了吗？

三岁的孩子控制不好双手，不是正常吗？

三岁的孩子只想玩耍，不是天性吗？

那是自己错了吗？

自己不也是为了凯凯好吗？

自我怀疑和自我辩解在文英脑海里激烈冲撞，搅得她太阳穴突突直跳。她只得起床来到书房，书桌上放着她学习家庭教育的笔记，笔记的第一页写着：“很多孩子受到的第一次霸凌来自家庭，来自父母打着‘为你好’的旗号。”

文英的大脑一下子清醒了，她读过的书、上过的课，都在教导她，要尊重和接纳孩子，要允许孩子不完美，给予孩子的爱应该是“不管你怎么样我都爱你”，而不是“你怎么样了，我才爱你”。

文英自嘲地说道：“终究还是个市井老太太啊，太功利了，被叫‘控制狂’是一点都不亏啊。”

第二天一早，明浩一家三口就来了，还没等明浩开口道歉，文英就承认是自己错了，她问凯凯：“还想学琴吗？”

凯凯嘟着小嘴说：“不想学，钢琴不好玩。”

文英温柔地说：“那咱就不学了。”

凯凯的眼睛瞬间亮了，“真的吗？那奶奶会生气吗？”

文英心里一顿，抱着凯凯说道：“当然不会，凯凯的快乐最重要。之前奶奶因为练琴吼你，奶奶向你道歉，你能原谅奶奶吗？”

“不用原谅啊，我没有生奶奶的气。”凯凯搂着文英的脖子，灿烂的笑容让文英既愧疚，又庆幸。

文英又转过头来对明浩和晓兰说道：“我也要向你们道歉。我太急功近利了，忘记了孩子的天性，没有真正做到接纳孩子，也忽略了你们的感受。我反思过了，教育孩子还应该是以你们做父母的为主。希望你们能原谅我之前的独断。”

明浩和晓兰慌忙说道：“妈，您言重了。我们昨天也冲动了。您对凯凯的好和对凯凯的教育，我们都非常佩服，是您别跟我们一般见识才对。”

文英笑了，说：“你们不用紧张。我不是跟你们说着玩儿的，我是真的反思过了，你们安心好了。”

文英这种“错了就认，认了就改”，毫不推脱的坦荡，在明浩心中就是江湖大侠般的存在。当年，母亲在大街上砸了一筐啤酒，很长一段时间都是附近居民八卦的对象，传到最后，母亲变成了别人嘴中“暴躁恐怖的疯子”，人们看他的眼神都充满了同情。本来错在自己，但母亲砸完啤酒后没对他说过一句责备的话。有次他看到母亲因为流言而偷偷抹眼泪，终于鼓起勇气向母亲道歉。但母亲却说是她自己没能控制好情绪，并向明浩道歉，自己撒泼的行为给他造成了不好的影响。

那是明浩叛逆期最严重的时候，对谁都不忿，可认错的母亲瞬间让他折服，他的叛逆期也在那一刻结束了。

如今他看着头发有些花白的母亲诚恳地向自己的儿子道歉，不禁在心里感叹，瘦小的母亲有着一个强大光明的自我，而这是很多人都不具备的。

文英并不知道明浩心中的触动，她发愁的是好几万的学费和钢琴怎么办。

学费早就过了可以退的时间，但班级群里有位家长愿意以原价 4 折的价格转接剩下的课。至于钢琴，虽然只用了两个多月，88 个琴键只摸过其中 8 个键，也只能算旧琴，折价卖。如此算下来，至少大半年的退休金没有了，文英很是心疼。

老郑想了想说：“你去学吧。你以前说过小时候看邻居家姐姐弹钢琴羡慕得不得了，咱现在琴也有，老师也有，时间也有，就去呗。”

文英睁大了眼睛，难以置信地说：“我一个老太婆跟一群小孩一起上课，不被人笑死？你怎么不去学呢？”

老郑伸出手，笑着说：“你看我这双手，又短又粗，两个琴键离得远一点，我都够不着。握菜刀，拿锅铲，才是我的专长。你去吧，都到这个年纪了，做自己想做的事情，管别人怎么看干啥？”

明浩和晓兰也很赞同，说道：“凯凯上幼儿园了，白天也不用带他了，您也喜欢钢琴，您去学，也算是这钱没有白花。”

家人的支持让文英很是心动。她想起儿时的一段经历：小时候只要帮邻居家的姐姐洗衣服、刷碗，她就同意文英用一根手指去摸摸那些黑白键。于是文英一有机会就去帮她干活儿，只是有一次不小心打碎了一只碗，那个姐姐便再也不让她摸了。

“可钢琴机构那边会同意吗?”文英心里没底，毕竟孩子不学换大人学，还是换老人学，估计钢琴机构也是头一次遇到这样的事。

04

文英猜测得没错，钢琴机构确实从来没有孩子的课大人上的先例。钢琴班的云云老师是位年轻的小姑娘，很是通情达理，在她的争取下，机构破了例，让文英顶替凯凯，成了这个平均年龄为 3.5 岁的幼儿钢琴班的最大学员。孩子们对文英的到来非常好奇，文英只说凯凯最近请假了，她是来帮凯凯听课的，学会后回去再教凯凯。文英知道孩子容易有样学样，她不想凯凯给其他孩子起个坏头儿。

有两位孩子的家长对于文英的加入颇有微词，云云老师一再保证不会影响教学质量，而且文英不用单独指导，原来老师的精力要分配给六个孩子，现在只关注五个孩子，可以说效率更高了。文英也向家长们承诺，她先跟着上两节课，如果后面有孩子表示不想和她一起上课，她就退出。

两位家长勉强同意了，文英也在课堂上保持安静，尽量让自己“隐形”。但孩子们很热情，授课过程中如果有音乐小游戏，他们会主动拉着文英参加；学了新知识后，会特意问“奶奶听懂了吗”；文英如果弹错了，会抢着来当文英的小老师；下课后，老师发奖励贴纸，会提醒老师“还没有给奶奶发”。

在孩子们纯真的感染下，文英从一开始上课时的小心谨慎变成融入其中，跟孩子们打成一片。于是，这个有一位“老学员”的启蒙班成了整个机构氛围最欢乐的班级。那两位持反对意见的家长后来每次见到文英，也都热情地打招呼。其他家长也说文英来了之后，孩子练琴的积极性提高了，因为他们都想当文英的小老师。

文英学得也非常认真，但老年人的手指灵活性和协调性与孩子是不能相比的，虽然是一些简单的练习曲，但是文英也需要花大量的时间去练习。好在对于退休老人来说，最不缺的就是时间。除了识谱，让文英头疼的还有双手的合奏，她再次意识到凯凯当初练不好琴，自己对孩子的责备是多么不应该。果然，没有实践就没有发言权。一个人若是很轻易地对一件事做出批评和指责，那么这个人一定没有做过或经历过这件事。现在的文英再回头看，就觉得凯凯已经弹得很不错了。

练琴虽然不轻松，但是文英每天的心情都很愉悦，即便不练琴，她也是欢快地哼着曲子，手指在空气中跳动着。老郑说，自从开始弹琴，文英看着都变年轻了。文英知道，是曾经那个渴望钢琴的小女孩回来了。

文英的手指越来越灵活，看五线谱也不用一行一行地数了，云云老师建议她每周除了和孩子们一起上乐理基础课外，可以额外增加一节弹奏课，选一些自己喜欢的曲子来学习。

文英听到这个消息后更开心了，问道：“太好了，那什么时候开始呢？”

“我是每周一休息，您看周二上午可以吗？”

“可以可以，老年人天天没事，什么时间都可以。”

“那行，那就定在周二上午十点，您回去以后可以把您喜欢的歌曲列出来，我来找乐谱。”

文英高兴极了，她一直期待着能够自弹自唱，终于要梦想成真了。

接下来的学习，文英可以说是激情四溢的。她列了一张长长的歌单，云云老师则一一找来了乐谱，还告诉文英，除了上课，只要琴房没有人练琴，文英就可以来练琴，如果有问题可以随时找她。

文英激动不已，不停地说着感谢的话。云云老师却说，应该她感谢文英才是。

云云老师刚来培训机构时意气风发，立志要带出几个大赛冠军，可因为资历尚浅被分到了幼儿班。幼儿班主要是钢琴启蒙，没有考级、没有比赛，主打快乐和轻松，以至于幼儿班的老师在其他老师眼里就是陪玩的。云云老师感到很挫败，但这家机构很有名，她也明白这样的平台很难再找到，可教三四岁的小孩，实在让她找不到价值感。刚开始她只是出于好奇帮文英协调换课，但是随着文英的加入，文英对钢琴的热爱带动了班上的孩子们，一老一小两个站在年龄两端的群体在黑白琴键上共同演奏出了优美的乐章。云云老师这才意识到，价值不是只能以证书和奖杯来衡量，激发内心的热爱并坚守住这份热爱才是真正的价值。怀才不遇的苦闷一扫而光，云云老师终于找回了那个精神抖擞的自己。

“许阿姨，我给您介绍个朋友吧，你们一定很合得来。”云云老师一脸神秘地笑着说。

05

—

文英又要买钢琴了。这次她要买一架便于携带的电钢琴，因为她加入了一支乐队。

乐队的发起人就是云云老师介绍的朋友安澜。一身剪裁得体的素色旗袍称得身材挺拔婀娜，乌黑的头发在脑后挽成发髻，插着一根古朴的发簪，笑起来与云云老师一样眉眼弯弯。文英以为她是云云老师的姐姐，结果被告知是云云老师的母亲，且已经58岁。

文英大为震惊。云云老师笑着说："我妈不仅看着年轻，心态更年轻。"还没等文英缓过神，安澜又让文英惊上加惊，她邀请文英加入她们的乐队。

文英连连摆手，说："不行不行，我才学了几个月，水平不行的。"

安澜说："云云常常夸赞你，要相信自己呀。乐队的其他人也都是业余的，大家聚在一起就是图个快乐。"

云云老师也在一旁附和，在母女二人一唱一和的攻势下，文英稀里糊涂地跟着她们来到附近的公园见到了乐队的其他人。“拉二胡的老秦，吹长笛的湘琴，拉小提琴的建华，主唱安澜”，安澜一一介绍，然后指着文英和云云老师说，“我们的钢琴手文英，乐队指导云云。”

大家都热情地鼓掌，文英局促地刚想解释，安澜对她说：“湘琴也是今年刚开始学长笛，老秦和建华也都是前两年退休了才有时间发展自己的爱好。我呢，平时就爱唱歌。之前我们都不认识，是在这个公园里练习时碰到的。大家都热爱音乐，又这么有缘，因此一拍即合，决定组个乐队一起玩。古话不是说‘独乐乐不如众乐乐’嘛。文英啊，你就不要再犹豫啦。”

大家的热情是最好的助力剂，文英很快投入到乐队首次排练曲目的讨论中。等她晚上回到家，眉飞色舞地跟家人说起这件事：“老秦是社区老年活动中心的志愿者，他协调过了，老年活动中心晚上七点关门，关门之后场地就归我们乐队排练用了。所以，我要尽快买架电钢琴。”

明浩笑着说：“电钢琴的事儿我来解决，现在网上下单，明天就送来了。那乐队有名字吗？”

“开始说乐队成员都是老年人，就叫‘夕阳红’乐队，但是安澜觉得太普通、太刻板了，不能是老年人就叫‘夕阳红’。后来我在这个名字的基础上进行创新，提议取名‘别样红’乐队。”文英露出骄傲的表情。

“这个名字好。乐队有二胡和长笛，又有钢琴和小提琴，民族乐器和西方乐器都有，还是第一次见这样中西结合的乐队，‘别样红’的名字确实很贴切呢。”晓兰也夸赞道。

“‘映日荷花别样红’，奶奶，你教过我这首诗。到时候我要拿着荷花去看你们乐队的表演。”凯凯边说边比画，文英激动地将他抱进怀里。文英腰不好，凯凯又肉乎乎的，平时文英抱他的时候总有些吃力，但现在文英觉得自己浑身充满了活力，单手都能抱起凯凯。

她想起问安澜保养秘诀时，安澜说：“专注做自己，就是最好的抗老药。”文英觉得这句话就是真理。以前经常话到嘴边却忘记要说什么了，文英总担心自己会得阿尔茨海默病。加入乐队后，她觉得自己的脑子越来越灵光了，给乐队制订的排练计划，云云老师看了直夸合理且高效。

白天各自练，晚上练合奏，以前文英得两三个星期才能学完一首曲子，现在跟大家一起排练，一周就能完成一首歌。文英每天都是欢欣雀跃的，老郑也被她感染天天跟着去排练，成了乐队牢靠的后勤人员和忠实观众。以前老两口的生活重心是孙子，现在孙子想找爷爷奶奶都得提前打招呼。

在练好十首歌后，“别样红”乐队决定周六举行首场演出，地点就在公园的小广场。演出前一天，文英去商场买了一支大品牌的正红色口红，这是文英人生中购买的第一支口红。

老郑不管钱，家里的钱一直都是文英管。文英将所有的收入都做了详细的规划，定期存起来的、孩子用的、父母用的、老郑应酬用的、家里日常开销用的，后来又加上了给孙子用的，唯独没有给自己用的。

安澜说，口红是女人的魔杖，涂上它就有了所向披靡的自信和勇气。文英看着镜子里的人，此刻她不再是老郑媳妇儿、明浩妈妈、凯凯奶奶，而是因红唇变得容光焕发的许文英。

“别样红”乐队的第一次演出非常顺利。文英没有弹错一个音，大家的合奏非常完美，安澜的歌声婉转悠扬，广场上一开始是零星的几个人，到演出中场休息时已经站满了人。安澜唱完最后一首歌，优雅地鞠躬致谢，掌声热烈，赞美声不绝于耳。凯凯抱着一束荷花跑上台来，给乐队每个成员都送上了一支，最后跑到文英跟前，骄傲地对众人说：“这是我奶奶。”文英的眼泪一下子涌了出来，她六十岁了，第一次因为自己而感到骄傲。

06

此后的周六，只要不下雨，“别样红”乐队都在小广场演出。一些住在附近的老人每到周六都会早早地在小广场等待，安澜还会让他们点歌，乐队指导云云老师负责找乐谱、编合奏曲，等下次演出的时候老人听到自己点的歌，都激动不已。于是，来看演出的人越来越多，还有一些观众从别的地方赶来看，期待自己点的歌能当选为演出曲目。

如此，“别样红”乐队的名气越来越大。有一天，附近一家茶楼找到他们，请他们在周年庆典上表演一小时，出场费为一千五百元。大家都兴奋极了，从没想到凭借这个爱好居然还能挣到钱。

“上班的时候，我一天都没有挣到三百块呢。现在退休了，我一个小时就挣了三百块。”文英一脸骄傲，夹起一只大虾给凯凯，“来，凯凯吃虾，这是奶奶用演出费买的呢。”

凯凯拉着文英的胳膊说：“奶奶，我也要跟你一起弹琴，一起去演出。”

“你以前练琴时间短都那么不情愿，现在我们乐队的曲子长，需要练习的时间更长了，你能坚持下来吗？”文英问道。

凯凯站起来，拍着小胸脯说：“我保证，练琴再也不哭了。”

文英还是有些犹豫，毕竟小孩子的三分钟热度她再清楚不过了。但她也知道，孩子的每一次主动尝试都是非常宝贵的。于是，第二天排练时她便将凯凯带去了。云云老师说祖孙俩可以尝试四手联弹，大家也觉得这种形式很新颖，很有看点。凯凯在明白什么是四手联弹后，立即向所有人保证自己会好好练琴，绝不再哭，也绝不再打退堂鼓。

这个小人儿也确实做到了。每天幼儿园放学回到家后，凯凯都会主动练琴，排练的时候也非常认真，一改往日淘气好动的模样，跟着文英练两个小时的琴都不喊累。当初是为了让他练琴威逼利诱，如今是威逼利诱地让他少练一会儿。看到此番场景，文英想起自己曾摘抄过的一句话：“家庭教育不是注满一桶水，而是点燃一团火。”

孩子的记忆力和手指灵活度是老人所不能比的，凯凯只用两周就学会了《茉莉花》，虽然弹奏得还略显生硬，但是指法、节奏、音准都没有问题。果然，兴趣就是孩子最好的老师。

安澜特意将《茉莉花》当作压轴曲目，老人与小孩的四手联弹也将演出彻底推向高潮。演出结束，人们还是里里外外将小广场围得水泄不通，不停询问文英用了什么方法将孩子教得如此好。

文英谦虚地回答：“小孩子嘛，都是跟着大人有样学样。”

明浩将文英和凯凯四手联弹的视频发到网上，一下子就爆火了。有家疗养院联系到明浩，想请“别样红”乐队在疗养院举办的生日会上演出，只是这家公立的疗养院没有太多经费，只能出一千元。

明浩将信息给文英看，文英立即同意，并让明浩转告对方，乐队将在生日会当天免费表演。

明浩怕乐队其他人有意见，文英说她会说服队友，因为那家疗养院就在她以前去看喉咙的医院旁边，她知道里面住的大多是低保户老人。疗养院和医院共用一个院子，文英去看病的时候常在院子里看见一些坐着轮椅的老人出来晒太阳，那些老人垂着头无精打采地坐着，沉闷的气息以可见的形式缠绕着他们，一点点地侵蚀着他们不再年轻的躯体。那些老人就像路边枯萎的植物，没有人在意，更无人问津。文英觉得如果能为这些老人带去一点点欢乐，比接再多的商演都有意义。

明浩的担心是多余的，文英说明这件事情的原委后，队友们欣然同意。老秦还打趣说：“没准过几年我也得进去啦，早点去搞个好人缘。”

大家开始准备老人生日会的歌单，怀旧老歌要有，经典热歌也要有，一遍遍调整，一首首琢磨，决心要打造一场比以往演出还要精彩的音乐会。

一天，大家正在为最后一首歌争论时，建华一边挥动着一张纸，一边大声欢呼着跑来，说："我们又要进账啦，要挣大钱啦。"原来外地有家五星级酒店让乐队去演出三天，不仅包吃包住还包机票，报酬两万。

所有人听了这个消息后都兴奋不已，老秦说："包吃包住，还包机票，还给钱，这不就是公费旅游吗？"

湘琴笑着说："我们已经将脚步迈向了省外，接下来就是做大做强，火遍全国！"

文英拿过来建华手中的纸，看了一眼，脸上的笑容瞬间凝固了，酒店演出的那一天刚好是疗养院举办生日会的日子。

乐队分为两派，老秦、建华和湘琴主张去酒店演出，疗养院的生日会月月都有，五星级酒店的机会错过了可能就再也没有了。文英主张去疗养院，疗养院已经通知了老人，老人都很期待这次生日会。

大家都看向安澜，安澜看向文英，"要不下个月的生日会、下下个月的生日会我们都去演出？"

文英沉默了一会儿，缓缓说道："前年，儿子说要带我去普陀山过生日，我两个月前就开始准备，结果他要出差，给我发了个红包；去年也是，老早就说生日的时候带我去泡温泉，我早早地买了泳衣，结果他们公司要团建，又给我发了个红包；今年，又说要好好给我过个生日，我都不敢指望了。人老了，就剩那点儿被人记挂的期盼。可孩子们都忙，我们又能要求什么呢？"

湘琴苦笑了一下，说："我儿子也是，总说回来看我，又总说忙。说过年会回来，我高兴得一下子做了十二个菜，结果那些菜我一个人吃了一周，吃到最后嘴里都发苦，我不知道是菜苦了，还是心里苦。”安澜走过去，轻轻拍了拍她的肩。

老秦说：“你们还好啦，我三个娃，说起来都有出息，都在美国有房有车，还生了娃，可我这个老头子从来没有见过，他们已经八年零九个月没回来过了。”

文英叹了口气，说道：“不管什么时候，老人都是选项里那个最先被排除的。”

这句话说完后，大家都沉默了。好一会儿，一直没有说话的建华拿出手机拨通了电话：“闫经理，真是抱歉啊，那天我们有安排了。真是抱歉啊，希望以后还能有机会合作。不好意思了，再见。”他挂了电话，抬头看向大家，挥着手说，“快排练吧，别愣着啦。”

“别样红”乐队没能去省外的五星级酒店演出，但他们也确实火了。

疗养院的演出非常成功，音乐果然是开启人类智能的钥匙，平日里暮气沉沉的老人都焕发了活力，有的跟着音乐打着节拍，有的跟着一起高歌，还有几位老人抓着输液架扭动起身体，把护工看得胆战心惊。小孩子更是活跃剂，凯凯没有表演的时候就在台前自创舞蹈伴舞，搞笑可爱的舞姿逗得所有人开怀大笑，有位老人的假牙都笑掉了。

这欢欣的一幕刚好被来视察的省领导看到，他也被欢快的气氛感染，笑容满面。“别样红”乐队登上了电视台，疗养院的演出视频也被上传到网上，一夜之间，“别样红”成了网红。明浩把网友们的夸赞给文英看：“妈，你看，很多人都超级喜欢你们呢。”

有一条网友的评论字数虽少，却把文英感动得热泪盈眶：“不管什么年龄只要活出精彩的自己，人生就不枉过。”

今年的生日，文英仍然是哪里都没去，老郑做了一桌子菜，但儿子、儿媳、孙子都来了，乐队的伙伴们也都来了，餐桌坐不下，茶几也摆上了菜，小小的屋子里热闹非凡，大家欢笑着，热闹着，还时不时高歌几首。

凯凯用他心爱的金色卡纸给文英做了一个奖牌，上面歪歪扭扭地写着“最棒的奶奶”，文英在下面加了一行字：“最棒的许文英。”奖牌也用相框装好，放在“最棒妈妈”旁边。

母亲的重修

01

—

婉蓉觉得她画得最好的作品就是《母爱》，当年参赛评委也认为这幅画的技法无可挑剔，但是特邀嘉宾也是婉蓉的老师却认为，这幅画如果取名“母亲”自然是出色的，但名字是“母爱”，画就缺乏灵魂。

婉蓉很不满，老师既不是女性更不是母亲，而自己是一个九岁女孩的母亲，谈论母爱自己显然更有说服力。

白发苍苍的老师平静地说：“我不是母亲，但我感受过母爱；你是母亲，未必就懂得母爱。”这句话，让婉蓉本来胜券在握的金奖成为泡影。婉蓉只得了二等奖，有人愿意出高价买下这幅画，但她因老师的话耿耿于怀，赌气不卖，拿回家挂在客厅正中央。她看了二十年，依然认为这是一幅完美的画作，而老师的评语完全是出于偏见。

可今天，她拿着一本旧日记，瘫坐在椅子上，看着客厅正中央的那幅画，画中的女人优雅地坐在椅子上，微笑看着面前专心摆弄小花的女儿。这幅画构图完美、色彩完美、线条完美、光影完美，可她在女人完美的眼睛里没有看到爱，她甚至第一次注意到画中小女孩的表情是悲伤的。画中女人的形象婉蓉参照的是自己，而小女孩是女儿小时候玩花时的样子。画是基于现实创作的，所以她才有底气说出她比老师更懂母爱。现在想来，正是因为有真实原型，所以才被老师一眼看出画作没有灵魂吧。

婉蓉看着手中的绿色胶皮笔记本，那是她从母亲遗留的衣柜与墙面之间的缝隙中扒出来的。这个老式衣柜早就开裂了，她一直懒得修，直到她的一只珍珠耳环掉进了缝隙她才不得不找人把它挪开修理，耳环就掉在这本落满灰尘的笔记本上。

这是女儿暖熙的日记，更是婉蓉的“审判书”，里面的一字一句就像一把利刃，一刀一刀地刺向她。时隔二十年，她才明白老师对那幅画的评语，她是母亲，但她也许根本不爱孩子，至少没那么爱。婉蓉知道，若不想自己这么痛苦，就应该不再去看这本日记，甚至应该假装没有见到过，但她又忍不住看下去，她不知道这种纠结、痛苦的感觉源自何处，但就是想看下去。

3 月 21 日 晴

妈妈回来了，她说要带我去郊外踏春，我很开心。可去之前她和外公又吵起来了，外公让妈妈永远别回来。我很害怕，在路边看到一朵小白花，不断向它祈祷，祈祷妈妈不要丢弃我。

5月27日 大雨

今天是我的生日，其实我不确定我到底是不是这一天出生的。外婆说，妈妈是生了我一个月后才告诉她的。她和爸爸没有钱去医院，自己在家生的，结果我长了一身疹子，奄奄一息，没有办法只得告诉外婆。具体是哪天生的，他们也记不清了，日子是外婆推算出来的。此后只有外婆记得我的生日，连妈妈也不记得。外婆给我煮了长寿面，她自己擀的，像外面的雨丝一样细。幸亏还有外婆，否则我连长寿面都吃不到。

6月14日 多云

外婆说，妈妈下个月要回来。我决定明天开始再早起半个小时背单词，争取每门课都考第一，这样妈妈会高兴吧？会不会多夸我两句，多陪我两天？

6月28日 晴

今天周五，下午放学早，天气很热，教室里更热，食堂后面的大柳树下稍微凉快一些，我在那里写作业，结果被老师发现了，他让我回家。太热了，我没地方去，只能回到舅舅家。舅舅一家人正在吃冰棍，舅妈见到我，说不知道我要回来，问我要不要吃冰棍。我在这个家寄居六年了，我想告诉她完全不用假惺惺地找理由，我都无所谓的。等妈妈回来，我要让她给我买一个草莓味的冰激凌。

7 月 20 日 晴

妈妈回来了，一年多没见，她还是那么漂亮，穿着白裙子，我也好想有一条。可我不敢和她说，我怕她不高兴。外婆说妈妈是画家，我好崇拜她啊，我想让她去给我开家长会，想让同学们知道我有一个这么好的妈妈。

7 月 24 日 小雨

妈妈要走了，我本来盼着晚上能和她一起睡，可她每晚都不在家。我的成绩单她也没看，她甚至都没怎么和我说话，没有问我过得好不好。可是，她还没走我就想她了。舅妈说，妈妈要追求梦想，我是她的累赘。我以前是不信的，可我现在不确定了。

6 月 21 日 多云

明天中考，我想给妈妈打电话，可是我打了好几遍才接通，她问我有什么事，我说明天要中考了。她说，我是大孩子了，要对自己负责。电话挂了，我心里有些难过。我问外婆，是不是爸妈都不想要我。外婆说不是的，当初父母离婚时为了争我的抚养权都打起来了。可是好不容易得到的东西不应该珍惜吗？为什么弃之如敝屣？

7 月 1 日 晴

我在大排档找了份刷碗的工作，一天三十块，包吃住，虽然工钱很少，但我有宿舍，不用回舅舅家小心翼翼地讨好舅妈。说是宿舍，其实就是大排档阁楼上放了两张铁架子床，硬床板上只铺了一张席子，硌得人生疼。没关系，熬到开学就好了，高中可以住校。眼镜度数有点低了，要攒钱换副眼镜，如果有剩余还可以给外婆买钙片，她总说腿抽筋。加油，我可以的！

8 月 20 日 大雨

舅妈来大排档闹事了，说老板非法雇用童工，如果老板不给赔偿，就要告人家。我当时说我无家可回，老板可怜我才收留我的，结果给老板惹了这么大的麻烦。老板给了舅妈两千块钱，她才罢休。我觉得很对不起老板，以后我能挣钱了，一定要把这个钱还给老板：鹿城街 42 号肖二姐大排档。

8 月 23 日 阴

舅妈这些天明里暗里都说我去大排档刷碗就是给她难堪，总是冲外婆发脾气。我不怕她说我，但是我不想她骂外婆。我想给妈妈打电话，让她和舅妈说一下，有什么事说我就好了。也是好不容易才接通电话，妈妈说她在外面采风，有什么事我自己处理就好了。我再也不给她打电话了。自己处理，对自己负责，我是不是在她看来特别没出息？

9 月 1 日 晴

终于开学了，但是我没有学费。外婆去找小舅，我偷偷跟着听到了他们的对话。外婆哭着说：“你们太没有良心了。婉蓉每个月都寄钱回来，你们平时苛待孩子就算了，连学费也不给吗？你们就不怕遭报应？”原来，妈妈给钱了，她并没有完全抛弃我。

舅妈把学费扔给我了，我知道她一直想让我去东莞打工，这时候她也不说我是童工了。我要读书，要考大学。我要离开这里，再在这里待下去，我会疯掉的。到时候我要把外婆一起带走。

11 月 15 日 阴

舅妈一个星期给我 40 块钱的生活费，只要不吃肉菜，够用，我还能省出一两块。可这个星期给我的 40 块钱里有 10 块是假钱，都和洗破的卫生纸一样了，她就这样堂而皇之地夹在中间给我了。我把假钱放在最上面，放在外公的茶杯旁边。外公看见了，他还拿起来看了一下，但什么话也没说就放回原处了。没事，让外婆给我装点咸菜，每天早上吃一个馒头也是可以的。妈妈总说我应该学会自己处理事情，她为什么非要把钱给舅妈，让舅妈再给我呢？让我自己处理生活费不行吗？还是觉得我没出息，所以不相信我吧。唉，好想吃肉啊。

2 月 4 日 小雪

外婆说，妈妈过年会回来。我已经不期待了。我看过一句话是这样说的：人啊，不期待就没有失望，没有失望就没有怨怼，没有怨怼就不会有仇恨。嗯，我要牢记这句话。我不想以后怨恨妈妈。

另外，终于攒够了换眼镜的钱，可以看清黑板，不用借别人的笔记啦。

4 月 6 日 多云

美术老师看到我画的漫画《苦菜花》，说我非常有天分，让我学美术，说我肯定能考上中央美院。我很高兴，我真的非常喜欢画画，班级的板报每次都是我一个人画，所有人都说我画得好。我以前画满了一个本子，想给妈妈看，可是从来没有机会。如果我考上中央美院，也成为一个画家，妈妈会不会喜欢我一点？

5 月 8 日 大雨

我和外婆说我开始学美术，以后要考美术学院。外公听到后，狠狠扇了我一耳光，让我体会到了眼冒金星的感觉。他说，妈妈就是好高骛远，伤风败俗，我如果学画画他就打断我的腿，让我连学都上不了。我不明白为什么画画就是伤风败俗。我不死心，想寻求妈妈的支持，可电话那头传来的声音却是冷冰冰的，她说画画不是我能走的路，让我老老实实学习文化课。

我第一次对妈妈有了怨恨：为什么要生我？生了我为什么

又不养我？不养我为什么不抛弃我，让我彻底断了念想？

5 月 27 日 大雨

每逢生日必下雨，是不是老天都觉得我可怜？不过我还有外婆，外婆来看我了。她打着伞，浑身都湿透了，应该是一路走过来的。她给我一个用塑料袋包得严严实实的纸包，告诉我想学画画就去学，她给我钱。我让外婆跟我去宿舍避雨，她说不能耽误我学习，又走进大雨里，我的眼泪就像这下个不停的雨，怎么擦都擦不干。塑料袋里包着的是一只卤鸡腿和五百块钱。我知道舅妈为了防止外婆贴补我，不仅不给外婆一分钱，但凡外婆有点钱她都要搜刮去。这五百块钱不知道外婆是从哪里弄来的。

神啊，我真诚地祈求你，千万不要因为我而给外婆带来麻烦，如果有，那请将灾难降临到我身上吧，请保佑我的外婆。

10 月 20 日 阴

外婆去世了。舅妈说，是我害死的外婆，那次外婆去看我淋了雨，之后就一直生病。

外婆说，她的老家在无锡，她想回去看看。我说我会带她去，可是再也没有机会了。

外婆在，我觉得我还能活下去。外婆不在，世界的光都没有了，我就是阴暗水沟里的臭泥，不堪，惹人厌烦。

那，就烂掉吧……

11 月 30 日 阴

妈妈说她买了房子，我以后不用住在舅舅家了。这是我以前最期盼的事情，但是现在无所谓了。我没有行李，问他们要了一个外婆用过的老式衣柜，外婆说那是他的父亲给她做的。舅妈爽快地答应了，因为不值钱，可对我来说这是最珍贵的东西。

12 月 4 日 晴

天气预报显示，凌晨两点有双子座流星雨，所有同学都跑到了操场上，学校通情达理地没有制止，估计老师们也知道，躁动的心是最难控制的吧。流星划过，大家都大声欢呼，我却难过得想哭，那一颗颗流星在前仆后继地奔向死亡。所有人都在欢欣地许愿，我没有愿望，实在要许一个的话，那就愿妈妈一切都好吧。虽然，她不爱我。

婉蓉像泄了气的气球，干瘪、皱巴，瘫坐在地上。日记本从她手中滑落，飘出一张破烂的十元假币和一张撕碎又粘起来的漫画。

成绩一直很好的女儿只考上了一所普通大学，隐约记得她好像问过自己是否能复读，自己是怎么回答的呢？婉蓉用力地回忆：“哦，我说的还是‘自己的事情自己决定’。”

女儿没有复读，入学通知上写的学费是 5 800 元一年，婉蓉每年给女儿 1 万元，她没问过女儿钱是否够用，女儿也从不说多余的话，做多余的事。女儿大学毕业之后更是没再问她要过一块钱，工作第一年还给她买了一对珍珠耳环。除了过年会见面，她们平时几乎不联系。

婉蓉一直很满意这样的状态，她要创作，要开画展，要入围比赛，她要让自己的画被展馆收藏，她要成功，要受人瞩目，谁都不能成为她前行路上的牵绊。婉蓉常说的一句话是，自己对自己负责，自己做自己的主宰。她要传达的是独立和勇敢，但对于心智并不强大的孩子来说，感受到的是没有后援和支持的孤独和无助。

婉蓉 32 岁成为母亲，为女儿取名暖熙，希望女儿能有一个温暖光明的人生。62 岁的时候，女儿的日记像一道惊雷炸开了婉蓉自以为平静的生活，她开始回想过去的时光，试图为自己辩解，但是记忆被层层剖开后，她越发确定是自己将女儿推入了冰冷和绝望的深渊。

但婉蓉也是个果敢决断的人，她从不陷入情绪内耗，有问题就解决问题。既然已经意识到自己作为母亲的失职，那就要改正和弥补。婉蓉与女儿已经快两年没见面了，去年春节时她要去外地参加一个活动，女儿没有回家。她决定去看看女儿，虽然现在为时已晚，但婉蓉还是想尝试成为一个好母亲。

婉蓉只知道女儿在太原工作，她打电话想问问具体地址，可电话一直打不通。正在她有一些担忧时，突然接到了一通电话：“请问是佟暖熙的家人吗？请你尽快来一趟，佟暖熙自杀了。”

02

电话是徐州的警察打来的，暖熙在徐州跳河自杀，幸运的是被外卖小哥发现并救了回来，脱离了生命危险，但颈椎损伤、右小腿骨折，且醒来后一言不发，医生判断她有重度抑郁症，警察无奈只能破解了她的手机密码才联系到了婉蓉。

在看到那个日记本之前，乖巧懂事的女儿是婉蓉在这个世界上最为安心的所在，她一直想当然地认为，骨肉相连的女儿会一直在自己身边。所以当女儿毅然决然地选择离开时，婉蓉内心涌起的巨大恐慌让她坐立难安。疾驰的高铁上，邻座的两个外国人在表情夸张地热烈讨论着，婉蓉听出来他们在惊叹高铁的速度之快，可婉蓉还是觉得太慢了。

婉蓉赶到医院，三人间的病房里，靠门的床位是位老太太，一位大爷正在一小块一小块地喂她吃苹果；中间的床位是位中年大姐，一个和她年龄相仿的女人跟她一起半躺在病床上，两人靠在一起嬉笑着看手机。暖熙在最里面的病床上，身体直直地躺着，眼睛呆呆地望向窗外。

婉蓉忐忑地走到病床前，按下心中急切地想知道发生了什么事情的疑问，轻轻地抚摸女儿的头发，柔声唤道：“暖暖。”

女儿缓缓转过头，茫然地看向她。婉蓉看着暖熙突出的颧骨、凹陷的眼眶，忍着难过，微笑着说：“暖暖，是我，妈妈来了。”她握住女儿的手，暖熙看了她一眼，又转头望向窗外。

婉蓉的这半生经历丰富，去过很多地方，见过很多人，不能说在人际交往中多么游刃有余，但也是从容不迫，可面对受伤的女儿，她手足无措，连关心和安慰的话都不知如何说，旁边病床的人都看向这对奇怪的母女，整个病房一时间陷入尴尬的氛围。

好在护士过来解救了婉蓉：“6 床病人家属到了吧，请来医生办公室一下。”

婉蓉默默松了口气，对暖熙说道：“我过去一下，马上回来。”说完逃跑似的离开了病房。

医生和婉蓉交代了暖熙的病情：骨折问题不大，好好休养就行，主要问题是精神科会诊已确定暖熙是重度抑郁，伴有高程度的绝望感，轻生意识强烈。医生还问了很多关于暖熙日常生活的问题以及这次跳河的原因，婉蓉全部一问三不知，只能心虚地说，孩子在外地工作见面机会很少，也很少谈及自己的状况。医生倒是一副司空见惯的样子，再三叮嘱婉蓉一定要注重家人和朋友的陪伴，疏导病人积极配合治疗。

医生的话像一块巨石压在婉蓉的心上，她急需为女儿做点什么来缓解心中的愧疚感。她想给暖熙买一些可口的食物，却不知道女儿爱吃什么。婉蓉的绘画道路虽然走得颇为坎坷，但她从来没有像现在这样充满了挫败感。她只能向护士请教，护士说可以喝鱼汤。医院食堂里的鱼汤有三种，婉蓉索性每样都买了一份。

婉蓉回到病房，用最温柔的声音对暖熙说道："暖暖，医生说多喝鱼汤有利于身体恢复。我买了苹果乌鱼汤、萝卜鲫鱼汤、豆腐鲈鱼汤，你想喝哪种口味的?"

暖熙直直地看着窗外，婉蓉见她没有一丝回应，又小心说道："如果你想吃别的，我去买。"

暖熙仍一动不动，婉蓉低着头，像极了做错事的孩子。旁边病床的大姐看不下去了，出声劝道："孩子，这两天都没见你吃东西，起来吃点吧。你不吃，医生只能给你输氨基酸，可再贵的氨基酸都不如你多喝两口汤。再说了，不管遇到什么事都得先吃饱了，有力气才能解决问题啊。你看你妈忙活得衣服都湿了，她也不是年轻人了，做子女的也得体谅体谅啊。"

"我没事，是我这件衣服厚。"婉蓉连忙解释，她现在生怕再给女儿增加哪怕一点点的心理负担。

大姐的话起了作用，暖熙转过头看向婉蓉，婉蓉努力露出一个温柔的笑脸。"那我喝苹果乌鱼汤。"暖熙有气无力地说道。

婉蓉高兴地连忙把病床摇起来，扶着暖熙坐好，拿出勺子准备喂女儿喝。暖熙轻声说道："妈，我能自己喝，你也吃吧。”

一声“妈”差点让婉蓉的眼泪掉下来，她忙低头掩饰自己的情绪，说：“好。”婉蓉把鲈鱼汤送给旁边病床的大姐，看着暖熙开始慢慢喝汤，她尝试着问道：“吃完我推你出去转转吧，医生说可以去病房外散散心。”

“嗯，好。”见着暖熙回应，婉蓉的心情也跟着放松了不少。

住院楼的前面有一条长廊，上面爬满了凌霄花，一簇簇橙色的花朵，像一个个小喇叭挤在一起，开得热闹非凡。婉蓉推着暖熙走到长廊下，两人都看着生机勃勃的花朵沉默不语。

过了好长一段时间，婉蓉鼓起勇气说道：“暖暖，我要向你道歉。”

暖熙疑惑地看向婉蓉，婉蓉深吸一口气又缓缓吐出，说道：“你外婆的那个衣柜破了，我找人修的时候发现了夹缝中你的日记。”婉蓉飞快地看了暖熙一眼，垂下头继续说道，“对不起，我擅自看了你的日记，但也是这本日记让我意识到我是一个自私的母亲，不仅没有照顾好你，还给你带来了巨大的伤害，对不起！”

暖熙没有说话，表情也没有变化。婉蓉的心紧了一下，她不是个喜欢解释的人，甚至认为若需要费力解释证明自己才能与那个人相处下去的话，不如潇洒地转身离开，但现在那个人是女儿，要想缓和与女儿的关系，就必须对过去的事情作一些必要的解释。婉蓉抬头看着垂下来的凌霄花，风轻轻吹过，藤蔓牵着花朵，带着绿叶，像快乐的精灵，摇摆飘荡。

“我读高中的时候，学校西南角也有这么一株凌霄花，爬满了整面墙，我就是在那面花墙下见到了你的父亲，也就是我们的美术老师。他刚从师范院校毕业，清瘦帅气，穿着白衬衫在橙红色的花墙下写生。这种画面对十七岁少女的杀伤力是巨大的，我爱上了他，他说什么我都奉为圭臬。他说我画画有天分，我便放弃了文化课开始画画；他说他不想在这个小城市混沌一生，我便放弃高考和他私奔去闯荡世界。这在当时也是轰动一时的事，因此你外公说我伤风败俗。闯荡世界听起来很浪漫，现实中却很残酷。你的父亲是一位虚浮的浪漫主义者，只会天天把艺术挂在嘴边，可嘴边的艺术填不饱肚子，我只能四处打工养活我们俩。那时候都不觉得自己辛苦，甚至觉得有一种悲壮的英雄感。是不是很愚蠢？”婉蓉自嘲地笑了一下，思绪穿过橙色的花瓣飘到她并不是很愿意想起的过去。

“我们一直过得都比较窘迫，你的到来是个意外，但我很期待，非常期待。我最近一直在反思过去，忽然就想明白了自己当时应该也是对生活备感倦怠和无望，将改变的希望寄托在了你的身上。从你出生开始我期待的是你来拯救我，而不是我要保护你。我多懦弱、多自私啊。”

暖熙将目光放在了婉蓉身上，婉蓉朝她笑了一下，继续说道：“我催促你父亲出去工作挣钱，为此我们经常吵架，关系越来越差。终于在你两岁的时候，他说他不能被困在这个杂乱的房子里，他会烂掉，他要去更广阔的世界，于是和一个年轻的女孩走了。说法和十几年前一模一样，我当时都被气笑了。从此，我再也没见过他，不是我不见他，是他就此消失了。我本来是想一直把你带在身边，幼儿园还好说，但读小学需要户口，我没有固定工作，没有缴纳过社保，没办法落户，你甚至连出生证明都没有，我只好带你回了老家。外公在你的记忆里形象应该不太好，但不管他如何生我的气，也从来不会不管我。这一点，比我强太多了。反正就是你的户口落在了外公家，可以上学了。”

暖熙从未听母亲说及过往，虽然母亲只是云淡风轻地讲述着过去的事，但她也在社会上摸爬滚打了这些年，母亲当年的艰辛只会比想象的更难。“那你恨他吗?”暖熙问道。

“你父亲吗?开始自然是恨的。但选择和他在一起，随他四处漂泊，都是我自愿的，不是他强迫的，所以最后这样的结果也是我自找的。自己做的决定自己负责，自己种的因结的果自己尝。所以，我早就不恨他了。”婉蓉握住女儿的手，说道：“我还挺感激他，是他带我进入绘画的世界，让我找到了自己热爱的事情。还有就是你，我非常感激你来到我的身边。你一直都非常懂事，那时候你上托幼班，我经常很晚才去接你，你从来没有哭闹过。”

“那你为什么不让我学画画?”暖熙终于鼓足勇气向母亲发问。

“因为我走得太艰难，不想让你也吃这么多苦。你听过一段话没，大概意思是说，自认为天赋异禀也非常努力，终于得道成仙，却是那缉拿齐天大圣的十万天兵里的十万分之一。我就是这样，努力半生只是那十万分之一。你知道深圳大芬村吗，它还有一个名字——‘中国油画第一村’，在那里，绘画不是头顶的月亮，而是脚下的六便士。我在那里待了很长一段时间，临摹一张梵高的自画像，老板给 80 块钱，我后来练到一天能画六张，挣 480 块钱。老板把画卖给外国画商，一张卖 300 块钱左右。那时候，老板每天盯得很紧，因为画的每一笔，用的每一滴颜料，都有经济上的考量。后来我攒够了钱，去了荷兰梵高美术馆，旁边卖旅游纪念品的小店地上随意摆放着临摹画，我一眼就认出了那是我画的，老板卖 500 欧元。”

婉蓉停顿了一会儿，接着说：“我当时很想买一幅，但实在舍不得花 500 欧元。默默无闻的画手，每一分钱都应该用在刀刃上。你和我说你要学画画的时候，我正在跟一个‘文化包工头’扯皮，在很大一面墙上画《夜晚露天咖啡座》，说好的三万块，我画了两个多星期，画完后包工头只给了 2 万块。因为是合作过几次的包工头，所以这次就没有签合约，结果就被骗了，都没有地方说理。刚好你说你要画画，我便否定了。道路千万条，别走这一条就好。”

“但是……”婉蓉加重了语气，“我看了你的漫画，那个叫棒棒花的女孩喜欢画画，但父母一定要让她拉小提琴，她每天练琴都很痛苦，但她比赛时却感动了评委，得了奖，因为她拉的曲子叫《苦菜花》，她把自己的痛苦融入了每个音符里。我想起在大芬村临摹名画的时候，每天都是在机械地重复，面对那些绚丽的色彩和精妙的线条早已没有惊喜和感动。我以前认为画出能流传于世的作品才算是成功，但我看了你的画之后就在反思，其实能够真实地传达出自己感情的作品也是完美的作品。成功不应该只有一种功利性的定义，做自己喜欢做的事也是一种成功。暖暖，对不起，我明白这个道理太晚了，我不该否定你的想法，以后你想做什么就去做什么，我都支持你。”

暖熙习惯了冷漠强势的母亲，如今像“知心大姐”一般，她反而不知道该作何反应。婉蓉没有察觉出女儿的变化，继续说道：“我把生活费给你舅妈，不是不信任你，是因为你舅妈当家，她自私贪利，我想着把钱给她，她看在钱的分儿上能对你好一些，对外婆也好一些。我每个月都尽可能多给，基本上都是按照约定的生活费的两倍以上给她，却不想她仍那般苛待你。我看了你的日记，准备去找她算账，都快到你舅舅家了，我冷静下来了。她虽然可恶，但罪责在我。还是因为我对你过于冷淡和漠视，她才敢这样肆无忌惮。若我多和你亲近一些，多听你说一说，我就能早些发现，早些找她，不至于害你吃了这么多苦。你舅妈有句话说得好：‘自己的孩子自己都不疼爱，还如何能指望别人呢？’所以，混账的是我。你怎么怨我、恨我，都是我该承受的。”

“但是暖暖，”婉蓉再次握住女儿的手，说道：“我希望你能再给我一次机会，让我重修母亲这堂课，让我有机会去学习成为一个好母亲。请你相信，不管以后遇到什么事，我都会做你的后盾。”

暖熙心中涌起一股酸楚，她曾经无数次幻想这样与母亲谈心的情景，等来的从来都是失望。如今母亲有了转变，但她回不去了，她的麻烦太大，大到母亲肯定会再次抛弃她。

03

“我欠了网贷，40 万。”暖熙的声音非常平静，几天前，她已经消耗掉了所有的情绪，只剩下绝望。

“没事，咱还得上。”婉蓉温柔地说道。

“40 万？”暖熙有些惊讶，不由得加重声音。

“我这些年攒了些钱，够的。”

“你不问我是干什么欠了这么多钱？”

“你想说我就听，你不想说那就不说。只是不用怕，有妈妈在呢。”婉蓉微笑着说道。

暖熙躲开母亲的目光，她想低下头，可颈托卡着脖子，她咬着嘴唇，在心里给自己打气，都死过一次了，还有什么好怕的呢？“一年前，我在网上发了一个帖子，上传了几张自己画的插画。有一个叫小北的人加了我，说了很多对我的画的理解，让我感觉终于遇到了知音。很快我就和他成了网友，他幽默、体贴，虽然我们不在一个城市，但我生病了他会点外卖为我送药，晚上加班他会给我点宵夜。除了外婆，他是第二个给我如此多温暖和赞美的人，我顺理成章地和他谈起了恋爱，除了不能见面，他就是一个完美的男朋友。”

婉蓉一听就知道应该是遇到骗子了，但她没有说话，轻轻摘下掉落在女儿头发上的花瓣，静静地等着女儿继续讲述。

“我说我可以去他的城市，他总是有很多很完美的说辞，让我给他时间。他说他在创业，在为我们的未来努力。他还给我看了他的企划书，简直无懈可击。然后就开始各种资金短缺，但他从不直接问我要钱，都是我着急忙慌地要帮他。我先把自己攒的十万块钱一次性给了他，然后，当他再说遇到难处时，我开始用信用卡套现，等到信用卡套不出钱来的时候我就开始网贷。现在想来，套现、网贷，这些都是他教我的。我拆东墙补西墙，债务越滚越大。我不是没想过他是骗子，我是不愿意相信他是骗子。随着所欠的债越来越多，我承受不住了，来徐州找他，结果他把我拉黑了，我按照他当初给我的地址找过去，没想到竟是个菜鸟驿站。我以为我终于有好运了，等到了真爱，结果是个真骗子。网上说这叫‘杀猪盘’，我就是那头‘猪’。我以为我的人生终于要迎来光明了，结果却跌入了更加绝望的深渊。人生已经没有希望了，我就想死了是不是就可以解脱了。”暖熙闭上了眼睛，哭得太多，她已经没有眼泪了。

婉蓉站起来轻轻地抱住她，哽咽地说道：“都是我不好，让你自己承受这么多。现在没事了，窟窿我会帮你补上的。人这一生总要遇见一些人渣，这都是人生的一部分。只是，没有什么事情需要付出生命的代价。很多事情我们当时可能会觉得天都要塌了，可过一段时间再回头看，也不过如此。我们很多时候觉得自己很脆弱，但其实我们都没有发现已经咬着牙走过了很长的路。”

她本来想问女儿接下来打算怎么办，毕竟以前她总说自己的事情自己负责。这次，她不能让女儿觉得孤立无援，于是说道：“这件事我们来理一下。一是欠款，我们把账目过一下，哪个银行、哪个平台欠多少，一笔一笔还，放心，妈妈的钱够。二是渣男，你可以选择报案，不好的是你会被要求把经过详细地和警察说一遍，这对你来说可能比较痛苦，但是有可能会找到坏人，钱应该是追不回来了。你还可以选择就此翻篇，就当花钱买个教训，我们往前看，不纠结。不管你做什么选择，我都支持你。”

“妈，对不起。我这么大了还给你添这么大的麻烦。”

“说什么麻烦，我们是家人。”

暖熙最终去公安局报了案，她并不奢望钱能追回来，只是希望坏人能受到应有的惩罚。她想把这段经历发到网上，让更多的人提高警惕。婉蓉建议她可以将自己的故事画成漫画，更吸引人。

婉蓉带女儿回到家，老式衣柜已经修好，母女二人的关系也在慢慢修复。暖熙的精神状态慢慢变好，她画的《杀猪盘》漫画很受欢迎，已经有出版社联系她要出版这部漫画。虽然很多时候两人并没有太多的话，都是在各自画画，婉蓉画油画，暖熙画漫画，但是时光缓慢，安静美好。

婉蓉对自己很满意，她觉得自己学习做一个好母亲很有成效，她一改以往独立旁观的态度，事事为女儿考虑，没想到却再一次将女儿推向了风口浪尖。

04

—

事情还得从她们回家后一个月说起。

暖熙的舅妈很热情地要给暖熙介绍对象，暖熙推脱了几次后，她直接将人带到了婉蓉家里。婉蓉正要发火时，暖熙才认出咧着嘴笑的男生是自己的小学同桌成杰。有了这一层关系，暖熙和成杰很快再次熟络起来。舅妈很是得意地向婉蓉介绍成杰，“这是我同事的儿子，在供电公司上班，工作很不错，是铁饭碗。他家就在我家附近，还是一个街道的，家世、人品绝对可靠，成杰的母亲性格也是出了名的好，没有婆媳隐患。更重要的是，成杰本人也是很挑剔的，但一听对象是我们暖暖，立马就答应了。说明人家心里就属意暖暖呢。”舅妈凑到婉蓉跟前说道，“怎么样，我对暖暖好吧？”

自从“杀猪盘”事件后，婉蓉也一直担心暖熙的终身大事，但也不敢提，现在看着暖熙说要跟成杰出去转转，婉蓉很开心，心想这弟妹还是办了件好事的。

接下来就是顺理成章地向前推进了。婉蓉看得出成杰很喜欢暖熙，也很懂礼貌，除了身高不高外，她对这个男生都很满意。最重要的是，知根知底，又在同一个城市，同一个街道，完全不用担心女儿婚后会被欺负或遇到难事。所以，当对方家长提出年前把婚事定下来时，暖熙还有些犹豫，婉蓉却一口答应下来。

然后就是选吉日，做礼服，订酒店，找婚礼策划，婉蓉忙得不亦乐乎，她深刻体会到看着孩子成家的为人之母的成就感和喜悦。她一笔一画地在请帖上画下百年好合的图案，每一张请帖她都坚持自己画自己写。

“妈，你是不是对这场婚事很满意?”暖熙问道。

“满意啊。成杰人好，对你也好，他父母通情达理，你们的新家离咱家也近。我啊，再放心不过啦。”婉蓉一边画着一边说，她没有抬头，因此没有看见女儿落寞的神情。

距离婚礼还有三天，婉蓉已早早地将屋子装扮得喜气洋洋，她兴奋得睡不着，便在脑子里一遍遍核对着各种流程，隐约间好像听到有哭泣声。她凝神分辨了一会儿，确定哭声是从隔壁女儿房间传出来的。

“暖暖，怎么啦?”婉蓉慌忙问道。

暖熙蜷在床边，哭道：“妈，我不想结婚。”

婉蓉愣住了，忍住心中的震惊，轻轻拍着女儿的后背，问道：“发生了什么事?跟妈说，都能解决。”

“我对成杰没有爱情。虽说我们做了两年的小学同桌，但那都是小时候的事情。初中、高中我们虽然是在同一所学校，可不在一个班，我印象中几乎就没有见过他。真正说起来，我们就是那种最熟悉的陌生人。这次再见面，前后加起来不到三个月，就被催促着结婚了。我知道他是一个理想的结婚对象，我也知道爱情是虚妄的，我也一直在说服自己，结婚过日子要现实，就这么将就着过吧，可是我心里就是很难过。我想拒绝，可是所有人都很开心，都很满意，我不敢说，怕惹你不高兴。”

“那就不结了，没事的。”婉蓉安慰道。

“可请柬都发出去了，所有事项都定好了。”

“取消就好了。”

“那怎么跟成杰说，怎么跟他父母交代？”暖熙还是很崩溃。

“如实说。”婉蓉仍轻抚女儿的后背，说道：“我们去诚恳地道歉，退还彩礼，承担损失。”

“他们不原谅我怎么办？”

“应该不会轻易原谅的。所以这个过程会有些艰难，你要有心理准备，但我一直都在，不过是时间问题，事情都会过去的。”

“妈，我是不是太任性、太混账了？”暖熙慢慢平静下来反问道。

“是有些任性，但没有错。这是你的婚姻，以后是你的生活，再多的人满意都没有用，关键是你自己是否满意。人可以将就很多东西，难看的衣服、难吃的食物，将就一下也就过去了，但婚姻不行，如果随便找一个人将就着过，那一定会变成难过的日子、难堪的人生。都说婚姻是爱情的坟墓，那是因为人恋爱的时候都是带着滤镜的，看到的都是对方放大过后的优点；步入婚姻就要进入日常生活，而日常生活是琐碎的，也是真实的。这时候你会发现再帅的人也会打嗝、放屁，甚至脱下袜子后会习惯性地闻一闻；而妆容精致的美人也会乱放东西、乱扔垃圾。”婉蓉惟妙惟肖地学着。

暖熙忍不住笑了，说：“妈，你也太夸张了。”

“夸张吗？这是现实啊。为什么都说婚姻是爱情的坟墓，就是因为恋爱时的滤镜破碎了，而现实的镜子又给了当头一棒。恋爱，是放大对方的优点；婚姻，是放大对方的缺点。如果双方是因为足够爱而走进婚姻，那么这份爱会促使二人去包容对方的缺点，那这段婚姻的存续期就会长、幸福度就会高。如果双方是因为将就而走进婚姻，那对方的缺点日复一日就会变成‘眼中钉、肉中刺’，会慢慢地发炎、溃烂，婚姻就变成了令人窒息的坟墓。我们要遵从自己的内心，你内心已经这么抗拒了，说明这件事就是错误的，那就要停止。”婉蓉看着女儿红肿的眼睛，也不禁自责起来，“我也有错，我只从现实条件去判断你的结婚对象，却忽略了你的感情。你不需要让我高兴，你只需要让自己高兴就好。”

暖熙抱住了婉蓉，哽咽地说道：“妈妈，谢谢你。”

婉蓉抚摸着女儿的头发，柔声说道：“不用谢，我们是家人啊。去洗洗脸，好好睡一觉，养足精神，明天有硬仗要打呢。”

这场仗打得很惨烈，婚礼取消了，但婉蓉和暖熙也付出了巨大的代价。在这个三线小城里，悔婚可谓“惊天大瓜”，当天这件事就在大街小巷传开了。传到后来，成杰和成杰父母是否原谅自己，暖熙已经不在乎了，因为在流言蜚语里，水性杨花的母亲养出了水性杨花的女儿，专门脚踩几只船，做骗婚骗财的肮脏生意。暖熙躲在家里不敢出门，连一向内心强大的婉蓉也愁容满面。

在外公、舅妈又一次在家里指责怒骂之后，婉蓉对暖熙说：“我们离开这里吧。”

05

婉蓉一直都是个执行力超强的人，即便现在已年过六十，行动起来也是风驰电掣。一个星期之后，她们已经收拾好全部家当，外婆的衣柜、书籍、画作、四处搜集的餐具，还有那张婉蓉最爱的原木书桌，全部打包装车，准备前往无锡。

“妈，真的要走吗？”暖熙还没有缓过神来。

“打不过，通常就两条路，一是加入，二是逃跑。显然我们是加入不了的，那只能逃跑了。”婉蓉已经没有了前些天的消沉，话语里充满了洒脱。

“不回来了吗？”暖熙小心翼翼地问道。

“不回来了。你外婆不是说想回无锡老家吗？我们替她在那里生活。”婉蓉看着房子里的家具，心中还是很不舍。在买这个房子之前，她也是到处搬家，为了搬家方便，从不购置多余的东西，即使碰见喜欢的物品也是能不买就不买。买了这个房子后，她开始随心所欲地收集自己喜欢的家具、餐具，把这个小房子装扮成自己喜欢的样子。如今要走了，很多东西都带不走，婉蓉在心中与它们一一告别。女儿挽住了她的胳膊，她微笑着转身关门，这次搬家确实与以往不同，这次她不是一个人。

到了无锡后，一个胖胖的、蓄着络腮胡子的中年男人来接婉蓉。婉蓉对暖熙说道：“这就是当年骗了我一万块壁画工钱的工头，苏老板。”

苏老板一脸无奈地说道：“佟老师，这件事就是过不去了是吧？我这次帮你找的房子可是为你省了好几个一万块呢。”

婉蓉笑着说：“那真是要多谢你啦。”

苏老板帮忙找的房子在一个老小区的一楼。虽然房子看着有些年头了，但小区环境清幽，植被茂盛，树木棵棵粗壮。一楼的这间房子，门和柜子都有些摇摇欲坠，电灯的开关居然还是拉绳的。暖熙皱着眉，心想她刚毕业时租的城中村的房子都比这新。但苏老板很是兴奋，带她们穿过走廊，来到一扇门前，说：“来，给你们一个惊喜。”

打开门，竟然是一个洒满阳光的、杂草丛生的小院。“怎么样？惊喜吧？在寸土寸金的城市能拥有这样一个院子，是多少人梦寐以求的。”

婉蓉高兴地说道：“苏老板太给力了，以后需要画工的话，随叫随到。”

苏老板继续得意地说：“这里的位置还特别好，东边是幼儿园，西边是小学。办个绘画班什么的，不愁没生源。”

“苏老板想得太周到了，多谢。等我们收拾好了，第一个邀请你来新家做客。”

接下来的日子，婉蓉化身水电工、泥瓦匠、木工、设计师、裁缝、园丁，带领暖熙开始进行旧屋改造。暖熙震惊于母亲有如此之多的技能，婉蓉说是因为曾经要讨生活什么工作都做过，便练就了这十八般武艺。

“妈，你是这世界上最酷的妈妈。”暖熙由衷地说道。

“只要不是最差劲的妈妈就行。”

在改造院子的时候，母女二人在杂草丛中发现了一个猫窝，一只大花猫正在哺育它的两个孩子。婉蓉虽然对小动物一直没有太大的兴趣，但是看到女儿高兴到发光的眼睛，也同意将它们留下了。于是，她们的画室也就有了名字：三猫画室。

“不显得有点草率吗？”婉蓉问。

“不会啊，这叫天赐的缘分。”暖熙笑着说。她还把旧屋改造的过程拍成视频放在了网上，本来是想留个纪念，没承想全能的婉蓉火了。三猫画室还没开张，暖熙已经帮婉蓉收了好几个徒弟。

暖熙给婉蓉画了一幅肖像画，线条有些生硬，光影方面还有需要改进的地方，但画中的人眼睛清亮，浅笑盈盈。

婉蓉后来将这幅画带给她的老师看，老师已经八十多岁，见到婉蓉很惊讶，看到作品后更惊讶：“你是把自己揉碎重新开始了吗？技法稚嫩，情感却真挚。”

婉蓉笑着说：“这是我女儿画的。”

老师欣慰地说道：“这幅画可以叫‘母爱’。”

婉蓉的画还没有进展馆，但她的画馆开业了，她教小朋友画画，教大人画画，画馆里摆满了作品，虽然很多绘画作品的技法还不成熟，但是每一幅作品都流露着真挚的情感。

婉蓉也一直在画，画那三只猫，画院子里的小草，画女儿耳边垂落的头发，她对自我的反思和对生活的观察让她的笔触更从容、更细腻。

梵高在给弟弟提奥的一封信中写道：“亲爱的提奥，我正朝目的地走去。我曾以为那个地方近在咫尺，但也许它遥不可及。”

婉蓉也在朝目的地走去，只不过这个目的地不再是成为伟大的画家。

了不起的老胡

01

一

老胡是村里公认的老好人，从不与人争抢。

分地时，别人恨不得贴在地上看标尺，老胡只是远远地站在一边，慢悠悠地说："够吃就行，够吃就行。"

划分宅基地时，邻居蛮横地多占了半个院子，儿子小光气不过要去理论，老胡拦住他，说："够住就行，够住就行。"

村里有些老滑头知道老胡好说话，总拐弯抹角地来他家顺东西，每次都说得好听，是"借"，但从没还过。老胡也从来不恼，总是念叨着："够用就行，够用就行。"

甚至有人说小光不是他亲生的，他是在为别人白养娃时，老胡也只是皱着眉头，嘟囔着："够了，够了。"

小光觉得老胡脾气好到窝囊，不想与他再待在一起，便说要回学校。

老胡问："暑假不是刚开始不到一周吗？"

小光糊弄老胡，说课题组要求学生提前回学校做实验。老胡大字不识几个，但“实验”二字的重要性他是明白的，便立马让小光收拾好行李，他开三轮车送他去县里。小光不想让他送，他执意要送。他以为儿子是心疼他怕他累着，其实是小光嫌弃他的三轮车。

老胡将小光送到县城汽车站，塞给小光一沓钱，叮嘱他到学校后给自己回个电话。小光答应了，可老胡等了一个多月也没有接到小光打来的电话，他打给小光，电话那头却总是传来那句冰冷的声音：“您所拨打的用户暂时无法接通，请稍后再拨。”

老胡安慰自己，也许是做实验不让带手机，毕竟以前儿子也出现过这种很久不联系他的情况。可那天正要下地，小光从小的好朋友旭明气喘吁吁地跑来找老胡，小光在微信上给旭明发送了一张模糊的街道照片，以及四个字：长沙天心。“胡叔，小光怕是出事了。我估计他是被拉进传销组织了，之前我们学校就有人出现过这种情况。小光走之前和我说有同学帮他介绍了工作，他要去打工。他莫名其妙地发了这些东西给我，我再联系他又联系不上，我猜想他是被骗进传销组织了，所以赶紧来通知您。”

老胡又气又急地说：“这孩子，和我说要回学校做实验，谁知道出事了，这可咋办啊？”

旭明说他查了一下，“长沙天心”这四个字应该说的是长沙市天心区。

老胡问：“长沙在哪里？”

旭明说:“在湖南。”

“离咱们这儿多远?”

“咱们洪雅县到长沙有 1 200 多公里。”

“我去找他。”

“胡叔,你去过这么远的地方吗?”

“没去过也要去,自己的娃总得找回来。”

老胡一辈子没出过远门,去过最远的地方便是成都,还是两年前他送儿子大学报到的时候去的,大城市的繁华惊呆了这个只与土地打过交道的农民。他回来后向邻居夸奖大城市的好,邻居笑他没见过世面。老胡笑着说:“娃能见世面就好。”

老胡儿子出事的消息一下子就在村里传开了,村支书也就是老胡的表哥最先来找老胡,担忧地问道:“你要去找娃?”

“是啊。”

“我陪你去。你一辈子没出过门,连怎么坐车都不知道。”

“不用。夏季暴雨多,容易引发洪灾,你还得在村里主持工作呢。坐个车有啥难的。”

平时蛮横的邻居也来了,拿给老胡一部手机,说:“你那个老年机不行,你用这个,这个可以上网,微信也给你装好了,还可以导航。”

“哎哟,这太感谢了,多少钱,我给你。”

“要啥钱,这是娃们不用的手机,你拿去用。你这两天好好研究一下,学会用这个手机,有啥不懂的就问我。”

老胡是村里的老好人,平时好像谁都能欺负他一下,可等到他有事了，街坊四邻都来了。老董说地里的活儿由他照看，让老胡放心。肖头儿说洪雅县没有火车站，他可以送老胡到眉山去坐车。旭明把小光发来的那张模糊的照片以及小光的照片打印了一沓，还准备了一张长沙的地图，并把天心区标了出来，也查好了去往长沙的车，眉山有直接到长沙的高铁，要坐七个多小时。

村支书皱着眉头说：“不行还是找个人跟你一起吧？也报警了，要不就在家等消息吧？”

“我真的没事。再说我一个糟老头子，也没啥价值，谁能把我怎么着呢？放心吧。那天你也在场，警察说时间上不能保证，我得去一趟长沙，亲自找一找。”

老胡走的那天，一大早屋子里就站满了人，这些人都是来送他的，帮他检查行李，叮嘱他注意事项，他们还建了个微信群，让老胡每天在群里汇报。

“娃找不找得到再说，首先要保证自己的安全。”村支书一直念叨着。

邻居也再三追问：“手机会用了吧，微信会用了吧，地图导航晓得了吧？你把手机一定要装好，只要手机在，你就能联系到我们，就不怕。”

老胡拍拍胸口说：“在这儿呢，我专门在胸口这儿缝了个口袋，丢不了。”

老胡坐在肖头儿的车上，看着朝他挥手的乡亲，忍不住流下了眼泪。他连忙用袖子擦拭着眼角，对肖头儿说：“咱村里人真是好啊。”

肖头儿说：“因为你是个好人嘛。”

好人老胡出远门了，身边的人都很担心他，为了让大家放心，老胡装出一副胸有成竹的样子。等自己独自进了高铁站，内心的不安如洪水猛兽般涌出来。可他一想到儿子小光也许有危险，浑身又充满了力气。

02

—

老胡出师不利，刚到长沙火车站就碰到了拉黑车的。

老胡第一次打车是送小光去上大学，当时出了车站后不知道天南地北，小光说打车可以直接到学校。老胡很心疼那 48 块钱的打车费，但稳稳地将他们直接送到学校门口，他觉得花钱买个方便也是值当的。当他这次听到“打车、打车”的叫喊声时，便选了一个看着最面善的男人，走了过去。

男人很是热情，听老胡说要去天心区，满口应承着让老胡上了车。路上还跟老胡攀谈起来，得知老胡来找失踪的儿子时，说：“大爷，你儿子的照片有吗？你放一张在我车上，我每天拉客，去的地方也多，帮你问着点。”

老胡感激涕零，用蹩脚的普通话不停地道谢，郑重地拿出照片。男人在路边停下说：“大爷，这是城南路，这里就是天心区，平时车费都是三百，大爷你也不容易，少收你一百，给我两百好了。”

老胡觉得车费好贵，但想着火车票都要五六百，这个打车费这么贵应该也是合理的。老胡掏出三百块给司机，说道："师傅，多谢你啊，车费不能让你赔了。你收着，还要劳烦你帮忙打听打听我儿子，照片后面有我电话。"

男人犹豫了一下，张嘴想要说什么，又忍住了，接过钱后说："大爷，你放心吧，我会帮你看着的。"老胡又是一番感谢。

男人开车走了。已是晚上八点钟，此时的老胡只吃了早上五点姚婶端来的那碗饺子，一路上怕转错了车，不敢放松一下，所以连饭都没吃。这会儿饿劲儿上来了，老胡有些头晕眼花，他赶紧就地坐下，从包里掏出一张饼啃着。男人在后视镜看到这一幕，掉转车头又开到老胡身边，对老胡说道："大爷，前面那个街口左转，直走就是派出所，你先去找警察把你儿子的事说一下，警察帮你找会快一些。你人生地不熟的，看好自己的包，有事你就去找警察，不要轻信别人。"说完递给老胡一瓶矿泉水。老胡感激得眼泪都出来了，他不断感叹自己真是命好，走到哪儿都能遇见好人。

老胡吃了饼，心也不慌了，按照男人说的找到了派出所。他看时间已经晚上八点半了，想着警察可能已经下班，便在院墙边上蹲着。迷迷糊糊间，老胡听见有人喊他，他以为是小光，猛地睁开眼，原来是一位年轻的警察在喊他："大爷，大爷，您怎么在这儿啊？"

老胡清醒过来，连忙站起来鞠了一躬，年轻的警察赶紧扶住他。老胡紧张地说道：“警官……警官好，我……我……我找我儿子。”

警察笑着说道：“别紧张，大爷，走，进去说。”

老胡跟着进去，拿出一张叠得方方正正的纸递给警察。

警察打开一看，上面详细写着老胡的个人信息，来这里的目的，儿子小光什么时候失联的，连小光在微信上给旭明发送信息的截图都有。警察惊讶地问：“大爷，这么详细，谁给您做的？”

“我儿子好朋友做的，怕我来这里说不清楚。警官，我儿子是不是被抓到传销组织了，求你帮忙找找我儿子吧。”看着年龄跟儿子差不多的警察，老胡的眼泪又忍不住流了出来。

年轻的警察连忙安慰道：“放心吧大爷，我们一定会尽全力找您儿子的。今天太晚了，您先回去休息，一有结果我会立刻通知您。”想了一下，他接着追问道：“大爷，您有住的地方吗？”

“有的。就在……就在附近。”老胡吞吞吐吐地回答。

“附近的美乐家旅馆吗？”

“啊，对。”老胡心虚得不敢抬头。

“行，大爷。我姓冯，您有事就来找我，请保持您的电话畅通，有消息我们会第一时间给您打电话。”

老胡向冯警官再三道谢后，从派出所出来开始找住宿的地方。老胡看到了冯警官说的美乐家旅馆，但他径直从旅馆门前走过，去了旁边的街心公园。以前农闲的时候，老胡四处打零工，修路、凿石、挖沙、除草，什么都干过。零工最多管两顿饭，不管住宿，老胡为了省钱从来都是随便找个地方躺一宿。这次他也早打算好了，能省一分是一分，城市卫生这么干净，找个睡觉的地方应该更容易。正想着，老胡便发现了一个极佳的地方，一个四角凉亭，前面不远处还有一个公共卫生间。

老胡在公共卫生间洗了脸，擦了擦身上的汗，感叹城市就是好，连公共厕所都修得这么干净漂亮。洗漱完回到凉亭，老胡拿出一张篷布，折成三叠后铺在凉亭的长凳上。这是老胡多年露宿的经验，篷布厚实耐磨，防雨防潮，背包可以当枕头，这样一个简易的床就铺好了。老胡在微信群里给大家报平安，邻居让他拍个照，他说他还没学会拍照。过了一会，村支书给他发了条消息：睡在外面，注意安全。

老胡蜷在长凳上，双手抱在胸前，护着衣服里的手机。睡梦中，他一直在跋山涉水不停奔走，不敢停不敢歇，脚底板磨得生疼还是要赶紧走。脚越来越疼，把老胡疼醒了，一个蓬头垢面的流浪汉正在拿棍子戳他的脚底。老胡一个激灵坐起来，流浪汉跳到他跟前，嬉笑着说道："坏人让我赶跑啦。你放心吧。"说完便大笑着跑开了。标准的普通话，让老胡很是诧异。

虽然才早上六点，但太阳已经露出了头，老胡在公共卫生间洗了把脸，用矿泉水瓶子接了一瓶凉水，回到凉亭后拿出一张饼，就着凉水开始吃起来。这种死面饼，耐放，大夏天也能放个十来天，临走前的晚上他烙了二十多张。流浪汉又跑回来了，老胡拿出一张饼递给他。他笑着接过饼，说了声"谢谢"，坐过来跟老胡挤在一起吃。

老胡说：“吃完还有。”流浪汉不吱声，他见流浪汉左边胸前还别着一枚徽章，跟村支书戴的一模一样。村支书告诉过他，这是党徽，是光荣的象征。他心里更惊诧了，这个流浪汉普通话说得这么好，一定不是一个普通人，至少不是跟他一样的“泥腿子”。“唉，也不晓得你遭遇了啥子哦？”老胡有些难过，从包里拿出一盒牛奶递给他，问道：“我叫老胡，你贵姓啊？”问完他就有点后悔，流浪汉要是不记得自己叫什么岂不是让他难堪了。

“老胡。”流浪汉说道。

“你也叫老胡啊，那敢情好，咱们同姓。”老胡松了口气。

“同姓，老胡。”流浪汉重复道。

老胡吃完了饼，装好篷布，对流浪汉说道：“老胡你慢吃啊，我要去寻人了。”

“寻人？”流浪汉拉住了他。

“对，我的儿子不见了。”

“儿子不见了？”

“对，一个多月前被拉来这里了。”

“拉来这里了？”

“对，你看就是这里。”老胡拿出那张模糊的街景照片。

流浪汉接过照片仔细看着，老胡想拿回照片，他也不松手。老胡说：“那你拿着吧，帮我寻着些。我先走了，你要是还想吃饼，就来这里找我，我还有。”

七月的太阳让人热得难受，就连老胡这种经常风吹日晒的人都感觉自己的“老皮”被烤得发疼。老胡一条街一条街地走着，比对着手里那张模糊的照片。实在热得受不住了，他就去能透出凉风的店门口蹲一会儿，也不能蹲太久，怕影响别人做生意。

老胡转了一上午一无所获，又去派出所找冯警官，冯警官不在，值班的警察让他下午再来。他看见院子里有水龙头便去接水喝，被值班警察看见了，给了他两瓶矿泉水，又给他拿了两个苹果。老胡揣着这些东西回到凉亭，又热又绝望，长沙太大了，他根本不知道从何找起。

03

老胡感觉被一个炙热的塑料袋蒙住了头，喘不上气，脸上的肉都要被烫掉了。突然一盆凉水从头浇下，一下子救了他。他清醒过来，大口喘着气，流浪汉老胡拿着一个湿漉漉的塑料袋咧嘴笑着。

“原来是你啊，谢谢你救了我。”老胡知道自己是中暑了，有一年去果园除草的时候热中暑了就是这种感觉，他连忙从包里摸出藿香正气水，这是姚婶给他装在包里的，那年中暑就是在她家果园帮忙。老胡喝掉一支藿香正气水，靠着柱子歇了好一会儿才有点精神。流浪汉老胡一直盯着他看，不再咧嘴笑，神情反而有点担忧。

“老胡，你把外套脱了吧，天气这么热，小心中暑。来，你也喝一支，预防一下。”老胡把药递给流浪汉。

流浪汉喝了一口，脸皱成一团，老胡哄着他：“药都不好喝，喝了可以预防中暑。喝完给你苹果吃。”说着，又把苹果拿给他。

老胡还是觉得心慌，靠着柱子闭上了眼睛。流浪汉坐在他身边慢慢吃着苹果，咔嚓咔嚓的咀嚼声让老胡有些心安。休息到四点多，他约莫着冯警官回来了，便准备再去派出所看看。走了两步，转过身来对流浪汉说道："老胡，跟我一起走吧。"在这个陌生的城市，他急需一个人做伴，哪怕这个人是一个流浪汉。

老胡带着流浪汉老胡在派出所门前终于见到了冯警官，冯警官看见流浪汉很是意外，他告诉老胡，流浪汉姓古，原来是一位大学老师，儿子是一位消防员，但是在一次救火任务中牺牲了，古老师的妻子是名医生，本来都退休了，疫情的时候出来支援前线不幸感染也牺牲了。接连遭受打击，古老师的精神就出了问题。社区也都有帮扶和照顾，将他送到医院，但他在医院反应特别激烈，三番两次地从医院逃跑。后来社区决定，只要他不伤人，就随他去。

"我就看着他不像我们这种土老帽。"老胡的表情看上去特别难过，说："好人咋就没有好报呢？"

"不过大爷，您很厉害啊。古老师脾气古怪得很，谁的话都不听，居然能跟着您呢。"

"应该是看我也是个流浪的，比较亲切。"老胡不好意思地挠挠头，他都不敢离冯警官太近，怕自己身上的汗臭味熏着对方。"冯警官，我儿子那事，咋样了？"

"我们今天已经开始排查了，目前还没有找到有用的线索，您别着急，我们会接着查的。”冯警官安慰着老胡。

老胡有些失望，但也有心理准备，家里派出所的警察也跟他说过，不大容易找。“总能找到的。”老胡不断地给自己打气。

知道了古老师的事，老胡更上心了：“古老师，以后咱俩就做个伴儿啊。”

“古老师，做个伴儿。”古老师咧嘴笑着，胡须都扎进了嘴里。

老胡去超市想买把剃须刀，他觉得太贵，便花六块钱买了把剪刀，帮古老师剪了头发和胡须，“古老师，我剪得不好，但是剪了头发能凉快些。”古老师乖乖地坐着配合，老胡心里叹息道，“原来多体面的人啊，唉，老天爷，你太残忍了。”

老胡买了份盖浇饭给古老师，自己还是就着凉水啃面饼。店老板看到后给老胡做了一大份饭，并让老胡以后吃饭就过来，不收钱。原来附近的老板都知道古老师的事，他们都想帮助古老师，但不管谁试图接近古老师，他都会发脾气。因此，老板们对老胡这个说着蹩脚川味儿普通话的老头儿颇有好感，给他拿了很多吃的，让他热了就来店里吹空调，得知老胡找儿子一事，也都纷纷表示会帮老胡留意。大家都夸老胡是个好人，老胡觉得古老师才是他的贵人，因为古老师，他才遇到这么多好人。老胡后来能找到那个模糊照片上的地方，也要归功于古老师。

那天老胡又和古老师一起边捡垃圾边比对照片，古老师拐进了一条巷子，老胡怕他走丢了，连忙跟了上去，只见古老师站在拐角处，指着前方一座老楼，说道："这里。"

老胡激动地给冯警官打电话，没多久冯警官就带着他的同事赶来了。可惜的是，经过排查，确定这栋楼里原来确实住过一群传销人员，但已经转移。根据房东和周围邻居说的时间，警察估计应该是在小光发出位置信息之后，他们就转移了。餐馆老板这时也提供了一个重要信息，他妻子说一个月前有三个年轻人来店里吃饭，其中一个男生吃着吃着就哭了，旁边两个人开始劝慰他，后来见劝不住就动手打了他，还打碎了一个盘子，所以她印象很深。她前些天带孩子回老家了，今天刚回来就见到店里老胡留下的小光的照片，一眼就认出那天边吃边哭的男生就是小光。

老胡现在喜忧参半，喜的是终于确定小光在这个城市，忧的是人到底在哪儿呢。

冯警官说，这群人租房子时跟房东说的是搞销售的，专门负责天心区。以前打击掉的传销组织也有过按区域分的，那很有可能这个传销组织还在天心区，只是转移到了其他地方。传销组织通常都会选择老小区或者老居民楼作为窝点，一是隐蔽，二是房租低、成本低。一一排查老小区、老居民楼应该就能找出来，但是传销组织又非常警觉，一点点风吹草动就会惊动他们，他们会飞快转移，就像这次。所以，既要隐蔽，又要排查，实在是太难了。

老胡想了想，说："冯警官，你把这些可能的地方告诉我，我去找。我这糟老头儿，就是个捡垃圾的，没人会怀疑。”

冯警官和同事对视了一下，说：“这倒是个办法，但是会非常辛苦，地方可能会比较多。”

老胡说：“我们庄稼人最不怕的就是吃苦。只要能找到儿子，这算个啥。”

04

一

老胡坐在派出所的会议室里，面前坐着一排人，冯警官向他介绍，除了派出所的，还有打传办的、市场监管所的、综治队的、街道办的，老胡哪里见过这样的阵仗，他这辈子见过的最大的官就是村支书。老胡的身体控制不住地哆嗦，冯警官安慰他放轻松。可老胡还是控制不住自己的身体，倒是古老师一把按住了他的胳膊，老胡这才镇定下来。

冯警官说，他们已经筛查出来大概的可疑地点了，现在要和老胡讲的是怎么去判断是不是传销窝点。

打传办的同志对老胡说道："大爷，传销窝点一般有这样几个特点。第一，传销就是一群人聚在一起，我们按照以往的经验和天心区居民住房的大概格局推算出一套房子至少会住7到10个人，甚至更多，而且男女都有，尤其是年轻人居多。所以您看到一套房子住的人比较多就要留意。第二，看阳台、窗户等可以晾晒衣服的地方，住的人多，洗的衣服就多，尤其是现在正值夏天，洗晒会更频繁。第三，搞传销都会拉着一起喊口号，您要是听到哪个屋子里有人，尤其是很多人在一起喊口号或者唱歌，那就需要多加注意。第四，要注意那些进进出出的人，传销窝点都不会让那些人吃得好，只要饿不死就行，所以组织里的人基本上都会营养不良，您看到那些进进出出的人如果脸色蜡黄，体形消瘦，精神不好，也要多留意。”说完递给老胡一张纸，继续说道：“总结起来就是这四点——数人头、看衣物、听声音、观面色。您听明白了吗？”

“明白了。数人头、看衣服、听声音、观面色。”古老师朗声说道。

所有人都惊讶地看向古老师，古老师面色如常地看向老胡，叫道：“老胡。”

老胡连忙回应道：“明白嘞，明白嘞。”

街道办的大姐一脸欣喜地问古老师：“古老师，你好了啊？”

古老师并不回应她，仍专注地看向老胡。老胡推推古老师，说道：“古老师，跟你说话咧。”

古老师没有回应，又说了一遍：“明白了。数人头、看衣服、听声音、观面色。”

冯警官连忙说道：“胡大爷，您把手机给我一下，我把大家的手机号都给您存一下，联系人名字就存成 1、2、3、4、5，您只要发现情况随便打哪一个电话都可以。我们也会时刻注意您的安全，您有什么需要也可以随时和我们说。”

“对，我们还可以给您找个住处。”街道办的大姐说道。

老胡说：“不用。要做就要做得像，我们是捡垃圾的流浪汉，不能让别人看到有住处，我们睡在外面就行。”

“那您牺牲太大了。”

“我也是为了找自己的娃，牺牲个啥子。”

古老师还在念叨着：“明白了。数人头、看衣服、听声音、观面色。”

老胡对他说：“古老师，这个话不能说出来，要记到心里，不能让别人知道。”

古老师说：“好。”

在场所有的人再一次被惊到。

拿到标注好的地图，老胡立马就开始“侦查”行动了，他一刻都不敢耽搁，刚才打传办的同志说传销窝点的人都不会让人吃饱饭，他心里难受得很，小光本就有些挑食，现在也不知道被折磨成什么样了，他要尽快把儿子找到。

古老师跟着老胡，俩人像多年的好友或者兄弟一样，看起来非常和谐。街道办的大姐问冯警官：“古老师怎么这么听胡大爷的话？”

冯警官回想着这段时间老胡和古老师相处的画面，说道：“也许是因为胡大爷从一开始就没有把古老师当成病人吧。”

05

“老胡老古流浪侦查队”开始行动，这是老胡取的名字。村里放坝坝电影的时候，他看过一部名叫《无影侦查队》的电影，具体内容他不记得了，只记得很好看，他虽然是为了找儿子，但冯警官说他在做一件很了不起的事，成功的话，解救的不仅是自己的儿子，还有更多的年轻人。冯警官的话让老胡的自豪感油然而生，他便按照电影的名字为这次“侦查”行动取了这个名字。

为了更符合流浪汉的真实生活，老胡也不去公共卫生间洗脸了，几天下来他感觉身上的酸臭味儿更大了，但也能更放心地去翻垃圾桶。老胡发现，除了打传办的领导教的四个特点，根据每户的垃圾也能大致判断出里面住的是什么人。比如，他发现有一户每天的垃圾里只有一些白菜叶和土豆皮，从来没有见过其他食物的残渣，便专门盯着这户，果然里面住着八九个人，天天聚在一起开会喊口号，只是他看不到里面有没有儿子小光。

冯警官说怕传销窝点之间有联系，所以要等筛查完之后一次性消灭。老胡上报的可疑地点都会被监控起来。

这天，老胡和老古筛查到一个老房区，按照惯例，他和老古一层一层地去看各户门前有没有垃圾。走到三楼的时候，一户房门突然打开，一个光膀子的人拎着一袋垃圾，老胡一下子呆住了，这个光着膀子瘦到脱相的人竟是他心心念念的儿子小光。

小光把垃圾扔在地上，对他说道："啥都没有，不用翻。"

里面立马有人吼道："你跟谁说话！"说着便冲出来一个凶神恶煞的人。

"捡垃圾的。"小光麻木地说道，完全没有认出眼前站着的人竟然是自己的父亲老胡。

"再敢干多余的事，看我不打死你。"那人踹了小光一脚，又对老胡吼道，"快点滚，别在这儿晃荡。"说完便咣当一下关上了房门。

老胡震惊地立在原地，大脑一片空白，要不是古老师拉他，他还立在那里，说不定就被发现了。老胡回过神来，立马跑到僻静处给冯警官打了电话，说发现了儿子。

冯警官说自己马上派人去监视这个地方，又叮嘱道："大爷，咱们不仅是要救您儿子，还有很多其他人的孩子。"

老胡已经完全冷静了下来，说道："冯警官，你放心，还有 8 个小区，我们会仔细排查完的。"

关于老胡的战绩，他还没回去，村支书已经在村里绘声绘色地开讲了：“老胡这次靠捡垃圾发现了 11 个传销窝点，11 个啊，这可只是天心区的，还帮忙找到岳麓区 8 个窝点，你说说这些人咋这么嚣张？老胡可是解救了 171 个人啊。不信啊，看看，新闻都爆出来了。老胡都被颁奖了。你说说这老胡，窝囊了一辈子，老了老了，还光芒万丈了。”

老胡要回家了，他最舍不得的就是古老师，他诚挚地对古老师说：“古老师，跟我去我家吧，我家那里景色美得很，夏天也没有这么热。”

古老师面容平静，说道：“不，我的太太和儿子在这里。”标准的普通话，让老胡的眼泪一下就流了出来。

老胡买了一把剃须刀和一个理发器，给古老师刮了胡子、推了头发，将他带到冯警官跟前，说道：“古老师，我要回去了，以后再来看你。你以后有事就找冯警官，要得不？”

古老师看看老胡，又看看冯警官，说道：“要得。”

老胡又跟冯警官说，古老师爱吃鱼香肉丝盖浇饭，喜欢喝纯牛奶。冯警官问老胡：“大爷，您是不是从来没有把古老师当成病人？”

“古老师本来就没得病啊，他只是不爱说话而已。”老胡叹了口气说，“伤心事经历太多了，人就说不出话了，多陪他坐坐就好。”

冯警官看着眼前黝黑干瘦的老胡，典型的中国传统农民的形象，勤劳、淳朴、善良，让他感动得想哭。

要说这次事件中变化最大的就是老胡的儿子小光了。他嫌弃老胡窝囊，想要自由，却被网上的招工信息骗进了传销组织。中途他以向好朋友要钱为由拿到了手机，趁机给旭明发了位置信息，结果还被组织发现了。挨打、挨饿、挨骂，精神和肉体遭受双重折磨，在无比绝望时，是他曾经认为窝囊的父亲将他救了回来。

“爸，对不起。”获救的小光才发现那天那个捡垃圾的流浪汉是自己的父亲，他扑通一声就跪下了。

老胡拉起他，含着泪说道：“回来就好，回来就好。”

之后老胡发现，儿子不仅回来了，还一下子懂事了，不再对他恶言相向，也不挑食了，就连家里的农活也抢着干了。

老胡心想，人果然还是得经历一些事才能成长。但老胡经历了这些事后，还是那个脾气好到有些窝囊，好像谁都能欺负一下的老胡。村子里的人还都叫他“老胡”，可语气里没了往日的戏谑，多了几分敬重，都觉得老胡干瘦佝偻的身躯挺拔了不少。

反诈孃孃团

01

“你这辈子吃过的最贵的鸡蛋多少钱一个？就是咱们平时吃的鸡蛋。”

“我之前看过一个新闻，说有一种富硒鸡蛋，480 块一盒，一盒 30 个，相当于 16 块钱一个，是不是觉得特别离谱？”

“超市里两块钱一个的鸡蛋你是不是都嫌贵？”

“我曾经花 120 万买了 8 个鸡蛋，15 万元一个。”

“什么鸡蛋？”

“就是菜市场里卖的那种最普通的红壳蛋，连无菌蛋都不是。”

“你脑子出问题了？不是出问题了，是直接坏死掉了。”

这是宋永清和他人聊天时最常说的话，她可一点儿都没夸张，那 120 万是实打实地没了，那 8 个鸡蛋的腥味儿不仅大，还差点要了她的命。

故事发生在一年前的 3 月 27 日，宋永清说她这辈子都不会忘记这一天。她从公园遛弯出来，碰见一位老太太正在卖自己种的韭菜，老太太叫卖道：“春天的头茬韭菜最香了，五块钱一把。”宋永清把老太太的两把韭菜都买了，计划着再去买盒鸡蛋，晚上包孩子们最爱吃的韭菜鸡蛋馅儿饺子。

路边几个年轻的姑娘和小伙正在发传单，宋永清本来不想搭理的，结果小伙儿跟她说免费听课可以领一盒鸡蛋，还给她看门口堆放的几大箱鸡蛋。对于退休的宋永清来说，最富余的就是时间了，对花点时间就能白得一盒鸡蛋这种好事，她欣然答应了。上了二楼后，一间会议室里坐了二三十位老头儿和老太太。一个西装革履，梳着偏分头，戴着金边眼镜，看起来很是斯文儒雅的中年男人，正微笑着与坐在前排的老人交谈。

“那个人看起来很有派头啊。”宋永清旁边的一位老太太说道。

“可不嘛，他戴的那块表，我儿子也有一块，贵得不得了。”另一位老太太附和道。

这个中年男人自称贾总，所在公司是世界五百强企业，正在开展国家光伏项目，制作精美的 PPT 上，各种新颖的名词不断出现，整个演讲的内容总结起来就是：国家项目有保障，新科技有前景，更重要的是现在投资，利息高达 20%，而银行定期存款五年的利息也不会高于 4%。钱生钱，利滚利，几年之后不仅能够跑赢通货膨胀，防止手里的钱贬值，更能让手里的钱翻几番。

贾总讲得激情澎湃，还有人在恰当的时间捧场：“贾总说得对，你不理财，财不理你。”

现场气氛非常活跃，老人们的积极性和好奇心都被调动起来了。宋永清也有些心动，她这辈子最大的愿望就是老了病了能自己顾好自己，不给儿女增加负担，而且还能给孙子、外孙女留下一笔钱。所以，她一直过得都很节俭，这么多年攒下了120万，和老伴儿养老应该是够的，但是万一生病可能留给孙子、外孙女的钱就不多了。但宋永清心里还是存了一些疑虑。贾总讲完之后，就说课程结束了，大家留个姓名和电话就可以领鸡蛋了。

后来宋永清才想明白，贾总的这招欲擒故纵非常高明，老人们的警戒心一下子放松了很多。如果讲完课就让她投资，她应该当场就走了，可贾总什么也没说，就让大家签了个字，一个叫于涛的小伙儿还热情地将鸡蛋检查了一遍，确认没有破损才递给她，见她还拿着韭菜，又去找了个系着中国结的环保布袋，将韭菜、鸡蛋和她的水杯都装在一起。没有推销，没有买卖，只是关心她回家的路远不远，需不需要送她回去，直接将宋永清的好感度一下子拉满。

宋永清回到家炒鸡蛋时，鸡蛋的腥味儿有点大，她加了点白醋去腥，但是鸡蛋个头挺大，关键还是免费的，她觉得听那一个多小时的课非常划算。

过了两天，于涛给宋永清打电话，请她去参加他们的公益性讲座，这次要送纯牛奶。宋永清毫不犹豫地答应了。还是讲光伏项目，还是高收益，还是没有强制推销。宋永清心中的疑虑已经消失了。她和于涛说她想投点试试，问刚开始投多少合适。

于涛说：“不用投太多，可以先投个五万，年收益是 20%，一年的收益是 1 万，可以选择每个月发利息，也可以选择一年后一次性发放利息。我觉得可以先选择每个月发利息，先感受一下，这样更放心。”

宋永清一点心理压力都没有了，立即掏出了银行卡。之后于涛仍然跟宋永清保持着热情的联络，除了讲座，他们还会举办其他活动，比如组织郊游赏桃花，观看戏曲表演，还有听相声，这些都是深受老年人喜爱的活动。宋永清好奇地问于涛：“这些活动都是免费的，公司不会赔钱吗？”

“不会啊，孃孃，我们是国家支持的项目，国家一直提倡关爱老年人，给我们都有补贴的。”

“这么好啊。”宋永清一直惦记着她的两个好姐妹，但她想等第一个月的利息拿到手确保没有问题后再告诉自己的好姐妹。

第一个月的利息如期到账了，投了五万块，20% 的年收益率，这个月收到了 834 元。于涛和宋永清说公司直接将零头加上去了，虽然只有几分钱，但是宋永清觉得公司不占客户的便宜，很实诚。宋永清立即将这个生财之路告诉了自己的好姐妹姜凤兰和周絮，带着她们参加了讲座，加上宋永清的力荐，姜凤兰一次性投了 20 万，周絮也投了 20 万，宋永清也追加了 15 万。于涛此后对三姐妹更是关怀备至，姜凤兰有一次肠胃炎住院一个星期，儿子在外地，全程都是于涛在医院陪护，不仅姜凤兰，姜凤兰的老伴儿老赵都说于涛比自己的亲生儿子还要靠谱、可信。

有一天，于涛跟三姐妹说公司有一个养老公寓的新项目，也是国家扶植的项目，收益比上一个项目还要高 5%，所以现在仅是内购，他觉得跟三位嬢嬢特别亲，就把这个消息透漏给她们。三姐妹一听，立马表示也要参投。

几天后，于涛说和老总软磨硬泡了很久才要到了一些份额，这个项目收益高，只有一次参投的机会，后续不会再加购。宋永清算了一下，25% 的收益，投资 100 万的话，一年就有 25 万,四年就会翻一倍，就算只投资四年，她到时候也能给孙子、外孙女留下一笔不少的钱。姜凤兰见她要投 100 万，还是有些担心。宋永清说："每个月三千多块钱的利息你不是都收到了吗？我看了，这几个月连利息发放的时间都是固定的，很靠谱，这么好的投资项目，遇到了就要赶紧抓住啊。"

周絮也说："是啊，别犹豫了。我当时收到利息的时候，别提多开心了。啥都没干，三千多块就到手了。我还有 60 万，25% 的收益，那每个月又多……等我算一下。"周絮拿出手机计算器按了一遍接着说道："哎呀，多一万两千多块钱呢。"

高收益让姜凤兰也很心动，但是自己的公婆和母亲已经八十多岁，且都是农村老人，没有退休金，要靠自家补贴，她不敢冒风险，"那我还投 20 万吧，家里老人万一哪天有个头疼脑热的，还是得留些应急的钱。"

于涛动作很迅速，宋永清 100 万，周絮 60 万，姜凤兰 20 万，银行卡在 POS 机上一划，钱就到了对方的口袋，没有任何感觉。但钱来时却很有感觉，每个月 25 号是利息发放日，按时收到的到账短信让三人欣喜不已，姜凤兰看着姐妹们每个月一两万的收益，开始后悔自己当初太胆小谨慎了，她私下问于涛能不能帮忙申请再让她加购一些，但从来都是秒回信息的于涛这次却一直没回复，姜凤兰心想也许他正在忙，就没把这件事放在心上。

可于涛就此消失了。

投资养老项目的第三个月的 25 号，宋永清迟迟没有收到银行发来的短信，就去银行查询，被告知并没有钱到账。周絮和姜凤兰也一样，微信、电话都联系不上于涛。她们以为这个年轻人一定是遇到了什么事，还很担心他，“孩子平时对咱们这么好，要是遇到事咱们可得帮一把。”

三人来到公司后，被眼前的场面惊得目瞪口呆，往日坐满人的接待厅、会议室，如今空荡荡的，连一张纸片都没有，干净到好像从来没有人待过一样。她们慌忙楼上楼下地打听，结果物业说上周这个公司就搬走了。

02

—

春节的时候，孩子们都回来了，宋永清做了一大桌子菜，但儿子儿媳、女儿女婿似乎都有事要忙，眼睛没离开过手机。孙子捧着手机打游戏，外孙女抱着 iPad 看动画片。为了给自己找一点存在感，宋永清找最容易说上话的外孙女聊天："晓雪啊，又在看什么动画片呢？"

"世界要毁灭了，几个高中生要拯救世界。"

"我记得你以前看的动画片也是关于高中生拯救世界的吧。"

"是啊，因为只有高中生还热血，成年人要是面对世界毁灭，说不定还会说一句'还有这好事？'"

宋永清当时只觉得孩子这句话荒唐，现在她被骗了 120 万，要是这会儿有人告诉她世界要毁灭了，那她也一定会脱口而出："还有这好事？"

当然没有这等好事。所以宋永清面对的仍是痛苦的深渊，后悔、懊恼、愤怒、绝望、憎恨盘亘成一条巨蟒，绞着她的五脏六腑，啃着她的筋膜肉骨。她来到32层高的楼顶天台，心想只要跳下去就解脱了。她正准备往楼顶围墙上爬，被姜凤兰一把拉住，周絮也连忙死死地拽住她另外一只胳膊。

姜凤兰喘着气说道：“刚刚看你路上的神色就不太对，还好跟过来了。你做啥傻事啊？”

周絮也补充道：“是啊，我们再想办法啊，你也不能想不开啊。”

宋永清一下子哭出来了，从发现公司跑路到回到家，她一直都没有哭，就像神游在外一样，如今缺口打开，眼泪一下子就收不住了，边哭边说着：“我太对不起你们了，都怪我，我害了自己，还害了你们。”

姜凤兰也带着哭腔说道：“我们也是自愿买的，又不是你强迫的，咋就怪你了？”说着也哭了起来。

周絮边哭边骂，说：“于涛那个挨千刀的，骗我们老太太的钱，真是没良心。”

三个老姐妹相互搂着哭作一团，许久之后平静了一些，姜凤兰说：“哭解决不了问题，咱们还是得想想办法。”三人商议之后，决定先去报警。宋永清想给家人一个惊喜，所以是瞒着家里人买的，姜凤兰和周絮虽然跟家里人说了，但若家里人知道钱没了，一定会迎来一场血雨腥风。所以，三人决定还是先瞒着家里人，第二天一早就去报案，并且都不准再做傻事。

第二天一早，三人相约来到了派出所，详细做完笔录后，宋永清小心翼翼地问警察：“警察同志，我们的钱能追回来吗?”

警察犹豫地说：“我们会尽力追查，但也要做好心理准备，估计很难追回来。”

那段时间，宋永清去各个寺庙烧香拜佛，她也在那一刻理解了为什么有人在佛像前长跪不起，人在绝望的时候，只要是路都想着要去试一试。她也虔诚地上香祷告，祈求神灵帮助警察能尽快地将钱追讨回来，尤其是两个好姐妹的钱。

宋永清每天早出晚归，守在人去楼空的公司前，还遇到了十几位同样受骗的老人，宋永清劝说大家都去警局报案，人多力量大。但有五位老人怎么都不去，他们一致的说辞是“太丢人了”。

怕被家人责怪，怕被他人嘲笑，这几乎是所有受骗老人的顾忌点，所以很多人被骗之后若不是金额巨大到瞒不住，基本上都会选择将这颗打落的牙吞到肚子里。宋永清在公司蹲守的时候，碰到了一位七十多岁的蔡大姐，她也是受害人，她把公司的大门砸开了，就睡在那里，说要以死相逼，物业对她也没有办法。宋永清劝她去派出所报警，蔡大姐坚决不同意，“去了派出所的话，所有人都知道我被骗子骗了，我这张老脸以后往哪里放啊?”

“又不是你一个人被骗，我们很多人都被骗了。”宋永清还在劝慰她。

“我跟你们不一样，我是个文化人，管了一辈子的人，最后栽在这里。我跟你说，我不是为了钱，我这是为了尊严，你懂吗?”蔡大姐咬牙说道，脖子上的青筋根根凸起。

宋永清被她说得更加烦躁，转身走了，不再理她。后来听别人说，这个蔡大姐前前后后投了200万，大部分的钱还是借亲戚朋友的，公司跑路后，天天都有人堵在她家要钱，她应该是没地方去了才睡在那里。宋永清又很同情蔡大姐，如果自己的那120万也是借的，估计也是有家不敢回吧。

宋永清生病了，她整宿整宿地失眠，老伴儿老梁经常半夜看见她在阳台对着花花草草说话。她的心脏也出了问题，有时突然急剧跳动一阵，好像要从胸膛里蹦出来似的，压得她喘不上气，翻着白眼直直往地上躺，身上的汗像水一样往外流，吓得老梁打电话叫救护车，手抖得手机都掉了三次。宋永清被送到医院后，彩超、CT、动态心电图全都查了，心脏确实有点毛病，舒张功能较差，瓣膜轻度未闭合，血管有一点硬化，但是这对于六十岁的老年人来说都不算是大病，不至于有这么大的反应。医生结合老梁说的症状，建议去精神科再检查一下。

宋永清坚决不去，老梁把女儿、儿子全叫了回来，在全家的压迫下宋永清去了精神科。

“重度焦虑症?”老梁看着检查报告，很不理解，“天天这么清闲的日子，你有啥好焦虑的?”

宋永清一句话都不想说，儿子、女儿也都说让她不要胡思乱想，都退休了，也没有工作压力，有什么可焦虑的?你一言我一句，宋永清看着天花板一点点朝自己压下来，心脏“突突突”直往外蹦，正当她窒息得又要喘不上气时，传来了一阵“哐哐哐”的砸门声，一个愤怒的男人吼道：“宋永清，你给我出来！”

宋永清激烈跳动的心脏一下子停了，她绝望地闭上眼睛，心想完了，这下子瞒不住了。

03

—

周絮红着眼佝偻着身体，怯怯地对宋永清说道：“阿清，对不住啊，我……我实在拦不住。”

“什么你对不住她，是她对不住你。”暴躁的男人是周絮的儿子郭坤，他梗着脖子对宋永清说道：“宋姨，我妈是听你忽悠的，所以你得负责，这 80 万，你得赔给我们！”

全家都愣住了，所有人都看着头快埋进膝盖的宋永清，只听见周絮轻声抽泣的声音。宋永清机械地讲述着，灵魂像被抽离出去一样。直到老梁将杯子用力摔在地板上，玻璃的炸裂声才将她的魂拽了回来。

老梁颤抖地吼道：“120 万啊，你怎么敢的？你怎么敢的！”

女儿和儿子也崩溃地质问着，宋永清很后悔当时没能从 32 楼跳下去，她也后悔跟蔡大姐闹得不愉快，她想去公司那里住，不知道蔡大姐会不会赶她。

郭坤打断了他们的质问，态度强硬地说："我不管你们家赔了多少钱，我妈的这 80 万你们得赔给我！"

宋永清的儿子哲远也怒了，"又不是我妈逼着周姨投的，自己做的决定后果自负，凭什么赖到我们家！"

炸弹被彻底点燃。宋永清的儿子、女儿和儿媳都加入了战斗，郭坤一对三也一点不落下风，老梁还在数落着宋永清，满屋子都是爆炸的火药味，只有两个老太太无力地缩在一边。就在大家快要从嘴皮子进展到拳头时，宋永清的女婿谭志明回来了。谭志明是警察，一身警服很有震慑力，所有人瞬间安静了。郭坤抓住谭志明，又想来一波道德绑架，谭志明却说事情已经在调查中，让郭坤先回去，警方一定会给出结果的。

郭坤虽然还想不依不饶，但是只能悻悻地走了。周絮一直对永清说着对不起，永清安慰她说："你别担心，钱我一定帮你找回来。"

老梁还想接着批评永清，却被谭志明打断了，"爸，事情已经发生了，再多的指责也于事无补，再说妈自己已经很痛苦了，就少说两句吧。"女婿发话，老梁闭了嘴，但余气未消，时不时狠狠叹口气以表示自己的不满。

女儿问谭志明："你早知道这件事了？"

"妈和周姨她们去派出所报案，刚好是以前的同事接待的，知道是我岳母便跟我说了。"

"那你不跟我说？"

"我想着妈瞒着你们，我也就没说。再说，你看你的暴脾气，知道了不就是今天这个结果吗？”说完，对着其他人说道：“你们都少说几句，谁也不想被骗，妈现在是最痛苦的时候，她需要的不是我们的指责。”又意味深长地指着桌子上的焦虑评估报告说道，“这些年，老年人遭遇诈骗的案子非常多，好多老人走不出来。咱们就当破财消灾，钱没了还可以再攒，人没事就行。你们说，对吧？”

志明拿出一张银行卡给永清，说道：“妈，这是三十万，您拿着给周姨和姜姨，补一点是一点吧。”

永清没有接过银行卡，轻声说道：“谢谢你，志明，我已经捅了个这么大的娄子，怎么还能给你们添麻烦呢？”说完，独自一人慢慢走回了卧室。

女儿雯雯还想跟过去，却被志明拉住了。他把大家都叫到阳台，轻声说道：“跟咱妈一起被骗的一位姓蔡的老太太下午跳楼了，人没了。姜姨也跟我说了，咱妈也上过楼顶，想寻短见，幸亏被她们拦下了。我们现在要做的就是支持和陪伴，每个人都要管住自己，不要再责怪她了，要帮助她从这件事中走出来，现在已经是焦虑症了，再生出别的病来，就更得不偿失了。”

得知永清寻过短见，老梁紧张起来，赶忙就要去卧室看着永清。

雯雯说：“咱们是不能怪妈，但也不至于把我们的钱拿出来给周姨啊，你看郭坤，就是个混子。”

“钱拿出来不是为了周姨，是为了咱妈。是咱妈介绍周姨和姜姨去的，咱妈重感情，肯定把过错都往自己身上揽，长时间让自己处于负罪感中，身体肯定就垮了啊。”志明解释道。

一直沉默的哲远终于开口了，说：“我拿剩下的 90 万，这样就够了。不就是钱嘛，还能有自己的妈重要？年轻力壮的，咱还能挣。”

永清设想过事情暴露后可能出现的多种结果，老梁的责骂，孩子们的斥责，她都想到过，唯独没有想到的是家人不但轻易谅解了她，还凑出了钱让她去弥补过错。永清不想拿孩子们的钱，但她也清楚凤兰和周絮的处境，只能一遍遍地对孩子们说着“对不起”。

哲远说：“说啥对不起。我小时候闯祸，不都是你去摆平的吗？现在你闯祸了，儿子给你兜着。”

雯雯也说：“是啊，妈，我高中的时候把同学的电脑弄坏了，吓得不敢回家，你找到我就说了一句，‘不就是台电脑嘛，妈给你钱。’你现在也别愁，虽说你的 120 万我们一时凑不齐，但是姜姨她们的钱我们凑齐了，你拿去给她们，心里就不要再有压力了。不就是养老钱嘛，我们给你。放心吧。”

永清后来去各地做反诈宣传的时候，有机会她都要与受骗老人的家人们聊聊，跟他们说亲情的缺失、家人的忽视，是老人容易被诈骗的主要原因。亲情的温暖、家人的支持，是老人走出被骗的阴影，及时止损的重要能量。

姜凤兰和周絮最终也没有要永清的钱。

姜凤兰说：“你把我当姐妹，我要是收了你的钱，就是不把自己当人了。”

“可你家老吴……还有你公婆不是都要一直吃药吗？”永清还是很担心。

“老吴嘛，就是嘴碎一些，让他唠叨去吧，我早就练得左耳朵进右耳朵出了，不往心里存一点。老人都是慢性病，现在有慢性病卡，花不了多少钱。你就收着吧。再说我当时留了一些应急的钱，你就放心吧。真有难处了，我会跟你说的。”

永清争辩不过凤兰，又劝说周絮，“阿絮，你收下吧。你投的钱多，不拿回去，郭坤会天天给你脸色的。”

周絮苦笑了一下，说道：“阿清啊，我现在都不恨于涛了，甚至还有些想念他。我家那个马桶坏了好几年了，我跟郭坤说了无数次，他理都不理，你知道我住的是老小区，没有师傅愿意上门修，是于涛那孩子找人来修好的。还有楼上渗水，我怎么跟那户人家说都不理我，也是于涛去帮我解决的。那孩子为我跑前跑后，‘孃孃，孃孃’亲热地叫我，认识这几个月的时间他比我养了几十年的儿子付出的都要多。亲儿子要不是为了问我要钱，我哪里能见到他人影？这钱就算不被骗走，也不会落到我手里一分，早晚都会被败家子儿子搜刮去的。所以，我要你的钱干啥啊？你拿着吧，他要是再去你家闹，你就让你那个警察女婿替我管教管教。”

周絮说得心酸，永清听得心疼。她理解周絮说的于涛给她带来的那种“亲人”的感觉，虽然也知道讨老人的欢心是骗子们的套路，但于涛确实为她们做了很多事，三个老太太也为这个年轻人没能走上个正道而惋惜不已。

被骗的伤口在慢慢结痂，但这件事在永清心中仍不能被轻易碰触，家人们也心照不宣地尽量避免谈论这件事。但有一天志明问永清，愿不愿意把伤疤揭开给别人看。

04

—

永清赶到庄大爷家时，庄奶奶还在拿着剪刀对着自己的脖子，三名警察和庄大爷都紧张地站在一旁，话都不敢大声说。

庄奶奶前阵子去听了一个高端养老公寓项目的讲座，投资这个项目不仅能有 15% 的年收益，将来还能在这个高端养老公寓里有一张免费的床位，投的钱越多，床位越豪华，投资 60 万以上就能住单人间；投资 100 万以上，可以住有客厅的套房，还有专门的护理师、营养师 24 小时照顾日常起居。庄奶奶说她去看了人家公寓的房子，豪华套房非常漂亮，比现在住的老房子要舒适太多，有钱赚还有新房住，更有专人照顾，庄奶奶铁了心要把现在的房子卖了去投这个项目。

庄大爷不同意，他不相信世界上有这么好的事。庄奶奶便以死相逼，庄爷爷无奈只能报警，警察来了不管如何解释这就是骗局，庄奶奶都全然不信。这个片区刚好是志明负责，他便想着让永清来现身说法一下。

但永清一开口就让庄奶奶愣住了，“大姐，你这辈子吃过的最贵的鸡蛋多少钱一个？就是咱们平时吃的鸡蛋。”

庄奶奶一时没反应过来，永清继续说道：“我之前看过一个新闻，说有一种富硒鸡蛋，480 块一盒，一盒 30 个，相当于 16 块钱一个。”

“有这么离谱？”庄奶奶表现出了好奇。

“可不就是这么离谱嘛。超市里两块钱一个的鸡蛋我都觉着贵。大姐你一般都买多少钱一盒的鸡蛋？”

“19 块 8 一盒，有 25 个呢。”

“哎哟，这么划算呐。”永清夸完，叹了口气，马上转换为一副愁苦的表情，接着说，“我曾经花 120 万买了 8 个鸡蛋，15 万一个。”

“啥？你买的什么鸡蛋啊？”庄奶奶瞪大了眼睛，一脸震惊。

“就是菜市场那种最普通的红壳蛋，连无菌蛋都不是。”

庄奶奶像看着一个傻子似的看着永清，问道：“你脑子有病啊？”

“不是有病，是脑子直接坏死掉了。”永清开始讲述她的由 8 个鸡蛋引发的惨痛经历，她还拿出手机给庄奶奶看她和于涛的聊天记录、转账记录。庄奶奶认真地听着，时不时惊讶地说道，“哎呀，我们开会的时候也说这个”“哎呀，也有这个活动”“对，对，送这个”……不知不觉间，庄奶奶手中的剪刀也放下了，志明瞄准机会一把夺了过来，在场的所有人都松了口气。

“大姐，只有孩子们来，我才会去买一盒好鸡蛋，平时也都是超市哪种鸡蛋搞促销就买哪种。就这么一分一毛地节俭了一辈子，好不容易攒了点钱，以为老了可以过几天宽心日子，结果全没了。我现在连感冒都不敢得，没钱治啊。”永清说着，眼泪又不争气地流了下来。

庄奶奶也抹着眼角说：“妹妹，感谢你啊，要不是你，我还执迷不悟呢。我要是把这房子给卖了，再被骗了，那可真是活不成啦。”

志明也拿出一沓照片，一边演示一边对庄奶奶说：“您去看的所谓的公寓，其实就是骗子临时租了几间房，装饰了一下做样子。就是为了骗钱的。”

庄奶奶捂着胸口，垂着头，精气神一下子像被抽掉了似的，说道：“孩子们都不在身边，我们年纪越来越大了，照顾自己力不从心，想着把房子卖了，不仅能有收益，还有个好去处，没承想差点把往后的日子都给搭进去了，这脑子啊。”庄奶奶的眼皮耷拉着，眼泪从干瘪的眼眶溢出来，划过脸上的皱纹，一滴一滴落在同样皱巴的手背上。

永清擦着眼泪安慰道：“大姐，骗子多精明啊，他们就是摸清了我们这些老人的心理，提供的全都是我们想要的，织了张专门针对咱们老人的天罗地网，只要不小心沾上了边，谁都逃不过。以后啊，再遇到这样的事情，先别冲动，先去找警察问问。”

志明也说道：“是的阿姨，保持警惕心，凡是涉及金钱的事情，都不要随意相信别人，有疑问随时来找我们。”

从庄奶奶家出来后，永清不禁感叹道：“骗子太多太精明了，老人真难啊。都不敢想庄奶奶要是真把房子卖了，以后可怎么办啊？”

志明说：“妈，您想不想‘复仇’？”

“复仇？”

“对。来做我们的反诈志愿者，帮助更多的老人，挖掉更多的骗子。”志明期待地看着永清，说道：“其实我们一直在做反诈宣传，如开讲座、发传单等，但是效果都不明显。就像您来之前，我们其实已经劝了庄奶奶很久，根本劝不动。道理教人教不会，事教人一教就会。您的亲身经历就是最好的宣传，就是要不断揭开伤口，我知道这对您来说是痛苦的。”志明说着便面露难色。

永清笑着说：“好啊，被骗的滋味我太晓得了，能帮助到别人我也很开心。伤口嘛，揭着揭着就不疼了。再把凤兰和阿絮叫上，人多，更有说服力。”

志明高兴地说：“那太好了，咱就成立个‘反诈孃孃团’。”

“反诈孃孃团”的第一站是社区的老年活动中心。三姐妹编排了一个小品，永清演自己，姜凤兰演于涛，周絮演骗子公司老板，内容和情节都是她们的亲身经历。在演到永清发现公司跑路，自己被骗，想要跳楼时，台下有几个阿婆都喊道：“不要跳，不要跳啊。”由此可见，真实的故事最感染人心。

表演结束后，还有不少老人围上来咨询各种问题：

“太高的利息不可信，那 10% 的收益可信吗？”

“银行的大额定期存款利率一般是 4%，所以 4% 是个警戒线，超过警戒线就要当心。”

“有大公司资质的企业也不可信吗？”

“公司资质是可以造假的，而且我们普通人判断不了，所以不能轻信。”

“低门槛、高利率、零风险的宣传都不可信吗？”

“不可信，高收益一定伴随着高风险。世界上没有零风险的投资。”

……

社区居民委员会主任高兴地说：“我们做十场讲座都不如你们表演一场情景剧的反诈效果好。”

姜凤兰倒是轻拍着胸口说：“幸亏恶补了一下反诈知识，要不然好多问题还回答不上来。不过不学不知道，一学吓一跳，很多反诈知识我自己都不知道，要是不坚持学习啊，说不定遇到了还会被骗。”

正说着，一位老太太慢悠悠地走过来，对永清说道：“你莫要伤心了，多做一些让自己开心的事情，一切都会好起来的。”

陌生人突如其来的善意和挂心，让永清的鼻子一下子就酸了，她意识到把自己的伤疤揭开给别人看，不仅是在帮助别人，也是在治愈自己。

永清笑着对老太太说："谢谢阿婆，我会的。"

老太太又说道："天和广场左边小路上这几天都有人发传单，好像也是宣传什么高收益，你们可以去看看。"

永清答应道："好嘞，阿婆，我们去看看。阿婆，你平时也要多警惕，小心被骗子套路了。"

老太太笑着说："我有法宝，骗子骗不了我。"

"什么法宝？"众人都好奇地看着老太太。

老太太神秘地压低了声音，众人不由得把耳朵凑过去，只听到耳边传来了一个字——"穷"。说完，在场的所有人都哈哈大笑，老太太拄着拐杖慢悠悠地走了。

大家也跟着笑起来，永清看着老太太离去的背影，感慨道："阿婆好豁达。"

按照老太太的指引，永清和姜凤兰、周絮果然看到了几个年轻人在发传单。三人装作不经意地走过去，立刻被当作目标对象围了上来。一样的话术，一样的套路，那个道貌岸然自称金融专家的男人说自己公司旗下有 5 家工厂，承诺以 22.5% 的年利率作为回报，三年内还本付息，不少老人听后都心动了。周絮立马站起来大声说道："千万别听他的，他就是个骗子。"

男人显然经历过这样的事情，一点都不慌张，叫来两个年轻人架着周絮就往外拖。永清担心得立马跟了上去，她按下也要一起出来的姜凤兰，让她继续听课、拍照，保留证据。两个年轻人把周絮拖出了会议室还要继续往楼梯上拖，永清喊道："她有心脏病，你们要是把她拖出毛病了，负责得起吗？"

两个年轻人一听，果断丢下周絮，跑进会议室把她俩关在了门外。好在周絮没有受伤，姜凤兰也将讲课内容详细记录了下来，还趁着他们不注意偷偷拿了一些宣传资料。她们将搜集到的材料交给志明，志明欣喜地说：“反诈孃孃团，出师就是大捷啊，这些都是宝贵的证据啊。”这句话像一道阳光掀开了永清三人被诈骗笼罩的阴霾。

至此，永清三姐妹在跌入被诈骗的深谷后，找到了新的出路，“反诈”成为人生新的主题，原来黯淡平凡的日子也开始变得闪闪发光。她们去各个社区和街道演出，除了小品，她们还编排了相声和快板，吸引了更多老人观看，也吸引了一些志同道合的伙伴。第三次演出就有两位奶奶也加入其中，半年之后，反诈孃孃团扩展到了十名成员，节目形式也越来越多样，合唱、歌舞、戏曲等均加入节目单中。

“当然，最重要的还是效果。咱妈她们这个反诈孃孃团，在半年的时间里已经发现并举报了 7 个非法集资的机构，据我们统计，至少阻止了 140 多个人被骗。”饭桌上，志明不停地夸赞着永清。

“来，我们一起敬奶奶一杯，奶奶是我们家的英雄。”

“对，敬外婆。外婆告诉我们，人不管在什么年纪，都能发光发热，向外婆学习。”

对永清来说，孙子和外孙女的赞美是她最大的荣光。

姜凤兰的老伴儿老吴本来非常反对姜凤兰出来讲自己受骗的经历，他觉得那是家丑，不能外扬。但姜凤兰对他的反对毫不在意。后来，反诈孃孃团越来越出名，老吴也转变了态度，对姜凤兰也多了几分关心，演出排练时也知道嘱托姜凤兰注意身体。

以前周絮的情绪完全由儿子主宰，她害怕自己老了以后儿子不管她，所以对儿子一味地溺爱和满足。她拒绝了永清的钱，儿子扬言要与她断绝关系，她以后是死是活都与他无关。刚开始她心里十分难过和悲痛。反诈孃孃团开始营业后，她将心中的郁结化成了动力，不再对儿子抱有期待，也不再继续用烦恼和抱怨消耗自己，而是将更多的时间和精力放在自己身上，涂口红、戴假发，高兴地歌唱，快乐地呐喊，向黯淡了几十年的自己正式告别。

05

虽然已经帮助了那么多人，但永清有时候仍有一种无奈和无力感，信息技术发展飞速，骗子们的手段也在不断更新，而很多老人的观念顽固不化到不可理喻的地步。

比如幸福小区的王阿婆不相信医院，不相信医生，只对各种保健品深信不疑，相信保健品一定能让她长命百岁。无论子女如何劝阻，王阿婆不仅油盐不进，还斥责子女们“不孝顺”，不仅将每个月的退休金都用来购买保健品，这些年还花光了60万积蓄，现在还准备卖房接着买。子女们实在没有办法，请永清她们帮忙劝说。

到了王阿婆家，所有人都惊呆了，一个两居室的房子，目之所及全部都是一盒盒、一箱箱的保健品。最让人震惊的还不是王阿婆无节制地购买保健品，而是她明知自己是高血压、高血脂、高血糖的“三高”人群，也从不按时服用医生开的药，只吃保健品，结果突发脑梗，送到医院后捡回了一条命，下半身却瘫痪了。

固执和愚昧的代价如此惨痛，永清认为她总会做出改变，但王阿婆仍不悔改，不管你摆出了多少证据，不管你请来了多厉害的医生，她都不怪保健品没有效果，只怪自己吃得太少。永清第四次再去王阿婆家的时候，被王阿婆坐着轮椅赶了出来。

永清很无奈，想改变一个人的前提是这个人自己有改变的欲望。显然，王阿婆将自己困在了那个充满谎言的世界，并且不想走出来。

王阿婆被骗让永清感到极度的无奈，而张舒乔被骗，让永清感到的是无力。

张舒乔今年 58 岁，她掉入的是出国务工的骗局。张舒乔本已退休，但丈夫因意外事故没了双腿，丧失了劳动能力，家里还有两位老人要赡养，她还想为儿子多准备一点结婚的资本，所以张舒乔一天都不敢休息。但是随着年龄的增长，适合她的工作越来越少，即便找到了工作，工资也是越来越低。

于是，出现了一些黑中介，他们告诉老人，国外有很多工作没有年龄限制，而且工资是国内的好几倍，比如澳大利亚的一个奶牛工，每天工作 8 小时，包食宿，月薪至少达到人民币 3 万元。这对于张舒乔来说是一个巨大的诱惑。她当即就交了 6 万 8 千块钱的中介费，等待中介帮她办签证、安排工作。

结果石沉大海，中介公司消失了，中介的电话再也没有接通过，中介的微信再也没有回复过。

张舒乔看到永清她们的演出后找到她，问永清能不能帮忙追回被骗的中介费，那是她攒了一年的钱。永清答应会帮忙想办法。很快又出现了七八位老人，他们都和张舒乔一样，原本期待着能在国外再奋力一搏。

张舒乔将永清拉进了她们的中介费追讨群，永清才发现被骗中介费的有一百多位老人，有的老人被忽悠着前前后后交了10万多块钱的费用。他们本舍不得拿出这个钱，但都认为花了这个钱就能挣更多的钱了。

张舒乔说，她们不怕辛苦，不怕出力，怕的是没地方辛苦，没人要她们出力。

永清拜托自己的女婿志明多费心这件事，又咨询了好几个部门和律师，都说跟她被骗的钱一样，这些中介费被追回的希望很渺茫。

从律所出来，永清沮丧地坐在路边，张舒乔安慰她：“没事的，慢慢等吧，永清，非常感谢你啊。”

“你觉得钱会追回来吗？”

“会的，要给自己一个念想。”

是的，要给自己一个念想。就像永清一直坚信不管多厚的乌云，总能被阳光撕开；不管多深的黑暗，总会被光明斩断。

永清将王阿婆和张舒乔的故事都编排进了反诈孃孃团的节目里，虽然这两件事她没能改变什么，但是多揭露一个骗局，总能少一个人被骗；多散发一点正义的光，总能多照亮一个角落，哪怕这个角落很小很小。

“怪老头”托管班

01

林老师时隔五年终于回到老家西河，可他没想到，才回家三天就被吓到了两次，还一次比一次刺激。

第一次是回家的第二天深夜，林老师被“咚咚”的响声吵醒，他迷迷糊糊地以为是老鼠在吵闹，结果声音却越来越近，细听之下，像是脚步声，并且已到床前。林老师猛地睁开眼，窗前透进来的月光里有一个黑色的人影。

“谁?!”林老师一个激灵坐起来，按亮了灯。

“哎哟!”那人似乎也被吓了一跳，转身跑出去，喊道：“快跑，有人!”随即发出一阵叮呤咣啷的声音。

等林老师跑出门外，只看到敞开的院门在不停摇晃着。林老师的老伴儿嫚珍也跟着出来了，一脸惊魂未定的表情，于是二人打开家里所有的灯，丝毫不敢再睡。

挨到天亮，林老师立马去找老村长，老村长是林老师的堂哥，林老师的父母去世后，老家的房子一直是他帮忙照看，昨晚的事他可能最清楚。果然，老村长听完后，又生气又无奈地说：“那是上初中的几个崽子，天天不干正事。”

老村长说，以前他去林老师家打扫卫生时就发现家里有人进去过，起初他也一直不知道是谁，直到去年村里安装了摄像头，可以拍到去往林老师家的必经之路，这才发现了那群去林老师家的孩子。领头的两个孩子是南坪的徐思博和东湾的李乐瑶，是全镇都有名的孩子，逃学、打架、偷东西，样样精通。家长们提到他俩就头疼，决不允许自家孩子与他们玩。但是有些小孩子却对他们极其敬佩，以成为他们的小跟班为荣。

“也是可怜娃儿。”老村长叹息地说道，“徐思博的父母离婚后各自成家，没人要他，他跟着爷爷奶奶生活。他爷爷奶奶两个人都是暴脾气，遇到事只知道打娃儿，娃儿越打越叛逆，俩老的便把娃儿给赶出来了，徐思博就到处流浪。李乐瑶妈妈是温州人，几年前回去就再也没回来，她爸爸在矿上打工，她还有个妹妹，她奶奶照顾她俩，但是也管不了。其他那些娃儿，也差不多都是这个情况，要么父母都在外地打工，要么父母离婚，他们要么是跟着老人，要么就是自己生活。前些年村里的广场修好了，就成了那些娃儿的集合地，后来我才发现他们被赶出来的时候，就翻墙去你家。我每次也都检查了，屋子里的东西他们没偷也没破坏，想着到底还是娃儿，怪可怜的，也就没再管。忘记跟你说这茬儿了，吓着你们了，真是抱歉啊。”

老村长一脸歉意，林老师心里却很是心疼那几个孩子，昨晚跑掉的那些孩子不知道最后去哪里了。不过，林老师并没有担忧太久，第二天的下午，这群孩子又给了他一个惊吓。

那天是周五，学校放学比较早。老村长之前拜托林老师周五放学后帮忙看看孙子鸿文的月考试卷，他估摸着时间出门，刚出院门，一包血水在脚边炸开，林老师被溅了一身，浓烈的血腥味冲进鼻子，让他止不住作呕。

天旋地转之际，听到老村长的吼声：“徐思博、李乐瑶，你们两个兔崽子干什么呢？”

听到这两个名字，林老师忍着胃里的翻腾，起身看向四周。门前的巷子里站着两拨孩子，自己正好站在他们对峙线的中点。教了几十年书的林老师瞬间就明白了，这是两拨孩子要打架，只是这种投血包的行为他也是第一次见。

老村长冲了过来扶住林老师，吼着左边的孩子：“徐思博、李乐瑶，昨天晚上翻墙进院子还没找你们算账呢，今天又作什么妖？”林老师顺着话音看过去，那一拨有九个孩子，站在前面的一个男孩瘦瘦高高，从头到脚都是黑的，黑 T 恤、黑裤子、黑鞋，衬得一头黄毛格外耀眼，他应该就是徐思博。林老师想起那晚床前的黑影也有着一头黄发。徐思博旁边的女孩应该就是李乐瑶，穿着宽大的校服，梳着马尾，面容白净，只是那满是挑衅的眼神不像是十四五岁的初中生，而像是游荡多年的社会闲散人员。

老村长又指着右边的那拨孩子吼道：“再闹事，就报警把你们都抓起来。”这拨孩子有七个人，看着比徐思博他们要大一些，领头的三个孩子甚至看着不像是学生。

两拨孩子刚开始没有出声，估计是被突然闯入的林老师给惊着了，这会儿被老村长一吼才回过神来，那群年龄看着大一些的孩子嚷嚷道：“干吗呢，老头儿，想挨揍啊。”

老村长转身站到他们面前，喊道：“来，小兔崽子们，看看到底是谁挨揍。”说着拿出手机，摆出一副要打电话的架势。

领头的两人对视了一眼，一人吐了口吐沫，说：“走，放这老东西一马。”又指着徐思博他们恶狠狠地说：“你们等着，收拾不死你们！”

待他们走后，老村长又转过来对徐思博说：“我说你们招惹这些职高的干什么，你看他们有些就是地痞，回头吃亏的都是你们。”

这帮孩子也不理睬，吹着口哨往外走，林老师瞥见其中有个孩子拎着一个黑色的塑料袋，一股臭味儿从塑料袋中飘出来。老村长的孙子鸿文站在一旁，徐思博朝他扬了扬头，咧嘴露出个笑脸。老村长连忙一手拉着孙子，一手扶着林老师进了院子。

老伴儿嫚珍看着血淋淋的鞋子，吓得说不出一句完整的话，“这……这……”

老村长连忙解释道：“别怕，这是鸡血，能洗掉。”

林老师问道：“这里是不是经常有人打架？”

老村长无奈地说：“每个周五、周末都有兔崽子在这儿惹事。”说完看向孙子，“鸿文，他们给这胡同取名啥来着？”

“战场圣地。这是个约架的好地方。”少年脸上闪过一丝得意的笑，怕被老村长察觉，立马又低下了头。

林老师在惊讶之余又觉得好笑，几年没回来，没想到自己的家门口竟然变成了战场。但粗略想了一下，自己若也是这般躁动的年纪，应该也觉得这是个约架的好地方。

以前，林老师家周围是大片披红挂绿的菜田；后来，菜田上慢慢盖起了瓦房；再后来，瓦房变成了楼房。前几年，重修村部，仅剩的几块菜田彻底变成了平整的水泥大广场。只剩林老师家还是几十年前的老瓦房，老村长建议可以跟村部一起拆了重修，还不用单独找工程队，由他看管，新房一定建得很漂亮。

林老师没同意。老屋是父亲一砖一瓦亲手盖起来的，屋脊上的花草雕砖和脊兽也是父亲一刀一刀刻出来的。毕淑敏说：“父母在，人生尚有来处；父母去，人生只剩归途。”父母已不在，老屋是林老师唯一的念想了。老屋在，他觉得他的根就在。

如此，除了西面是广场，北面、东面、南面都矗立着一排排楼房，虎视眈眈地将林老师家围了起来。林老师家院门朝南开，在老村长的协调下，南边留出了一条小巷子。由于没有监控，一头是正街，一头是广场，方便集合，也方便逃跑。鸿文说，这条巷子离初中和职高的距离都差不多，位置有优势，距离上又公平，所以帮派约架、说事都会选在这里。

“那你是哪个帮派的？”林老师笑着问道。

“我才没有。”鸿文反驳着，眼睛瞟向他的爷爷。

老村长板着脸说：“没有就好。不准再和徐思博他们玩。”

林老师知道这位堂哥的火暴脾气，便让他先回去，他好给鸿文讲试卷。以前也总听老村长念叨孙子学习不行，林老师总觉得他在夸大其词。可当见到数学 36 分、语文 62 分、英语 27 分，满分还是 120 分的卷子时，林老师不禁挠了挠头，想了一会儿说：“今天咱们先聊聊天，随便聊，放松放松，明天我们再开始讲。”

鸿文显然觉得很意外，但是一听到不用学习，他立马放松了紧张的后背。刚开始这个 15 岁的大男孩还有些拘谨，慢慢地，他越来越放松，话也渐渐多起来。

老伴儿嫚珍切了一盘甜瓜端过来，鸿文正在眉飞色舞地讲班主任如何对学生进行“爱的教育”：“三爷爷，我们班主任的‘爱的教育’可厉害了，任何人只要违反一点班级纪律，戒尺就来了。”

他语气轻松，林老师却皱起了眉头。嫚珍关切地问道：“那你也挨过打吗？”

鸿文满不在乎地说：“我初一开学第三天就挨了。”

“老师为什么打你？你没跟你爷爷、你父母说吗？”嫚珍有些气愤地问道。

“说了也没用。我妈他们在东莞打工，一年回来一次，管不了。在我爷爷奶奶眼里，老师就是玉皇大帝，他们只会认为错的是我，老师打得好。”少年的脸暗淡下来，“当时就是开班会，我同桌跟我说话，我就回了一句‘等会儿再说’，班主任的戒尺就下来了。我们班主任脾气很暴躁，我们全班同学都讨厌他，所以他的英语课我们都集体不学。徐思博也是因为他不来上学了。”

“徐思博是因为什么？”林老师问道。

少年叹了口气，“三爷爷，徐思博其实挺可怜的。他家里人都不管他，也不给他饭钱，他就去帮别人打架挣饭钱。比如我被人欺负了，我就去找他帮我揍那个人，打一次二十块。但其实他只要饭钱够了，就不接活儿。可我们班主任从来不问青红皂白，只要有人打架都觉得是徐思博在惹事，都会惩罚他，被冤枉的次数多了，他就干脆不来学校了。小学的时候我俩就在一个班，他数学学得好，还说长大要造火箭。三爷爷，你知道他现在的理想吗？”少年又笑起来，“他的理想是去美国抢银行。因为短视频上说美国的警察不如中国的警察厉害，抢银行又是来钱最快的，所以他的目标是以后去美国，还通过看电影学了好多路数。你说他是不是很搞笑？”

“年少轻狂嘛，有什么样的想法都正常。”林老师虽然嘴上这么说，但是心里是满满的担忧，害怕徐思博以后走上不正确的道路。

鸿文看着林老师，轻声说道：“三爷爷，你是第一个没有嘲笑他的大人。”

林老师一时不知该如何回应他，嫚珍问道：“鸿文，你的理想是什么？”

少年靠向椅背，抬头望向天空，说道：“不知道。我的理想应该是读大学吧。可我不知道能不能考上高中，我妈说如果考不上高中，也不会出钱让我读职高，那我到时候只能出去打工吧。我认识的几个其他班的人已经出去打工了。”

林老师递给他一块甜瓜，说：“你这个年纪正是天马行空爱幻想的时候，别那么老气横秋的。况且才初二，只要你想，考上县城的高中可比去美国容易太多了。”

鸿文笑了。他想，以后三爷爷有孙子了，那个小孩一定很幸福。

临走时，林老师让他回家把那三张试卷重新做一遍，可以翻书、上网查，方法不限。刚从林老师家出来，徐思博就喊住了他：“林鸿文，这边。”鸿文朝后看了一眼，见林老师没出来，便朝他跑过去。

“你咋没跟我说你们家那怪老头儿回来了，前天晚上我们准备过去睡觉，结果屋里有人，吓死我了。”

“我都找不到你人，我怎么跟你说？”鸿文没好气地说道。

徐思博咧嘴笑了，说：“你家那个三爷爷看着比校长还像校长，咋就稀罕这破瓦房呢，真是个怪老头儿，他什么时候走啊？他不走，我都没地方睡。”

“估计过几天就走了吧。”鸿文心里突然有些舍不得。

他们不知道，怪老头儿不准备走了。

02

昨晚下了小雨，清晨的空气里湿漉漉的，还有一丝凉意。林老师说他多年未回，提议四处走走。村部广场边就是西河，曾经也是清澈欢腾的，从镇子中央穿梭而过。彼时，河的两岸是石头垒砌的堤坝，是他少时与小伙伴攀爬玩耍的好地方。过了清明，天气渐暖，雨水增多，石缝中会长出很多地皮菜，采回去与豆腐、鸡蛋、粉条炒成馅儿包包子，是林老师最爱的美食。母亲走后，他再没机会吃到这种美味。石头堤坝也早被拆除，新砌的水泥大坝坚固耸立，并延展出一条宽阔的路，名曰滨河路。只是现在的西河，河道宽阔，只在丛生的杂草里有一条小溪流缓缓淌过。若不是亲眼见证过，谁能想到它曾经有那般勃勃的生机。

走过石板桥，河对岸原本也是农田，现在大部分也被占去，修成了宽阔的国道、加油站，还有机砖厂，到处都是城镇化进程的印记。但是原来农耕社会的特色和精神也仍在延续，没有被占去的田地都被细心照料，河道边的空地都被整理出来，栽上一畦畦蔬菜。虽是清晨，但有不少人已经开始在田里忙碌了。林老师一路上遇到了不少熟人，村民热情地将挂着露水的小青菜、韭菜、莴笋，还有现挖的荠菜和马兰头塞过来，为了方便林老师能多拿一些，一位大娘还贴心地将菜篮拿给他。老伴儿嫚珍以前跟林老师回老家时就感受过这种邻里间互相分送东西的温情，这是城市公寓楼里所没有的人情味。

林老师告诉嫚珍，给小青菜的老头儿叫福祥，是他的小学同学，音乐老师只是简单讲了一下简谱，之后他随便听一首曲子就能把谱子写下来，让所有老师都惊为天人；给莴笋的是逢春，语言能力特别强，初中学英语时他学得最快最好，英文发音和录音带里发出来的一模一样；挖荠菜的巧玉，是个说故事的高手，初中他贪玩，巧玉想看他的《青春之歌》，他便以巧玉替他写作文为条件，他原本作文就写得不好，想着巧玉比他矮一级还在读六年级，写的作文肯定能冒充过去，没想到那篇作文被老师大力表扬，还放在宣传栏里展示，吓得他再也不敢让巧玉代写作文了。

嫚珍不禁感叹：“你的这些同学真是卧虎藏龙啊。”

林老师扶着嫚珍在河边的大石头上坐下，感慨地说道：“是啊，我其实是资质最平庸的那个，只是比他们幸运，能接着读书。福祥六年级没有读完就回家干活儿了；逢春读到初二家里也不让他上了；巧玉也是，父母认为能认得字就行了，小学读完就回家当一个完全的劳力开始挣工分了。”

林老师拉着嫚珍的手，说：“种子再好，土壤太贫瘠也是长不出好果子的；种子普通，土壤肥沃也能孕育出硕果。就像我，脑子不是最聪明的，学习不是最好的，但有幸父母一直供我读书，后来又有岳父大人指导，让我有更多的见识，考研考博，才有了我后来的成就。人生归结起来，唯幸运而已。”

嫚珍说：“天道酬勤，还是你自己也努力。”

林老师说：“努力固然重要，但我觉得更重要的还是‘命’。当然，这个‘命’不是封建迷信的那个‘命’，是一个人出生、成长中无法选择的环境和条件。就像福祥如果出生在一个富裕的家庭，一个注重音乐培养的家庭，那他一定会成为了不起的音乐家。逢春和巧玉也是，他们不是不优秀，也不是不努力，他们只是一开始就没有机会。”

林老师叹了口气，接着说：“昨天鸿文的卷子你看到了吧。这孩子也是我们看着长大的，小时候多爱读书，你给他买的绘本，睡觉都要抱着。8 岁那年自创的漫画，你还跟他说让他接着画完，帮他投稿呢。现在呢，沉迷游戏，把他奶奶卖菜的钱都偷偷拿走充进游戏里，前前后后偷了好几千块了。你去年给他买的书，现在都没拆封呢。”

嫚珍摇摇头说：“是啊，原来多有灵气的一个孩子。昨天他说，现在每天就想着有个手机能刷视频、打游戏就满足了。我听了那叫一个心疼啊。”

“大城市的居民，都在强调家庭教育的重要性，强调为孩子提供更多的可能性。你看你侄女的儿子凯凯，和鸿文一样大，出国游学，参加科创比赛，雅思 8 分。凯凯的梦想是探索火星，鸿文的梦想是考上县高中，两个人的梦想都不容易实现，可梦想之间的差距是显而易见的。”

林老师越说越痛心，“你看这个镇子，还在这里居住的几乎都是老人和孩子，谈何家庭教育？这些孩子要么就是鸿文说的，早早辍学去打工，延续父母的老路，要么像徐思博、李乐瑶这些孩子一样逃课，再不干预，沾染上暴力等恶习，触犯法律，就会酿成大祸。”

嫚珍见他情绪有些激动，轻轻抚着林老师的后背，缓缓说道：“你是不是想留下当老师？”

林老师握住嫚珍的手，说：“我想开个托管班，想成为这些孩子的老师、朋友，为这些孩子提供一些帮助，想帮助他们做出一些改变。孩子不像成年人，成年人很难改变，但孩子的世界观还没有定型，也许因为有了这些改变，有了更多的指导，他们会有更多的机会和可能。”

“你是早有预谋吧，当初学校要返聘你，你拒绝了，从那时候就打定主意了吧？”嫚珍佯装有些生气地说。

林老师语气郑重地说：“大学里不缺教授，但乡村缺老师。”

“行，我陪你。”嫚珍微笑着说，清晨的阳光破开云层，洒在她的身上，整个人仿佛镀上了一层金光。

“夫人大义，多谢夫人。”林老师站起身来作了个揖。

“好啦，别做作啦。”嫚珍笑着拍打了他一下。

二人来到老村长家刚说要开托管班，老村长就激动地拉住林老师，嘴里不停地说：“真的吗？真的不走了？哎呀，太好了，这下娃儿们有指望啦。”

老村长眼里泛着泪光说：“兄弟啊，咱们这个地方穷啊，留不住人，但凡教得好的老师都找些门路走了。我们这代人没文化，面朝黄土背朝天干了一辈子，自己的娃也没能有出息，只盼着这代小娃儿们能有不一样的前途。你这是积德行善啊！你只管当老师，剩下的事我来安排。中午就在这儿吃饭，我马上就回来。”然后边走边喊，“鸿文啊，陪陪你三爷爷和三奶奶，我出去一下。”没等林老师回应，老村长便匆忙出门了。

这顿饭越吃菜越多，越吃人越多。村民一听说林老师要开托管班就都赶来了，来的时候都带着自家最好的食物，腊肉、土鸡、春笋、蕨菜，都热情地往林老师和嫚珍碗里堆。食物，是他们表达情感的最朴实的方式。

当林老师和嫚珍实在吃不下，放下碗筷时，一位老太太怯怯地问道：“林老师，你是名牌大学的教授，来教我们这些猴孩子真是委屈你了。不晓得，林老师托管班要咋个收费？”

“一百五十块钱一个月。秀莲姐，你看可好？”

“一百五，管周末吗？”

“管，每天放学就把娃儿送来，周六周日、其他节假日也都可以送来，都管。”林老师笑着回答。

“我的老天爷啊，这么便宜。林老师，你真是我们的贵人啊。当年幸亏你那爹妈把你丢在这儿啊。”

老村长脸色大变，呵斥道：“秀莲，胡说什么呢？”

林老师仍是笑着说：“没事没事。大家觉得行，就把娃送过来。”

临走时，老村长觉得一百五太便宜，自家兄弟太亏了。林老师不以为意，办托管班本就不是为了挣钱。他还叮嘱老村长，那些家里实在困难的孩子，也让他们过来，不收费。

嫚珍问林老师，既然如此，为何不直接都免费呢，也不缺这点钱。

林老师说：“农村人把钱看得金贵，你让他花了钱，他们才注重这个事，才不会今天把娃送来，明天有事就不送了。所以，钱不能不收，也不能收得太少。但是也不能收得太高，否则他们心疼钱就不把孩子送来了。一百五一个月，过了百，没有太高，他们也不至于负担不起。后面买学习资料、学习用品，钱也都是用在孩子身上。”

嫚珍竖起大拇指说道：“不愧是数学教授，严谨周全。”

第二天，林老师的托管班就开班了。但严谨地说，托管班是一群老头儿、老太太开起来的。

03

—

老村长将村部一楼的活动室腾了出来，钱大爷重新接了电，装上了更亮的灯。吴大爷和董大爷把幼儿园和小学淘汰的旧桌椅拉了回来，三轮车“突突突”跑了好多趟。吴大娘和其他三个婆婆将这些旧桌椅擦洗干净，会木工的刘家兄弟俩负责检查翻新。等到晚饭的时候，林老师见到的是一间明亮干净、桌椅齐全的教室。

第二天是周日，一大早就有八九个孩子在门口等着，都是爷爷奶奶带着来的，每个孩子都被再三叮嘱一定要听林老师和沈老师的话。孩子们也都很腼腆，林老师按照年级给孩子们分了座位，检查他们的作业。可能是第一次见新老师，孩子们都很配合，到了午饭时间，基本上所有孩子的作业都写完了，只有一个叫晨晨的男孩，作业还剩一大半没写。

晨晨奶奶带着歉意说：“晨晨小时候生病把脑子烧坏了，比较笨。”

林老师立马制止了她，说道：“不能这么说孩子。晨晨不笨，这篇看图写话就写得很有想象力。”

“晨晨奶奶，晨晨的英语学得很好，他做的这套试卷，我批改完了，晨晨得了85分，是优秀呢。我们晨晨一点都不笨。”嫚珍摸着晨晨的头说道，“晨晨就是这字写得差点，下次我们再认真一些，就更好啦。”

晨晨笑得很开心，喊道：“奶奶，老师说我不笨。”

晨晨奶奶转过身，偷偷抹着眼泪。下午林老师找每位家长单独了解孩子的情况时，晨晨奶奶说，晨晨因为脑子不灵光，学习不好，学校的老师都不喜欢他，同学们也总是欺负他，都叫他傻子。去年他被人从台阶上推下去，撞到了头，引发了癫痫，治疗癫痫的药物副作用很大，让他越发呆傻了。

林老师安慰道：“每个孩子的成长速度是不一样的，就跟咱们种菜、种庄稼一样，有些孩子就像小白菜，种下去很快就发芽，长得也很快；有些孩子像葫芦，得等他慢慢发芽、拉藤、开花、结果。所以，我们要做的就是耐心地陪伴孩子，给孩子积极的鼓励，聪明的孩子是夸出来的。”

鸿文坐在旁边改卷子，听到这段话很意外，他认识的大人，从来没有人说过类似的话。

去学校上晚自习时，鸿文遇见了在校外徘徊的徐思博，就跟他说了托管班的事，也转述了林老师对晨晨奶奶说的那番话。

徐思博听了，哈哈大笑，说道：“真是个怪老头。不过他不走还真是麻烦，我以后少个住处了。”

“三爷爷让我转告你，让你也去托管班，他说，‘读书才能让一个人真正变强。’”

“哼，打死我都不会去怪老头托管班。不读书，我照样是老大。”徐思博踩在校门口的石墩上，甩了甩头上的黄毛，并告诉鸿文下周五晚上七点去国道桥下继续跟职高的人打上次没打完的架。

鸿文问道：“你上次是不是真的准备粪包了，你们经过的时候我闻到好大一股臭味。”

“那当然啦。可惜的是没有扔出去，真应该让他们都尝尝。”

“你可真行。”鸿文咧着嘴做恶心状。

徐思博又是一阵哈哈大笑，“你够狠，别人才怕你。记住啊，周五一定要来。”停顿了一会儿，又说道，“这几天我要好好想想有什么法子能让怪老头赶紧滚回去，我要夺回那条巷子的掌控权。”

鸿文很向往徐思博这种我行我素的性格，但跟林老师相处多了，他也想以后成为三爷爷那样受人尊敬的人，而这首先就需要好好学习。这两种不同的想法在他心里纠缠，让他很矛盾。

其他来托管班的孩子也都被林老师的言行影响着。托管班开班四天已经来了 20 个孩子，包括 14 名小学生，6 名初中生，初中生平时要上晚自习，所以都是周末来。小学生每天放学后都是直接来托管班写作业，周末写完作业后，林老师会根据每个孩子的自身水平进行查漏补缺。在孩子们眼里，这位体形清瘦，头发花白，戴着金边眼镜，但眼睛炯炯有神的老师，甚至皱纹里都带着笑意，无论何时都是和颜悦色的，即使一道题讲了很多遍，学生还是不会，他也不着急，总是笑着说：“没关系，我们再来一遍。”题做对了，哪怕是一些简单的题，他也不会吝啬夸奖，“非常棒，只要你用心，就一定能做出来。”林老师还很善于启发孩子，如果遇到一个大的难题，会将其拆成几个小难题，引导孩子自己去发现答案，让他们增长自信，而且这种自信还延伸到学校的课堂上。不少家长都跟林老师说，学校老师近来也夸奖孩子作业完成得好，课堂表现也有很大进步。

老人们说着感激的话，更用朴实的行动表达着谢意。

陈奶奶送来了一大笼热气腾腾的包子，地皮菜馅儿的，说：“林老师，我记得你妈妈以前说你喜欢吃这个，快尝尝是不是这个味儿？”

林老师咬了一口，惊喜地问：“好吃，这是去哪儿采的？”

“龙王沟那边，林子大，地皮菜长得特别肥。”陈奶奶骄傲地说。

“麻烦您跑这么远去摘，多谢您啊。”

陈奶奶赶紧摆摆手，说道：“林老师，你可别这么说。我家那孙子，在学校也不好好学，作业也不交，老师三天两头把我叫去学校，有时候一个星期都要去好几次，老脸都丢尽了。

来你这之后，一个星期老师都没有找我，还表扬他最近作业写得不错。林老师，我代表我们全家谢谢你啊。去龙王沟捡点地皮菜算什么，你以后想吃什么就跟我说，全包在我身上。”陈奶奶胸脯拍得咚咚响，一旁的孩子和大人都跟着笑了起来。

嫚珍负责教孩子们英语，农村的英语教学起步晚，孩子们三年级才开始学英语，内容也很简单。嫚珍教得毫不费力，只是大部分精力都花在纠正英文发音上，孩子们的发音千奇百怪，她觉得大概率是学校的老师发音就不合格。那天她去厕所，看见吴大爷和吴大娘正在厕所边忙着种些什么。吴大娘解释说：“沈老师，你不习惯这种茅厕吧，我就想着在这里种些艾草和菖蒲，既能去味儿也能驱虫。”

看着老人沾满泥巴的粗糙的双手，嫚珍的鼻子有些发酸。面对村民这份浓烈的情义，她觉得自己不管如何回应都显得有些单薄。她想起小时候自己想跟一位很有名的舞蹈老师学习，但那位老师觉得她天资不高，不想收她。可她那时执意要跟那位老师学，吵着闹着非要去。母亲便去舞蹈室抢着拖地、擦镜子、倒垃圾，最后才打动了老师，收了她当学生。她不禁感慨舐犊情深真的是没有时间、地点和人物的限制。

但转念又一想，母亲当年的心境与吴大娘现在的心情是截然不同的。同样是为了孩子，同样是面对老师，母亲当年是焦虑急迫的，是曲迎讨好的；吴大娘的面容则是舒展的，笑容是由心底而发的。自己后来在舞蹈室学习时，也充满着紧张和害怕，老师非常严苛，一个动作不合格，就是各种指责和惩罚。

她原本对舞蹈有着极大的热情，跟着这位老师学习半年之后，她哭着闹着不想再去上课。她到现在都记得，母亲战战兢兢地对那位老师说以后不来上课了，那位老师仰着漂亮的下巴，鼻孔朝天，眼睛向下瞟了她一眼，哼了一声，转身就走了。从此，舞蹈成了她内心的禁忌，只要是和舞蹈有关的，她都避之不及。初中时候校庆，班级要排练一个集体舞蹈，她故意从花坛上跳下来把脚扭伤。那次，她哭得很厉害，像野兽那样尖厉地嚎叫，吓坏了急诊室所有的人。

她看着现在的托管班，孩子们在笑，老师在笑，外面等候的家长在笑，自家这位林老师的“有教无类”，是真真令人敬佩。

晚上，孩子们都回去了，林老师还在备课，他制作了一张详细的表，上面记录着每个孩子的进度。她问道：“你的人生其实很坎坷，如何能做到对人对事都如此温柔且温暖呢？”

林老师笑着说：“因为我曾经也被温柔对待过，我的父母、初中的秦老师、高中的李老师、大学的沈教授，还有沈教授的女儿，有这些温暖的人在身边，我也想做一个温暖的人。”

“被别人温柔对待过，所以也温柔地对待别人。我们家的林老师，还真是保持着赤子之心啊。”

温柔的林老师其实也有着非常强悍的一面。

04

为了方便晚上出门，周五放学后鸿文就跟爷爷说要去找林老师讲卷子，老村长很欣慰，孙子终于知道学习了。可是鸿文在托管班完全不在状态，错题百出，林老师看出来他心不在焉，便让他去休息休息。他说要回家睡觉，林老师也丝毫没有怀疑。

可晚上八点多鸿文便跑回来了，袖子上沾着血，他让林老师快救救徐思博。

林老师大惊，拎起屋角的布包就跟着鸿文往外走。

国道桥下，林老师一眼就看出来被两个人围着打的那个人就是徐思博，他那一头黄毛在昏暗的桥下依然很亮眼。李乐瑶被两个人按在垃圾堆上动弹不得。林老师冲过去，大吼一声：“都给我住手！”声音很大，站在身边的鸿文都吓了一跳。

那俩人也被震住了，林老师马上把徐思博拉到身后，目光严厉地看着对方。

“你是谁呀?”这人左脸上有一道长长的疤，林老师记得他就是那天门前的另一拨领头的人，且应该不是学生。

“他们老师。”林老师语气低沉，全然没有平日里的温和。林老师是个跑步爱好者，身形一直保持得很好，加上他本身就是一米八的高个，虽然已年过六十，但换上冷冷的面孔，气势一下子就上来了。

“老师也少管闲事。”这个人鼻子歪着，像是被人打了一拳，说话的语气不稳，显然是被林老师的气场给震慑住了。

“打了我的学生，我就得管。”

“就凭你?”

“就凭我。”林老师从容地从布包里掏出一只空酒瓶，指着按住李乐瑶的俩人，大声说道:“放开她。”

那俩人怔怔地松开了手，李乐瑶立马跑过来站在林老师身后。林老师还不忘夸奖那两个人:“做得好。”

刀疤脸朝二人吼道:“你们在干什么?”

其中一人哭丧着脸说:“他太像我们教导主任了。”

林老师趁机说道:“我已经报警了，你们要是不赶紧走，一会儿警察来了，你们就是恶意殴打，是要被拘留的，到时候留了案底，以后可就完了，上学、工作都会有影响。”

刀疤脸一脸不屑地说:“哼，搬出警察吓唬我?老子告诉你，老子最不怕的就是警察。”

林老师说:“我不是对你说的，我是跟他俩说的。”说着指了指垃圾堆旁边的二人继续说道，“他俩不是学生，当然不怕有案底了，但你们不一样啊，大好年华，要是成了少年犯，可就完了。我想学校的安全教育，一定说过这样做的后果是什么，对吧？好好想想吧，警察应该快来了。”

其中一个人显然被林老师攻破了，哆嗦着对刀疤脸说：“大哥，我不想收拾徐思博了，我要是进了派出所，我妈会打死我的，我先走了。”说完拔腿就跑，另一个人见状也跟着跑了。

“窝囊废！”歪鼻嘟囔着。林老师看向他，他立马把目光转向别处。

“老家伙，你怕是不知道我们有多狠吧？”他龇着牙咧着嘴，扯着那道疤，整张脸看着更扭曲了。

林老师轻笑一声，语气轻松地说：“比狠？年轻人，我开始狠的时候，你还没出生呢。”说着便抡起手中的酒瓶砸向自己的头。“啪”的一声，玻璃碎片四溅，所有人都愣住了，周围安静得只有桥上汽车奔驰而过的声音。直到警察的到来，才打破了这份安静。

鸿文紧张地询问林老师伤势如何，林老师神秘地笑了笑，让他不用担心，先看看徐思博伤到哪里了。

警察先走向林老师，态度很尊敬地说：“林老师，怎么是您啊，发生什么事了？您没受伤吧？”

林老师连忙说：“玲玲爸爸啊，我没事，就是这俩人把我学生打伤了。”

刀疤脸和歪鼻更震惊了。他们认得，这位玲玲爸爸是派出所治安队的肖队长，居然对这个自爆酒瓶的老头儿这么尊敬，两人对视一眼，小声说：“刚才真应该跟那俩小子一起跑的。”

肖队长看着两人，无奈又戏谑地说道：“又是你俩？脸上的疤消了吗？鼻子正过来了吗？才刚放出来，又闹事？就这么舍不得看守所？你们打谁了？”转身看到脸上带血的徐思博，“唉，我说徐思博，你就不能好生去上学？上周刚在派出所‘上过课’吧？还有你，李乐瑶。徐所长才说今年的愿望就是别在派出所再见到你俩。”

他疑惑地看向林老师：“他俩也是您学生？没在托管班见过他们啊。”

林老师说：“啊，对！这不刚要去嘛，就发生这档事儿了。”

肖队长说：“那既然有您在，我就不带他们回去了，有事您随时和我说。”转身又对徐思博和李乐瑶说道：“你俩好好跟着林老师，我会去查的，要是还惹是生非不好好学习，我就在派出所的小黑屋等着你们。”

肖队长把刀疤脸和歪鼻带走了，林老师也赶紧查看徐思博的伤，鸿文则非常担心林老师的头。林老师把布包给他，里面还有几个啤酒瓶，只是分量比平时见到的酒瓶要轻很多。

林老师笑着说：“糖做的。本来是准备周末跟小朋友们一起做游戏用的，刚好拿来撑场子。那些小年轻，都是外强中干，吓一下就镇住了。”

“你这个怪老头还挺厉害。”徐思博一边说一边用袖子擦着脸上的血。

“你这个怪小孩也挺厉害。”林老师拉住他的胳膊，说：“别擦了，赶紧去医院看一下。”他又看向李乐瑶，问道：“你有没有受伤？”女孩面无表情，一言不发。林老师也不介意，催促着他俩就往医院走。

徐思博头上的伤口不大，但要缝几针。他坚持不缝，林老师以为他是怕头发剃掉一块会丑，结果他掏出一把皱皱的纸币，说：“我只有这些钱，应该不够。所以不缝了，它自己会长好的，我有经验。”

林老师心中涌起一阵悲伤，说：“费用你不用管，配合就行。”

少年倔强地说：“那我以后还你。”

林老师爽快地回应道：“行。”

林老师让医生也看看李乐瑶，但她非常抗拒，坚决不同意。林老师觉得这个孩子一定发生过什么事。

从医院出来已经九点多了，经过一个旧巷子时，一个小女孩坐在昏黄的路灯下看书。李乐瑶跑过去喊道：“李乐熙，你怎么在外面，那老太婆呢？”

女孩带着哭腔说：“奶奶回山里给果树打药去了。姐，我饿了。”

林老师将孩子们带回了家，嫚珍煮了小馄饨，放了紫菜和虾米，淋了香油，四人吃得很香，吃完徐思博轻车熟路地将碗拿到厨房刷洗干净。

嫚珍笑着说：“这孩子倒是对这里很熟悉。”

徐思博愣了一下，从口袋里摸索出一把钥匙放在桌子上，说：“我以前来你家住过，对不起，钥匙还给你。”

鸿文低着头轻声说：“三爷爷，钥匙是我给他的，对不起。”

林老师把钥匙又递给他，“不错，敢作敢当，光明磊落。拿着吧，以后还可以来住。”又对鸿文说：“放心吧，我不会跟你爷爷说的，今晚的事我也不会和他说。不过下不为例，有事要提前说。”

老村长看到徐思博和李乐瑶也在林老师家里很是意外，林老师说他们以后要跟鸿文一样在这里补习。老村长把林老师拉到一边，悄声说这两个孩子可不是好管教的。声音虽小，但还是被李乐瑶听到了，她黑着脸拉起妹妹就走。林老师忙叮嘱她，让妹妹每天放学来这里，还有从这周五开始跟鸿文一起补课。李乐瑶仍没有说话，李乐熙问：“那我没饭吃了还能来这里吃馄饨吗？”

“当然可以，你明天来，我还煮给你吃。”嫚珍温柔地摸了摸女孩的头。李乐瑶把她往外拽，林老师忙让老村长和鸿文送她们回去。徐思博也往外走，林老师让他留下就住在这里。他硬挺着说自己有去处。林老师便搬出肖队长，说这些天都得在这里，肖队长会来查看。

徐思博偷偷松了口气，很是惬意地在堂屋的旧沙发上躺下，说：“那我就睡这里了。”

林老师问，“有床，你不睡吗？”

“我习惯睡在这儿，舒服。”

林老师不再坚持，只是给他找来枕头和被子。

嫚珍忧心忡忡地问他：“李乐瑶家里很困难吗，怎么没有饭吃？”

徐思博说：“她家应该还行。她爸在矿山上班，山里还有几十亩果园。是她奶奶不喜欢她们，不给她们钱，只在家里留一些粮食，李乐熙不会做饭，李乐瑶要是不在家，她就没饭吃。”

嫚珍很气愤，没想到竟有这样不负责任的奶奶。徐思博不以为意，说：“她家奶奶还是好的，至少不打她们，也是不敢打。我的爷爷奶奶那才叫一个凶神恶煞呢。你看我这个胳膊就是他们打断的，我自己拿个板子固定的，但是没固定好，有些长歪了。”他露出左胳膊给嫚珍看，果然左臂尺骨那里有一些突出，“要不是我这只胳膊使不上劲儿，今天流血的就是那俩家伙了。”

林老师仔细地摸了摸徐思博的胳膊，然后说道：“以后我带你去大医院看看，应该能治好。”

徐思博沉默了好一会儿，说：“你真是个怪老头，你跟我认识的所有大人都不一样。你都不骂我们。”他抬起头，像是下了某种决心一样，说道：“那是五年级时，老师说我没交数学作业，可是我明明交了，但我奶奶不信，当着全班同学的面扭我胳膊，我疼得不行，说胳膊要断了，她也不停下手里的动作。没有人在乎我，我再怎么好好学，她都认为我没有努力，认为我根本不想学好，那我就不学了。说我是个坏种，我就当个坏种。林鸿文也是，我们那个数学老师总向他奶奶告状，她奶奶只信老师说的话不信他，老师告状，他奶奶就回来打他。他也是从那个时候开始不学习的。反正大人都不会相信我们。李乐瑶说，大人不可靠，只会欺负小孩，变成坏人就没人敢欺负了。”

嫚珍想起自己故意扭伤脚的时候也是这个年纪，妈妈冲自己发了很大的脾气，她说不想去跳舞可以跟她说她来解决，但是任何事情都不值得伤害自己的身体；她也想起儿子这么大的时候，班里有人丢钱了说是儿子偷的，她和老林毫不犹豫地站在儿子这边。面前的少年，也是这般年纪，却是那般的孤立无援。她心疼地抚摸他头上的伤口，不知该如何开口安慰。

林老师说：“我给你讲个故事吧，一个真实的故事。”

“一个八岁男孩的父母商量着要把他丢掉，这样家里可以少一张吃饭的嘴。父母的话他听到了，从那以后他每天只吃很少的东西，抢着干活儿，可是没过几天父亲还是说要带他出去一趟。他很害怕，可又不敢说不去。这是他第一次出门，第一次坐车，但他不敢到处看，生怕多看一眼，父亲就不见了。父亲带他来到一个陌生的镇子，找到一个满脸麻子的男人，男人说男孩太大了，都有记性了。父亲说，大了懂事，干活儿利索。男人不情愿地掏出三张纸币，又抽掉其中一张，换成了面额小一些的纸币递给父亲。父亲也不敢生气，看了男孩一眼，转身就走了。男孩想要追上去，被满脸麻子的男人死死拽住，不管男孩如何哭喊，父亲都没有回头。

满脸麻子的男人把男孩拖到一个破烂院子，院子里还有七八个孩子。男孩去了之后，满脸麻子的男人不由分说地先把男孩狠狠打了一顿，有多狠呢，狠到他从此不敢逃跑、不敢不听话。隔几天就有人来给满脸麻子的男人几张纸币带走了其中一个孩子。没有人选男孩，满脸麻子的男人就狠狠打他，说他是赔钱货，让他出去偷东西。他怕挨打，只能去偷。满脸麻子的男人卖孩子的事情暴露了，他要逃跑，但男孩因为偷肉被肉铺老板剁掉了左脚的两根脚趾，还走不了路。满脸麻子的男人嫌他累赘，狠狠踹了他一脚后带着另外两个小孩逃走了。那时已经进入夏天，伤口很快便溃烂化脓，他拖着疼痛的双脚在街上流浪，因为他是贼，所有人都厌恶他、驱赶他。

就在男孩觉得自己的一生就要这样度过的时候，一对夫妇收留了他。所有人都劝他们不要收留这个孩子，说这是个坏孩子，而且年纪这么大了，肯定是个养不熟的白眼狼。”

“你觉得这个孩子应该怎么办？”林老师看向徐思博。

“他应该让自己变强，把所有欺负他的人全都打趴下。”徐思博挥舞着拳头，咬牙说道。

林老师笑了笑说：“打趴下之后呢？人们会说，看，他就是个坏人。人们对这个孩子的厌恶只会增加不会减少，这个孩子就开心了吗？你想想，你让自己变成坏孩子后，别人会对你好吗？你真的开心吗？”

徐思博低下头不再说话，林老师接着说：“这个孩子选择了另外一条路。他很幸运，这对夫妇对他很好，治好了他的脚，还送他去上学。他学习很用功，成了这个镇子上的第一个大学生，在大城市有了很好的工作。他再回来，那些曾经嘲笑他、侮辱他的人都对他非常尊敬，都夸他的养父母有福气，那个剁掉他脚指头的屠夫还带了一整头猪来给他赔罪。他后来还找到了自己的亲生父母，他们非常后悔，苦苦挽留他，但是他头也不回地走了。”

“哇，太爽了。”徐思博瞪大了眼睛。

林老师笑着说：“所以你看，暴力不是真正的强大。那种说我不行我就不行，说我是坏种我就是坏种，叫斗气。真正的强大，是争气，是说我不行我偏行。你们小孩不是流行什么‘打脸文学’吗？这就是打脸。遇事与其去跟别人生气、斗气，不如自己争气、斗志，跟别人翻脸，不如自己翻身。”

徐思博犹豫了一下，问道：“这是真事吗？”

林老师脱下鞋袜，说：“你看。”

徐思博瞪大了眼睛，林老师的左脚竟然只有三个脚趾。曾经也有很多人以管教的名义跟他讲道理，说急眼了就会动手，他因此挨过的打自己都数不过来了。但那些挨过的所有打加起来都没有林老师的三根脚趾带来的震撼大。

卧室的墙上挂着一张黑白照片，一对中年男女笑容温暖，他们中间站着一个拘谨的孩子，上身绷得笔直。这是他来到家第一年父母带他去拍的全家福，也是他人生的第一张照片。从照相馆出来时，路边还有一群孩子朝他喊：“贼娃子、贼娃子来了。”他使劲低着头，恨不得钻到地底下去。母亲把他的头抬起来，温柔地说：“你是谁，不是由别人决定的，而是由你自己决定。”

林老师双手抚摸着照片，不自觉地一边笑一边流眼泪。嫚珍走过来靠着他，轻声问道：“你后来真去找亲生父母了？”

林老师说：“这确实是我年少时心里的执念，一定要出人头地，然后去找他们，让他们后悔，然后我头也不回地走掉，就像当年我怎么哭喊，他都不回头一样。后来，随着我的人生越来越丰富多彩，这成了最无关紧要的事。今天要不是跟孩子说起往事，我甚至都忘了自己还有这个想法。我之所以跟他这么说，是因为我知道十几岁的年纪，复仇的快感是最令人向往的。”

“老林，是不是应该找这些孩子的爷爷奶奶或者父母谈一谈？我觉得这些家长的问题比孩子要大多了。”嫚珍忧心忡忡地说。

林老师叹了口气，说：“没用的。鸿文的奶奶，我那大嫂，脾气和炮仗一样，我以前跟她聊过很多次，每次都是客客气气，但是她就是油盐不进。他们面对孩子要的就是自己的权威，他们不接受质疑，因为他们从不觉得自己是错的。你跟他们说多了，他们认为你在批评他们，他们不敢对你怎么样，但会将这份不满和怨恨发泄在弱势的孩子身上。”林老师走向窗边，看向夜空中的繁星，说道：“留守儿童缺乏父母的陪伴，隔代养育又有很多潜在的问题，这些弊端都很难改变。我只希望这些孩子能一直读书，看到更广阔的世界，不要总是停留在过去的世界而走不出来。”

卧室外沙发上的徐思博眉头紧皱，额头上冒出一层密密的汗珠，眼皮不安地跳动着，睡梦中，一群面容模糊却又非常熟悉的人追赶着他，他们要把他的脚指头剁下来。他想跑，可他的腿很沉，怎么跑都跑不快，就在斧头要落下的时候，面前出现了一道光……

05

徐思博还是不愿意去学校，但林老师给他制订的学习计划，他每天都很认真地完成了，而且林老师发现他的逻辑思维和空间想象能力很强。林老师给了他一份初中奥数的卷子，他做了 40 分。徐思博觉得很不好意思，但林老师夸奖了他，说考虑到他这几年的学习空窗，且从来没有接触过奥数，能考到这个分数，说明他天分很高。

林老师激动地说："全国数学竞赛在每年的 9 月份，现在还有几个月的时间，好好把握，认真学习，肯定能取得一个非常棒的成绩。"

参加数学竞赛，这几个字是第一次与自己关联起来，徐思博心中产生一种微妙的情感，觉得这个怪老头儿在说什么搞笑的话，但是一种久违的自豪感也在不知不觉中慢慢发芽。

李乐瑶虽然那天没有回应，但妹妹李乐熙每天放学后都来托管班，嫚珍也每天换着花样给她做好吃的。小姑娘很活泼，一张小嘴儿经常逗得嫚珍哈哈大笑。李乐瑶晚自习放学后来接妹妹，鞠着躬递给嫚珍500块钱，只说了一句“补习费、伙食费”。嫚珍很是心疼，忙握住她的手说道：“不用不用，钱你自己留着。”

李乐瑶固执地鞠着躬，胳膊伸得笔直，李乐熙也学着姐姐的样子，把腰弯成了九十度。嫚珍急得眼泪都要掉下来了，林老师说：“收下吧。你不收，她们以后不会来了。”

嫚珍收下了钱，姐妹二人才直起腰，姐姐仍是面无表情，妹妹咧着嘴笑得很开心，换掉的门牙刚冒出个头。嫚珍很在意这两个女孩，尤其是姐姐，除了偶尔见她与鸿文和徐思博说话会露出笑容外，对大人几乎都是冷冰冰的，能少说一句话，绝不多说一个字。她尝试着问徐思博，李乐瑶是否一直都是这么不爱说话。徐思博说，李乐瑶以前和李乐熙一样，特别爱说话。嫚珍更疑惑了，再问，徐思博却嘴巴紧闭，不再说话。

嫚珍想着青春期的孩子总有自己的秘密，他们若不愿意说，是绝对不会松口的，便不再追问，但心里总有一点担心。

托管班已经来了四十多个孩子，宽敞的活动室坐得满满当当。林老师不仅为孩子制订了详尽的文化课计划，周末的时候还会组织一些体育活动，村部广场修建的篮球场和羽毛球场也被林老师充分利用起来，他鼓励大孩子教小孩子，小孩子学得认真，大孩子在一声声“教练好”的喊声中油然而生出一种责任感，教得更加卖力。嫚珍还带着孩子们排练话剧，孩子们和爷爷奶奶齐上阵做道具和演出服，最后在广场上的舞台演出时，感觉全镇上的人都来了。老村长说，一直觉得重建村部花的钱都是浪费，现在看来真是值。

徐思博也回学校了，这次月考，他和鸿文、李乐瑶三人的主课成绩都达到了及格线。他的爷爷奶奶来接他回家，林老师说了很多夸奖徐思博的话，徐思博也一改以往顶嘴叛逆的样子，他的爷爷奶奶看起来也很开心，只是随口数落了徐思博几句，也没有再说难听的话。

就在一切都往好的方向发展，林老师为这几个孩子悬着的心也慢慢放下来时，来了一个惊天炸雷。

那天是周五，原本应该来托管班的徐思博和李乐瑶姐妹迟迟没来。林老师和嫚珍有些担心，便问已经来了的鸿文。鸿文说：“放学时一切都好好的，他俩说要先回去取林老师之前布置的卷子，估计先去吃饭了，今天轮到李乐瑶做值日，学校突击检查，她中午在打扫卫生没有吃饭，下午没放学就说饿得不行了。”

听他这么一说，林老师也放心了，开始专注其他孩子的作业。晚上八点多，孩子们都陆陆续续回家了，林老师和嫚珍也准备关灯锁门，李乐熙来了，抱着嫚珍开始哇哇大哭。

嫚珍忙抱着她，问她发生什么事了。李乐熙哭得上气不接下气，断断续续地说：“赖巴子死了……救救姐姐和徐思博！”

嫚珍和林老师心里一惊，不约而同地说：“赖巴子是谁？”

“我知道。”还没回家的鸿文说。

林老师一把拉住他，说：“走，带我们去。”

鸿文背着李乐熙带着林老师和嫚珍快步向赖巴子家走去。路上鸿文说，赖巴子是李乐瑶的仇人。三年前，赖巴子趁李乐瑶一个人时，把她抓到了家里欺负她。嫚珍像被电击了一下，双腿一软，差点摔倒，林老师连忙扶住她，嫚珍颤声问道：“这件事最后怎么处理的？”

鸿文说：“没人管她。她跟她奶奶说了，她奶奶说她跟她妈一样不是好东西。她跟学校的语文老师说，那老师平时很喜欢她，但老师说这事要找家长，她管不了。她也不敢去派出所，赖巴子说她要是去找警察，就杀了她妹妹。那就是个畜生，死了最好。”少年语气平静，路灯打在脸上，映出两条明亮亮的水印。

嫚珍感觉脑袋一阵一阵地发蒙，林老师也是心里直发慌，一遍一遍地拨打着李乐瑶和徐思博的电话，但一直都是关机状态。路过一条漆黑的胡同时，鸿文停下想了一下，便走了进去，“这是一条近路。”他解释道。林老师举着手机照亮，走了一会儿看到一扇被砸烂的门。鸿文猛地停下来，放下背上的李乐熙，有些激动地问道：“那畜生是不是抓你了？”

女孩哭着说：“我放学在这边等姐姐的时候，被他抓进屋子里，后来姐姐就来了。”

少年愤怒地一脚将门彻底踹掉，穿过一堆破烂，进入一间昏暗的屋子，林老师用手机照了一圈，猛然看见一个人躺在角落。林老师找到开关打开灯，嫚珍护着两个孩子，林老师上前用手试探了一下，松了口气，说：“还活着，先报警！”

鸿文喊道："不能报警。"

林老师坚定地说："相信我，他俩不会有事的。"

在李乐熙的叙述下，警察慢慢拼出了事情的大概：李乐熙放学在胡同口等李乐瑶的时候，被赖巴子拖进了他家。赖巴子把她绑在了椅子上，李乐瑶和徐思博就赶来了，他们扭打在了一起，一开始李乐瑶和徐思博打不过赖巴子，李乐瑶被赖巴子用凳子砸倒，她爬起来死死抱住赖巴子的腿，徐思博跳起来把赖巴子踹倒了，他的头撞碎了玻璃茶几，血流了出来，赖巴子也一动不动了。两人以为赖巴子死了就打算逃跑。李乐瑶把妹妹送回了家，临走时叮嘱她以后有事可以去找林老师。赖巴子应该是被砸晕了，后脑勺有一条口子，送到医院的时候已经不流血了。

老村长也来了，林老师问他三年前赖巴子抓李乐瑶的事他是否知道。老村长说："当时也听到了一些风言风语，但是赖巴子是个泼皮无赖，没有人敢招惹他，所以大家都当作不知道。去年过完年他突然不见了，谁知道从哪里又冒出来了。"

鸿文说："我们找人打了他一顿，让他离开这里，没想到他居然回来了。"

警察问："找谁打的？怎么打的？什么时候？"

鸿文一副视死如归的表情，干脆说出了所有事情。李乐瑶发现没有人能依靠之后，决定不再做个乖乖女，她开始抽烟、喝酒，去结识那些混子学生。在赖巴子又一次骚扰李乐瑶时，被徐思博和鸿文碰见了，他们帮她摆脱了赖巴子，从此三人成为好朋友。同样的境遇，都是不被家人信任，让他们三人惺惺相惜，两个男生决定帮助李乐瑶除掉赖巴子。但赖巴子人高马大，壮实得像堵墙，他们根本不是他的对手。鸿文提议请别人收拾他，把他赶跑。三人找到了县城的混混儿，对方要三千块钱，保证让赖巴子消失。他们开始攒钱，李乐瑶一天只吃一顿饭，徐思博去帮别人打架收保护费，鸿文从家里陆陆续续偷了一千块钱，终于攒够了三千块。混混儿们也很“讲信誉”，他们把赖巴子堵在家里打了一顿，威胁他不准再回来，看着他买了车票坐上了去深圳的火车。赖巴子走后，他们找了个门把胡同里那个通向赖巴子家的洞封死了，那个洞是赖巴子专门凿的，很隐蔽，他就是从那个洞抓住的李乐瑶。

所有人都沉默了，鸿文的话沉重得让人喘不过气。只有老村长猛然站起来，拍了孙子一巴掌，说：“兔崽子，居然学会偷钱了！”

“大哥！”林老师厉声制止，“当务之急是把两个孩子找回来，屋子里有好几处血迹，不知道那两个孩子有没有受伤。他们的电话一直都打不通。”

警察提议派人出去一起找，林老师怕警察越多俩孩子越躲，他建议他先去找，孩子们也许不会那么警惕。警察同意了，让林老师注意安全，随时保持联系。林老师让嫚珍把李乐熙带回去，他和鸿文出去找人。嫚珍很担心李乐瑶，要跟他们一起去找。林老师便让老村长把李乐熙带回去好好照顾。

等三人走到僻静处，林老师对鸿文说：“第一，赖巴子没死，也没受大伤，徐思博和李乐瑶没有犯法，不用承担任何法律责任，而且他俩还是受害者，根本不需要躲藏。第二，赖巴子绑架并故意伤害未成年人至少还要判十年，只是光把他赶出这个镇子还不行，这次我们要把他赶到监狱里。”他拍着鸿文的肩膀说，“你是一个很仗义的朋友，你做得很好了。”

鸿文的眼泪一下就涌了出来，他用袖子擦了一下泪水，说：“我知道他们在哪儿。”

06

—

龙王沟是西河植被最茂盛的一片山，最高的山叫龙王尖，龙王尖半山有一片茶园，穿过茶园再往上爬，快到山顶的地方有一棵非常粗的古树，据说已经有上百年了。树确实是棵古树，但转到后面仔细看会发现这棵树其实是紧紧挤在一起的三棵树，山顶风大，两边的树常年在风力作用下都往中间倾斜，如此便形成了一个天然的树洞。这三棵树离山路比较远，所以很多人都不知道，鸿文也是有次跟爷爷采野菜，爷爷告诉他的这个地方。后来这个树洞就成了他们的秘密基地。

林老师找了辆三轮车把他们送到茶园，再往上的路车子就无法行驶了，只能走上去。龙王尖的景色在白天还是很不错的，高大的树木、漫山的野花，很有一种原始森林的美。但在漆黑的晚上，这里会发出各种各样奇怪的声音，树木仿佛变成了张牙舞爪的黑色怪物，还时不时有什么东西从腿边窜过，让人浑身汗毛直立。林老师紧紧握住嫚珍的手，不断轻声安慰着她，还是听到了嫚珍的抽泣声。林老师揽住她的肩膀，柔声说：“不怕，就要到了。”

嫚珍带着哭腔说：“我不是怕，我是想这俩孩子大半夜地躲在这种地方，他们该多害怕，多无助啊。”

林老师宽慰道：“我们这不是来接他们了吗，他们马上就没事了。”

去年语文期末考试的作文题目是“榜样的力量”，鸿文胡编了一篇作文就交上去了，他没有榜样，不知道榜样的力量有多大。此时，手电筒的灯光在漆黑的大山里就像萤火虫一样渺小，两位老人相互搀扶着，摸索着走在崎岖的山路上，去解救与他们没有血缘关系的孩子。这一刻，榜样在鸿文心中具象化了，他要成为像三爷爷一样的人。

终于找到了古树，鸿文喊道：“徐思博、李乐瑶，赖巴子没事，你们也没事了，快出来吧。”

一个人影冲出来，是李乐瑶，她问道：“赖巴子没事？”

“对，没事，就头磕破了一点。你们不用躲。”鸿文坚定地说。

徐思博也出来了，他正要说什么，李乐瑶突然揪住自己的头发，发疯似地大喊：“啊！啊！啊！”

嫚珍冲上去抱住她：“乐瑶，别怕，我们会把他送到监狱里，你放心，他再也伤害不到你和你妹妹了。”

李乐瑶的身体往下滑，嫚珍也差点被带倒，鸿文和徐思博架着嫚珍慢慢坐到地上，李乐瑶还在揪着头发拼命地嘶喊，喊声在山间回荡，在黑暗的夜里听起来格外凄厉。嫚珍把她抱在怀里，不停安慰着她：“乐瑶，乐瑶，放心啊，有我们在呢，再也没人会伤害你们了。不怕啊，不怕。”嫚珍就这样抱着她，轻轻地拍着她的背，像哄婴儿一样轻声哄着她。

李乐瑶的情绪慢慢平复下来，不再嘶喊，但是仍忍不住地哭泣。嫚珍将她的手慢慢从头上拿下来，整理好她的头发，用湿巾轻轻地帮她擦脸，温柔地说：“哭吧，哭出来心里会好受些。你不用担心妹妹，妹妹我都安排好了，在鸿文家呢，你放心。”

林老师拉过徐思博检查，他的额头又多了一条伤口，他满不在乎地说：“没事，一个没留神，被赖巴子拿凳子砸了一下。”

林老师拿出碘伏和大号创可贴，说道：“先简单包扎一下吧，下山了再去医院检查。你这头真是多灾多难啊。”包扎完，他围着古树走了一圈，感叹道：“几十年了，这树看起来都没有变化啊。”

“三爷爷，你也来过这里啊？”鸿文惊讶地问道。

“是啊，还是我告诉你爷爷这里的。算起来，说不定我是第一个藏在这个树洞里的人呢。”

徐思博好奇地问：“你来这里躲着，是犯事了吗？”

林老师看了看李乐瑶，她已经平静很多，躺在嫚珍怀里轻声抽泣着，他才说道：“是犯了个大事，把生产队的猪撵到了茅坑，把猪臭死了。”

两个大男孩使劲抿着嘴生怕自己笑出声，李乐瑶忍不住“哼”了一声，少年们像是打开了阀门，哈哈大笑起来。

林老师慢慢说道：“也是你们这般大，跟村里的孩子斗气，看谁本领大。由于急切地想证明自己，我冲在最前面，吼声也最大，本来是要把猪赶回猪圈的，结果把猪吓住了，冲进了茅坑。生产队队长找到我家，我父亲给我一顿好打，打断了两根竹棍，把我的屁股都打出血了。我当时特别生气，心想肯定是因为我不是他亲生的所以才打得这么狠，所以赌气离家出走。我听人说过，龙王沟有很多野果树，野桃、野枣、野苹果之类的，就想着有野果子就不会饿肚子，于是就摸到了龙王沟，发现了这棵树，在这里躲了三天。”

“后来被抓回去了？”徐思博问。

“不是抓，是我父亲找到我，把我接回去了。”林老师接着说，“我父亲发动了全镇他能发动的所有人去找我。找到我之后，也只是问我饿不饿，有没有受伤。他之前打我的时候，我心里还憋着气，恨着他。可他这两句话问出来之后，我瞬间就意识到自己错了，也明白了父亲打我也就是伤个屁股，若是他不打，让生产队的队长动手，估计我伤的就是两条腿了。”

林老师指向星空，说：“孩子们，几十年前我在这里看到的星空跟如今你们在这里看到的星空是一样的，繁星闪烁，灿烂无比。几十年前，我捂着屁股躲在这里；几十年后，我来找头破血流的你们。悲伤和痛苦看起来好像是躲不过去的，过去有，现在有，未来也许仍会有，但是美好也是一直都在的，比如这美丽的星空。所以，不要被悲伤和痛苦困住脚步，往前走，往前看，才有机会发现美好。”

李乐瑶听后停止了抽泣，她将额头贴着嫚珍的脖子，双手紧紧抱着嫚珍。

在林老师的动员下，街坊四邻都开始举报赖巴子的罪行，路口超市的老板还在超市门前的监控中发现了赖巴子拉扯李乐熙的视频。赖巴子被关起来了，虽然具体罪行还需要进一步取证和审判，但肖队长透露，赖巴子可能参与了拐卖人口，数罪并罚，最后肯定轻判不了。

李乐瑶看着赖巴子戴着手铐，从医院被警察带走，她在路边站了很久。直到林老师不放心，过来找她。

李乐瑶见到他，号啕大哭：“老头儿，你怎么来这么晚啊？”

“抱歉啊，来晚了。”林老师哽咽着说，轻轻摸了摸她的头发。

李乐瑶慢慢变回了曾经那个爱笑、爱说话的小女孩，徐思博连吃饭的时候都在做数学题，他已经通过了学校的奥数选拔赛，下个月要去县里比赛了。鸿文对中考很有信心，他的目标是去林老师的母校读大学。

托管班的人越来越多，一楼的活动室已经坐不下了，老村长准备把旁边的办公室也腾出来。“没有啥比娃娃读书更重要。”老村长在村委会掷地有声地说道。

托管班开班一百天的时候，李乐瑶张罗了一个挂牌仪式，红绸盖着牌子，老村长拿来了一挂鞭炮，还叫来了村里的锣鼓队。在锣鼓喧天、鞭炮齐鸣的热闹氛围中，林老师和嫚珍一人拉一头，红绸落下，露出了“怪老头托管班”六个由金色的星星组成的大字。这些星星是托管班所有的孩子一起折的。林老师总说每个孩子都是地球上的星星，都是独一无二的。在这些孩子心里，林老师也是他们生命中最闪亮的那颗星。

清晨的阳光透过云层，洒在这些金色的星星上，每一颗星星都在闪闪发光，而他们聚集在一起，更是光芒璀璨。

攒嫁妆的保洁阿姨

01

—

四月十一日，农历三月三，正是“柳色黄金嫩，梨花白雪香”的好时光，阳光欢快地从窗户折射进来，落在一尘不染的玻璃茶几上，迸裂出无数细碎的金光，嬉闹着铺散开来，将整个房间装点得璀璨光耀。

墙上钟表的时针指向 9 点，正是美好一天的开始。可秀华觉得，这一天已经结束了。

她打扫了房间，晒好了衣服，干完了家里所有能干的活儿，百无聊赖地坐在沙发上数着阳光洒进来的金点。当数到第 106 颗的时候，她站了起来，深吸一口气，对自己说道：“不行，我必须找件事儿做。”

这是秀华退休后的第 27 天，也打破了人生中第一次在家闲着不工作的纪录。

秀华的工龄可以追溯到她记事起。那时家境艰难，年幼的秀华要守着工厂外的煤渣堆捡煤渣，这项工作直接关系到家里是否煮得了饭，天冷了是否能取暖。秀华眼睛不眨地盯着出渣门，在煤渣车推出来的时候，她总能第一个冲上去。她到现在也记不起儿时天空的颜色，只记得黑漆漆的煤渣冒出的热气烤得脸生疼。

那时候的人，能干的必然要使劲儿干，干不了的也要使劲儿踮着脚够着干。这个理念也深深根植在秀华心中。此后不管做什么工作，她总是冲在前面，干得热火朝天。她从来不觉得这是辛苦，在她的观念里，人就应该热烈地生活、踏踏实实地劳动，内心才会有力量，心灵才会茁壮。因此，每个认识秀华的人都说她是一个“火热”的人，再难的日子都能过得红红火火。

“勤劳”这粒种子早已在秀华心中长成了一棵参天大树。如今闲了下来，大树的根仍在肆意伸长，搅得秀华很是心慌。她必须动起来，否则自己就会像看似暄软的馒头，因为过早揭开锅，而瞬间软塌了下去。

当秀华把想找工作的念头告诉好友淑娟时，淑娟一点都不惊讶，电话那头传来的声音只是有些无奈：“你就不能歇一歇吗？退休了就该好好消遣时光，还是跟我一起来玩牌吧。”

秀华听着话筒里传来的麻将洗牌声，想起上次被淑娟拉着玩了一下午，输掉了 50 块钱，现在还有些心疼，连忙说道：“我可不玩了，不挣钱还花钱。”

秀华骨子里有两大基因，一个是勤劳，另一个是怕缺钱。因为在苦日子中挣扎过，所以更期待囊中有金的心安。在她看来，人生中的很多困境都是由缺钱造成的。

秀华本名恒焕，代表的是父亲的心愿，父亲希望下一个出生的孩子能换成男孩。这个名字也是随了父亲的意，秀华五岁时，弟弟出生了，此后家中为数不多的资源全部倾向了弟弟，小到早上的一个鸡蛋，大到继续上学的机会。父亲对秀华说得最多的话就是："家里就这点钱，你得让着弟弟。"

读书的机会让给弟弟后，秀华更执着于挣钱，只要能有挣钱的机会，她都一定会去尝试。后来她进标准件厂当工人，进厂的那天她将名字改成秀华，期待人生能有另一番景象。

几年后，她与厂里技术部的大涛成了家，生下了女儿婷婷。因为自己是女孩，在原生家庭中被打压，被限制了很多人生的可能性，秀华下定决心要全心全意支持女儿，让女儿做自己想做的事。她更专心地挣钱，每月都会固定存一笔钱，这笔钱以前是教育基金，以后是女儿的嫁妆。

秀华与大涛结婚快四十年，大涛只管一件事，那就是将每个月的工资交给秀华，家中大小事全都不闻不问。秀华每想与其沟通，他只回应一句："我把钱都交给了你，还想怎样？"而他这一点在外人尤其是秀华公婆眼中，就抵过千般万般的好。

大涛的工资并不高，虽然他是技术岗，工资要比普通工人岗高一些，但秀华干活麻利，绩效很高，婷婷出生前，她每月的工资都比大涛高。但即便如此，每个月的生活费、孩子的开销、给公婆的生活费、补贴大涛弟弟的、日常人情来往……每一项若不细细分配，就会入不敷出。大涛从不管这些，一直衣来伸手，饭来张口。公婆又常因秀华没能生个儿子，还管着自己儿子的经济大权，会时不时给秀华一些难堪，大涛对此也是熟视无睹。

秀华年轻时觉得十分委屈，想过离婚，可自己一无所有，害怕离婚后不能给女儿好的生活。也是从那时候开始，给女儿攒一份丰厚的嫁妆就成了秀华的执念。她知道没有完美的婚姻，但她希望女儿不要在婚姻中委屈自己，拥有说走就走的底气。在她朴素的观念里，钱有时候就是最大的底气。虽然女儿已经是三甲医院的外科医生，经济上完全独立自足，但秀华还是希望能给女儿更多的踏实感。

更重要的是，秀华认为年龄越大，越要给自己一个目标和盼头，这样活着才会更有劲头。

可是六十岁了，要去哪儿找工作呢？

02

秀华想起婷婷曾教她在网上搜索做菜的视频，还说过现在有很多视频教老年人如何坐地铁、买票，还有教拼音、写字的，想学什么都能找到。她打开视频软件，在搜索栏里输入“找工作”，果然出来了很多相关视频。她拿来纸笔，看到有用的，就暂停视频记下来，慢慢地她也了解了现在找工作常用到的一些招聘软件和平台。看了一段时间后，秀华觉得很多内容还是对年轻人更加实用，便修改了关键词“老年人找工作”，出来的内容让人眼前一亮，她由衷地感叹互联网真是好，什么都能查到。

网上不仅有讲老年人找工作的经历的，还有讲退休后可以找什么样的工作的，说即使退休后找工作也应该做好职业规划，这是秀华没有想到的。她原先想着能找到可以做的工作就行，看了视频后她改变了想法，认为找工作确实不能盲目，要从自己的身体状况和特长出发。秀华看到这里很是羡慕大涛，大涛有技术，退休后被厂里返聘了。秀华不禁感慨，当年要是也能多上几年学就好了。其实当年秀华和大涛都有一个去进修的机会，但在那时甚至秀华自己都认为女人的重心自然应该是在孩子和家庭上，机会理所应当是大涛的。大涛进修一年半回来后，职称提升了，但是秀华到退休都一直是普通工人。没能多上几年学，是秀华心底最大的隐痛。

下午五点的闹钟响起，秀华才发觉自己已经看了快一天的招聘信息，午饭都忘了吃。但收获很大，她已经弄清楚网上找工作的渠道。她收起笔记，准备出门去公婆家给两位老人做晚饭。几年前公婆身体渐渐不好，秀华开始每天赶过去为二老做晚饭、打扫卫生，晚上大涛下班也是直接到公婆家吃饭。

餐桌上，秀华试探性地说自己想出去找工作。

大涛听后立马打断她，说：“都这把年纪了，别再折腾了。”

公公也附和道：“就是，六十岁了，没技术、没文化的，什么单位能要你？”

秀华虽然知道他们说的基本情况属实，但心里很是不服气。

婆婆皱着眉，慢悠悠地说：“你要是出去工作了，晚饭怎么办啊？我现在是做不了饭了。中午你们就给我们吃外卖，晚上再让我们吃外卖，我们这老骨头咋受得了啊？”

秀华更加憋屈了，午饭本应是大涛的弟弟大明管，可他十天半个月都来不了一次，常常是给老两口点外卖。秀华没有反驳，只是轻声安抚道："妈，您放心，晚饭还是我来做，我就是这么一说。"

在秀华心里，也确实就是那么一说，工作她是一定要找的。

秀华打电话给女儿婷婷说了要找工作的打算，还说了自己跟着短视频学会了使用招聘软件。

婷婷笑着夸她："妈妈，你很厉害哦。"

"可你爸和爷爷奶奶，都不同意。"秀华叹了口气。

"没关系，妈妈。你想做就去做吧。我只有两个要求，第一，找的工作一定要提前跟我说，我帮你把把关，现在网上打着招聘的名义实施诈骗的可真不少。第二，以身体为重。你膝盖有骨质增生，还有动脉硬化，不能干太重的活儿，不能劳累。"女儿郑重地说。

"放心吧，我还想多干几年呢，不会透支自己的身体的。"有了女儿的支持，秀华的信心更足了。

秀华也做了职业规划，自己文化水平不高，这个年纪仅剩的特长也就是打扫卫生、做饭、照顾人，工作也只能锁定在这几个方向。另外，她每天需要下午六点前赶到公婆家，工作地点不能太远。在招聘软件上登记好个人简历后，秀华一边期待着能有人主动找自己，一边不停地刷新招聘信息，看是否有合适的职位。那几天，秀华手机不离手，连一向不问世事的大涛都有些好奇地问她最近怎么跟手机这么亲近。

秀华感觉像是回到了上学时等待期末成绩的那几天，既期待又害怕，害怕考得不好，下学期父亲可能就不让她继续读书了；又期待成绩快点出来，让父亲看到自己比弟弟还争气。秀华如此不安地等了一个多星期，才接到了一个电话，是郊区的一个职业学校招宿管。宿管这个工作很适合秀华，但是学校离家太远，而且还需要留宿值班，秀华只能不舍地推掉了。

线上一直没有进展，女儿建议试试线下，可以去周边的超市、商场等打听打听，有些商家还会把招聘信息直接张贴在门口。

秀华恍然大悟，“是啊，我怎么给忘了呢？你看这人啊，就是依赖惯性。用了一头儿就忘了另一头儿，学会了用手机上网，就忘了出门转转。你读初中那会儿家里经济困难，我晚上打零工的活儿还是靠打听得来的呢。”说完，秀华就准备出门了。

靠嘴打听要比用手机高效多了，秀华在周边转了转就发现了好几个工作机会。烤鸭店的服务员告诉秀华，后厨需要刷盘子的，但要做到晚上十一点餐厅打烊；银行的保安说旁边的早教中心正在招保洁阿姨，还热心地给秀华带路，可惜早教中心也要晚上八点才下班；木槿街的环卫工人给了秀华一张超市传单，上面写着要招聘生鲜理货员，工作时间是早上七点到下午五点，月薪 3 500 元。超市离家也不远，坐三站公交车就能到。秀华很满意，拿着传单，一路打听着找到了超市经理。简单面试后，经理让秀华明天一早来上班。

秀华悬着的心终于踏实了，她想，虽然网络的力量很强大，但笨办法有时候也是好办法。一如她一直坚信的，老了也有老了的价值。

退休后的第 37 天，秀华开始了新的工作。她早上七点二十出门，七点四十到超市，换上工作服就开始工作。下午五点下班，她换下工作服直接坐车到公婆家。时间卡得刚好，没人发觉异常，淑娟调侃她是“地下挣钱第一人”。

秀华是奔着长久的目标来做的，可一个星期后，她就辞职了。

超市生鲜理货员的主要任务是在仓库理货、包装商品和打扫卫生。听起来工作量不大，但每天仅蔬菜区的几十种菜品的整理、包装就是一个巨大的任务，更别提还要时刻注意环境卫生，保证地板和货架一直整洁如初了。秀华基本上从上班站到下班，下班后又马不停蹄地赶回公婆家做饭、打扫卫生。刚开始工作的一两天，秀华觉得这点强度不算什么，自己很快就能适应。到了第四天，她的腿已经肿成了“大萝卜”，她还心存侥幸，想着身体慢慢就习惯了。但是到了第六天，她只能一步一挪地行动时，她叹了口气，喃喃说道：“不服老不行喽。”她知道挣钱重要，但是自己的身体更重要。挣钱是为了让女儿过得更好，可若是因为挣钱把身体弄垮了，反而是给女儿添麻烦了。秀华自认为是个明事理的老太太，孰轻孰重还是分得清的。所以，到了第七天，她便辞职了。

去找经理时，秀华很不好意思，但经理一切如常，还给她结了 600 元的工资。在秀华的工作经验里，没干够一个月，老板一般都不会给开工资。她曾经在东莞的一家玩具厂打工，每天工作16个小时，不停歇地干了29天，但老板以不满30天为由，没给她一分钱。她看着手里的600元，不禁感叹，现在的环境真好，讲理！

休息了几天腿消肿后，秀华又开始用笨办法四处打听。这次，商场的保安老李给她介绍了个好工作。

03

—

保安老李在商场停车场入口指挥车辆，起身时碰倒了水杯，水杯咕噜噜地朝马路中间滚去，眼看就要葬身车轮下时，秀华眼疾手快地把水杯捡了起来。得知秀华在找工作，老李便极力向经理推荐秀华去做保洁员。

商场的保洁员分两班倒，早班七点半到下午三点半，晚班下午三点半到晚上十点半。商场离秀华家也比较近，走路十几分钟就到。秀华选择上早班，下班后时间很充裕，还能回家歇一会儿。领到一套土黄色工作服、一只深蓝色带网兜的蝴蝶结发卡、一个编号0756的工牌后，秀华便正式成为一名商场保洁员。

晚饭时，秀华又试探性地说商场在招保洁员，她想去试试。

公公不耐烦地敲着碗说：“是缺吃还是少穿啊？要去商场扫地？”

公公的态度秀华一点也不意外，她平静地说道：“我闲着没事，去做保洁员每个月也有两千多块钱。”

公公皱着眉头说：“大涛挣的哪一分钱没给你？你还嫌少？”

公公是典型的封建制大家长，在他的观念里，男人是一家之主，对于大涛把工资全部上交给秀华这件事，他一直愤愤不平。只要有机会，他都要怼秀华几句。

婆婆缓缓开口道：“秀华啊，咱家也不缺这个钱，大涛和婷婷都在挣钱。要让别人知道你这个岁数还去当保洁，该怎么笑话咱家？我们年纪大了，每天就想吃口顺口的。再说了，你也六十了，身体也吃不消啊。”

经过三十多年的相处，秀华深知公婆的顽固迂腐，便不再辩驳，她看向大涛，虽然自己已经打定了主意，但心里还是期待能够获得大涛的支持。

大涛边吃边问道：“哪家商场？”

“滨江路那里的明悦城。”

“离家这么近，肯定会碰见熟人的，万一碰见了多丢人。”公公生气地放下碗筷，语气强硬地说：“不许去！”

秀华知道这个时候最好的态度就是迎合，硬碰硬只会火花四溅，反倒不如变成一团棉花，这样再愤怒的重拳也无处可挥了。她平静地回了声“好”，公公虽然依旧悻悻不悦，但也没再说什么。

回家的路上路过一家电动车车行，大涛停下来说：“买辆电动车吧。去明悦城没有公交车，虽说不算远，但是走路也要一二十分钟，你腿不好，骑电动车能省些力。”

秀华惊讶地看着他，缓缓开口道：“你同意我去做保洁？我刚开始说找工作，你不是反对的吗？”

大涛沉默了一下，想起前几天老夏数落自己的话。

老夏是淑娟的老伴儿，淑娟和秀华很是要好，老夏与大涛是死党。淑娟最近玩麻将瘾越来越大，家也不回，孙子也不照看，上周还一下子输掉了两万块，家里闹得鸡飞狗跳。老夏找大涛诉苦，说着说着就提到了秀华找工作的事情。

老夏一脸钦佩地说：“咱们身边退休的朋友，不想再工作的，整日无所事事，瞎找消遣；想接着工作的，又放不下身段。只有秀华，又是网上找，又是靠打听，全面撒网。淑娟说要不是她腿不行，一个超市理货员的工作干得比年轻人还有劲。”说着白了大涛一眼，“别人家是防着乱花钱，你们家可好，防着挣钱。说真的，你们家老爷子那种好面子的顽固思想真得改改了。多少人退休后跟一潭死水似的，你家秀华多有朝气，你退休了能有这般精气神儿吗？我回头就让淑娟跟着秀华一起去工作，不图挣钱，就说这动一动总比天天坐着打麻将要好吧？”

老夏的话像锤子般一下一下地砸在大涛的心上。他一直理所应当地享受着无微不至的照顾，浑然不知老伴儿已经开始了新的征程。大涛问自己，等厂里不再用他了，他每天要怎么过呢？估计也就是在公园转转、家里躺躺，他没有秀华身上那股开辟新道路的勇气。

秀华拽了他一下，问：“想什么呢？你同意我去当保洁了？”

大涛本想夸赞几句，可张口却成了：“你打定的主意，谁能改变得了？”话一出口便懊恼不已，也不敢看秀华的反应，忙拉着她进店，说道：“来，试试，选一辆。”

秀华有些意外，看着大涛花白的鬓角，心中涌出一股老夫老妻惺惺相惜的温暖。

骑着崭新的电动车，秀华早早到了商场，经理派了桃枝带秀华熟悉工具和流程。桃枝一口浓浓的东北味儿普通话，她给秀华介绍要用到的六种清洁剂以及各种工具，秀华拿出一个小本子仔细记着。

桃枝很是惊讶，做了这么多年保洁，还是头一次见有人记笔记的。

随身携带纸和笔是秀华工作多年养成的习惯。虽然是个打螺丝的基层工人，但秀华认为不管做什么事都应该专心，不管手上的活儿是大是小都应该做到又快又好，做到让别人舍不得你走。这是秀华的工作哲学，所以不管是打螺丝还是打零工，秀华收获到的都是清一色的好评。如今做保洁员，自然也要做一名优秀的保洁员，不仅要知道清洁剂的名字，还要仔细弄清楚每种清洁剂的特性和具体用途，真正做到物尽其用。

靠着这股子认真劲儿，秀华不仅上手很快，还在第一周的卫生考核中得了第一名。

保洁员们每天中午十一点和晚上七点的时候各有半个小时的吃饭和休息时间，负一层的员工休息室有微波炉，没有人舍得在外面买饭，都是自己带了饭在这里热了吃。秀华所在的保洁组一共有 8 个人。二老李是保安老李的弟弟，为了和老李区分，大家便叫他二老李，他和老谭负责商场所有男卫生间的卫生。秀华、桃枝、香云负责走廊和楼道的卫生，阿清、夏兰和素梅负责女卫生间的卫生。还有另外负责地下车库的保洁，他们的休息时间是错开的，秀华很少碰到他们。

秀华这个组最年轻的是 46 岁的桃枝，年纪最大的是 64 岁的香云。香云最近有些发愁，她听说超过 65 岁商场就不会再雇用了，再过几个月她就 65 岁了。可她也总是发愁那么一会儿，就洒脱地说："算了，能做到什么时候就做到什么时候，没活儿了就去捡纸壳。"

只有秀华上一个班，其他人都是连着上两个班，也就是从早上 7 点半上到晚上 10 点半。他们都是从农村进城打工的，没有职工社保，最多也只是在老家交过最低档的新农保，将来的养老金每个月可能只有一两百块钱，所以他们都是和香云一样的想法，干到不能干、干不动为止，多攒一些养老的钱。他们的子女们也大多自顾不暇，甚至还需要他们帮衬，比如桃枝和阿清。

桃枝上三个班，她负责五层、六层的楼道和走廊，秀华下班后，三层、四层的楼道和走廊也是她负责，每天几乎都是脚不沾地，用她自己的话说就是"忙到飞起"。即便如此，她每天早上四点还要去附近的一家早餐店帮忙。之所以这么拼，是因为她要攒钱给儿子娶媳妇。“女方家要的彩礼多，我们多挣一点是一点。”桃枝虽然语气中有一丝埋怨，但是给大家看儿子女朋友的照片时一脸骄傲。

阿清比秀华早来两天，她的儿子多年前因交通事故去世了，儿媳没过多久就丢下孩子走了。她自己拉扯孙子，孙子争气，去年考上了省里的重点高中，她跟着一起来打工，为孩子攒生活费。之前她一直在石料厂做小工，整日风吹日晒，弄得灰头土脸的，脸上、嘴上、手上的伤口从来没有断过；而且石料厂离市区远，离孙子的学校更远。阿清和香云是老乡，这次听说商场保洁有空缺后，香云马上就叫她来了。在商场打扫卫生要比在石料厂做小工轻松太多，而且从商场坐40分钟的公交车就能到孙子的学校。所以，阿清十分珍惜这份工作。

相比起来，秀华的生活要顺遂很多。她看过一句话，大意是“当别人饥饿的时候，你吃肉不吧唧嘴也是一种善良”。所以当聊到她时，她隐瞒了自己有退休工资的事，只说是为了给女儿攒嫁妆，和大家一样也是为了孩子、为了生计奔波。

商场保洁的工作比超市理货员要轻松一些，秀华负责三层、四层的扶梯、走廊等卫生。商场每天早上十点开门，在开门之前保洁员的任务是要保证自己负责的区域干净到发光发亮。十点开门之后，就是在三层、四层来回巡视，发现垃圾、脏污等后及时快速处理。

商场规定，保洁员当值期间除了中午半个小时吃饭的时间，时刻都要保持巡视。有时候一天下来，秀华的微信步数显示有两万多步。桃枝告诉秀华上一任经理非常凶悍，只要看见保洁员坐下来了，立马大笔一挥扣两百。她曾经因为太累了，屁股刚挨到地板就被经理碰见，两百块就没了。

秀华尽量一直保持走动，但她的膝盖不好，有时候实在坚持不住了只能偷偷在角落里坐下歇一歇，看看这个她非常熟悉的商场。这家商场，是他们一家人平日里消遣最常来的地方。女儿喜欢二楼一家店的衣服，每次放假回来都会来店里看看有没有上新款；淑娟是五楼理疗店的会员，常邀秀华来按摩肩颈；大涛喜欢看电影，有新电影上映时会叫着她一起去电影院看电影，看完会去负一楼喝她喜欢的竹荪鸡汤。每次来，商场的地板都是干净得发亮，她一直觉得这是理所应当的。如今自己做了保洁员，才知道这理所应当的背后是多么辛苦的付出。很多人轻视甚至是不尊重保洁员，可没有这些人的付出，这光鲜整洁的环境又从何而来呢？秀华原本只当这是一份普通的工作，亲历审视一番后，对保洁员，对自己，均生出一点儿敬意来。女儿曾说小人物也有不平凡，秀华在工厂是最普通的工人，不知道自己做出来的螺栓、螺母最终发挥了怎样不可或缺的作用，也就从来没对自己产生过价值感，反倒是保洁员这份普通到有些低微的工作，让她有了这种感觉。

秀华不敢多歇，坐几分钟就赶快起来，可还是被经理发现了。好在如今的经理小菲是位年轻的姑娘，她碰见后也只是语气温和地提醒秀华赶紧站起来。后来她看秀华起身时总要扶着膝盖，便告诉秀华商场的监控都在哪里，实在累了可以去监控死角处稍稍休息一下。

秀华对小菲特别感激，总是向大涛和淑娟夸赞，“我们经理啊，人美心善，我从来没有遇到过这么好的领导。现在的年轻人素质就是高，心地这么好。”

大涛让她别觉得领导好就更卖力了，要多注意自己的膝盖。淑娟则泼了一盆冷水，告诫她一定要小心谨慎，万一哪天被公婆知道了，东窗事发，少不得又是一通吵。秀华不以为意，她对现在的工作非常满意，遇到这么好的领导以及合得来的同事，她要好好干下去。

可没过多久，小菲就要辞退阿清了。

04

阿清负责的是三层和四层的六个女卫生间，马桶自动感应冲水让她啧啧称奇，她说自己第一次见这么高级的马桶。打扫卫生间要更为细致，用到的清洁药剂也会更多一些，阿清因为弄混清洁剂的使用顺序、便池有残留污渍、洗手台有水被投诉了四次，前几次都是经理帮她说情，并没有太为难她。这次又有人投诉厕所里的垃圾桶太满太脏时，人事部说要解雇阿清。

阿清的眼泪决堤似的流下来，在脸上的皱纹里迂回打转，她浑身忍不住地哆嗦着，说道："这可咋办呀，娃儿的生活费还指望这份工作呢？"

秀华扶住阿清，对小菲说："我跟阿清换，我来打扫卫生间，我会带着她把走廊的卫生打扫干净的，您能再帮忙说说情吗？"

小菲一脸为难，说："可是秀华阿姨，你只上一个班，到时候晚班的卫生间还是没人打扫。"

桃枝马上说：“经理，我来。本来秀华姐的下一个班就是我，我还顶她的班，顺便把卫生间的卫生一起打扫了。”

“那你忙得过来吗？卫生间的事情可要烦琐一些。”小菲还是有顾虑。

桃枝拍拍胸脯说：“没问题，有的是力气。”

小菲看着老泪纵横的阿清，叹了口气，说：“那我再去说说吧。”

小菲带回来了好消息，阿清负责五层、六层的走廊和楼道的卫生，观察一个月，若还有投诉就再也没有机会了。桃枝换到三层、四层，这样秀华下班后，桃枝可以一边巡视走廊和楼道，一边打扫三层、四层的卫生间，不用来回跑。

阿清不停地道谢，秀华发现小菲的眼睛红红的，她上前询问，小菲只说没什么，便匆匆走开了。秀华有些担心是否因此给小菲带来了麻烦，但很快被其他人拉到为阿清高兴的氛围中。为了让阿清更快地上手，秀华决定下班后陪她打扫一遍。她给大涛打电话，让大涛解决晚餐，再帮她编个不能去做饭的理由。

大涛爽快地答应了。秀华不禁感慨，“这人老了以后反倒靠谱起来了。”

秀华拿出之前做的笔记，阿清识字不多，她便用图案和颜色将各种清洁剂的作用和顺序重新标注，陪着阿清又上了一个班后，秀华的腿疼得都抬不起来了。她拖着腿从商场走出来后，看到了路边站着的大涛。

大涛骑车，秀华坐在后面。时值初夏，晚风徐徐，微风中夹杂着路边栀子花的香味，袭面而来，让人忍不住闭上眼。路边米粉店的小夫妻又在吵架，你一句离婚我一句离婚，争得面红耳赤。秀华笑着摇了摇头，一个月 30 天，他们 20 天都在吵着要离婚。秀华想起年轻时也是这般与大涛争吵过很多次，不同的是，只有秀华在吵，大涛只是沉默不语。秀华后来应付公婆的那种“拳打棉花”的策略，都是出自大涛的言传身教。彼时秀华的母亲还在，她总劝秀华，少年夫妻老来伴儿，年轻时打打闹闹，等老了以后就是彼此的依靠和陪伴。

三十多年前，大涛骑着二八大杠自行车载着秀华，对她说，想与她一起建立一个家；三十多年后，大涛骑着电动车，载着她走在回家的路上。三十多年，两人走得磕磕绊绊，好在都是往家的方向走。秀华看着大涛微驼的后背，突然很想念每次母亲劝慰她时煮的那碗面。

阿清在秀华的帮助下，将走廊的卫生打扫得很好，她买了一大块牛肉送给秀华。秀华知道那是商场负一楼超市的进口牛肉，即使碰上打折也依然很贵。她推脱不要，香云说这是他们老家的习俗，最好的肉表达最诚挚的谢意。秀华只得收下，回家炖了一大锅浓郁的番茄土豆牛肉汤，又找出女儿给自己买的一双新鞋，将鞋底在门外的花坛里蹭了蹭，用普通袋子装好，和牛肉汤一起带去了商场，招呼大家晚餐加菜。

阿清有些懊恼地说：“这是专门感谢你的，如今这……这……我该怎么报答你呢？”

秀华说：“非要这么算的话，我还得谢谢你呀。我膝盖有骨质增生，不能长时间走路。刚好打扫卫生间就不用走太多的路，这对我来说太合适了。说起来还是你帮了我呢。”说着便拿出了鞋，说自己穿过几次，不是很合脚，要送给阿清，让她换掉脚上那双鞋底快要掉下来的旧鞋。

阿清不住地抹眼泪，一直说等孙子放假了让他来好好感谢秀华。

秀华拉着阿清的手，安慰道：“我也是从苦日子过来的，一切都会好起来的。”

秀华想找经理一起喝汤，桃枝告诉她，经理这几天请假了，而且商场最近都在传小菲经理晋升这么快，是因为和总经理交往过密。

怒气一下子冲上了秀华的头，她对桃枝讲八卦似的态度十分不满，“经理是什么人咱们还不知道吗？她与我们自己的孩子差不多大，如果我们的孩子被别人这般造谣，我们是什么心情？”一番话怼得大家喝汤都不敢出声。

秀华向来是别人对她好一分，她定要回报十分。那些中伤经理的话，像芒刺一样扎在她的心上，让她心痛不已。秀华加小菲的微信，一直没通过，去办公室找她也总是错过，她便在休息的时候去各个楼层转，希望能碰见小菲。

终于有一天在午饭休息时，她转到三层的露台，听到角落里有窸窸窣窣的呜咽声，还有两个不耐烦的男声：

“你在我们面前哭有什么用，话又不是我们最先说的。”

“就是，凡事不会空穴来风，还不都是你主动勾引，主动献身。”

秀华瞬间明白了他们在讨论什么，像一只发怒的母鸡冲了上去，张开手臂，护在小菲身前。“无凭无据，随意造谣，我们要报警！”她愤怒地冲着那二人喊道。

二人被冲出来的秀华吓了一跳，嚷嚷道：“你一个破保洁，发什么神经？报警？报警抓她吗？”

秀华毫不胆怯地说：“我们经理完全不知道这回事，既然你们对这件事知道得这么清楚，那我们就相信你们。”

小菲猛地抓住了秀华的胳膊，秀华拍拍她的手，继续说道：“我们告总经理强奸，我们经理完全不知道有这回事，说明她当时是没有意识的。你们既然说得这么有鼻子有眼的，看来是知道内情啊，一定要给我们经理作证。”

现场一下子安静了，那二人停了好一会儿才吼道：“你神经病吧。”说完便快步走掉了。

小菲也怔怔地问道：“秀华阿姨，告……告总经理？”

秀华一把揽住小菲，语气坚定地说：“人永远只关心与自己有利害关系的事情。你就是浑身长嘴说自己是清白的，他们也根本不会相信。只有把这件事与他们的利益挂钩，他们才会紧张。他们说咱们有这事，那行，那就让他们来作证。把他们牵扯进来，他们就不能再像看热闹似的胡说八道了。”

小菲的态度还是很犹豫：“那，真的要报警吗？”

“要！面对那些欺负我们的人，我们首先要让他们知道我们不是好欺负的。”秀华拉着小菲的手说，“我女儿也是你这般大，当初她做了一件事，从此整个家里没一个人敢惹她。”

看着小菲疑惑的眼睛，秀华微笑着说：“我公公极度大男子主义，重男轻女，偏心至极，最宠爱他家小儿子，等他小儿子生了儿子，更是把自己的孙子宠得无法无天。前些年非要开汽修店，撺掇我公公问大儿子，也就是我老伴儿要钱。那年我女儿准备考博，家里的钱是留给女儿读书用的。但我公公说，女孩子读那么多书没用，哥哥帮扶弟弟也是义不容辞。我们不答应，他们就到处哭诉，说我们不顾念亲情，有难不帮。我们当时也受不了外面的风言风语，就想把房子抵押了，将钱贷出来给他们。但我女儿婷婷一下子就把事情解决了。”

小菲听得入神，秀华露出得意的神情接着说道：“婷婷把他们一家三口和我公婆叫到我家，拎出一条六七斤重的大草鱼，当时那条鱼还在活蹦乱跳地挣扎呢，她一根针扎下去，大鱼瞬间不动了。然后，手术刀、镊子、剪刀一件件上，这条大鱼成了散装的零件，内脏各个部分都被分割出来，摆成一排，鱼肉被切成了薄片码在盘子里。整套动作干净利落，那场面，我们全被震住了，没一个人敢吭声。”

“这么厉害？”小菲也惊呆了。

“她是胸外科医生，解剖个鱼对她来说太简单了。她解剖完，又说了三句话。”秀华到现在都能清晰地记起女儿说的内容，短短的三句话，语气、神态都与平时无二样，却压得每个人心中生出一种怯懦感。也是在那一刻，她才真正意识到女儿长大了，曾经那个软萌可爱的小女孩已经成长为独当一面的女战士。

婷婷指着她的解剖成果说：“我的解剖课成绩全校第一，我现在不管看谁，只用一眼，就知道他的各个内脏器官在什么位置。”当时小叔子听了这句话，不由自主地抱住了自己的肚子。

接着，婷婷又说：“博士是一定要读的，以后有机会我还要出国留学，上什么学，上多久，任何人都没有权力干涉和评论。”

她对小叔子说：“容忍儿子吸自己的血，是你教育失败。纵容，甚至伙同儿子吸别人的血，是道德败坏。自己的孩子自己管，是为人父母的本分，不要道德绑架别人。”

小菲满是崇拜地说：“您闺女真是太酷了。”

秀华说：“是啊，你是没见他们几个人当时的表情，脸上青一阵、白一阵，像调色盘打碎了，颜料混在一起糊了一脸，怪异难堪。婷婷还邀请他们都留下来吃饭，吃水煮鱼。不过从那以后，他们再也不吃水煮鱼这道菜了。最关键的是，从那以后那一家三口再也不问我们要钱了，对我们的态度也好很多，以前连来要钱都是颐指气使的。至于婷婷，没人敢说她一个不是。”

“所以说啊，孩子，我们要自己给自己撑腰。”秀华拉着小菲语重心长地说：“你要报警。退让只会让对方得寸进尺，他们今天敢造谣这个，明天就会造谣别的事情。孩子，打得一拳开，免得百拳来。”

小菲沉默了一会，抬起头，眼睛清亮，语气坚定地说：“我知道了秀华阿姨，我报警。不过我要先去找那些散播谣言的人，让他们再说一遍，录下当证据，省得他们到时候不认了。”

秀华欣慰地说：“对，对，还是年轻人脑子好使，考虑周到。我陪你。”

小菲微笑着说：“不用，阿姨，你快回去吧，到上工时间了。”她拉着秀华的手说：“鱼，我得自己杀。谢谢你，秀华阿姨。有什么事我会跟你说的，放心吧。”

秀华虽然还是有些担心，但她也知道自己只是一个保洁老太太，起不了啥作用，安慰叮嘱一番后便回到了卫生间继续工作。此时才觉察出心脏跳得厉害，回想起刚才那股冲劲儿，秀华自己也有点儿意外。她其实是一个怯懦的人，淑娟常说她是个只会息事宁人的和事佬，但看到与女儿年纪相仿的经理被人欺负，秀华的斗志和勇气瞬间就被激发出来了。

她心里还记挂着经理，殊不知有个更大的危机正等着她。

05

秀华回到卫生间，听到了亲子卫生间里传来孩子的哭声。母亲的本能让她对有关孩子的事情都很关注。她守在门前，听到孩子哭得很凶，但里面的大人没有安抚，反而在恐吓孩子：“再哭就把你的舌头割掉。”这句话让秀华很是心惊，直觉告诉自己，里面的那个大人应该不是孩子的妈妈。

卫生间的门终于打开了，一个瘦高的女人戴着黑色的鸭舌帽，口罩也戴得严丝合缝，把整张脸遮得严严实实。她抱着一个孩子，看着只有一岁左右，也戴着帽子和口罩，已经不哭了，乖巧地趴在女人身上，穿的衣服也很不合身，肩膀几乎露在外面，上面还沾满了碎头发。女人还提着一只帆布包，一只小孩衣服的衣袖从里面伸出来。

女人抱着孩子急匆匆地往外走，秀华拦住了他们，说：“您好，我看孩子哭得这么厉害，需要帮忙吗？”

女人没有说话，撞开秀华继续向前走。秀华心中更加不安了，她拉住女人的帆布包，喊道：“你的东西掉了。”

女人恶狠狠地骂着，转身使劲踹了秀华一脚。秀华被踹倒在地，手仍然死死抓住女人的包，并大声喊道：“来人啊，打人啦。”

女人慌了，她扔下包准备走，秀华爬过去一把抱住了她的腿，继续高声喊道：“来人啊，打人啦，救命啊。”女人一边咒骂着，一边用力砸着秀华的头。秀华头好疼，头发也被女人扯掉了不少，但女人打得越厉害，她越确定这人有问题，越用力抱住女人的腿，越大声地喊着。

警察很快就赶来了，女人被制服，另一个女人冲进来抱着孩子哭得伤心欲绝。果然和秀华预料的一样，女人是人贩子，她趁孩子妈妈试衣服的空当，把孩子抱走了。她在卫生间给孩子剃了头发，换了衣服，要不是被秀华拦住了，估计早就逃之夭夭了，孩子又被改变了着装打扮，即便商场有监控，估计也是大海捞针。

孩子妈妈对秀华千恩万谢，秀华让她赶紧带孩子去医院，孩子这会儿一直没哭，她觉得很不正常。

人贩子被带走了，经理和主管们不停地夸赞秀华，秀华头疼欲裂，一句话都听不进去。经理看秀华脸色不好，让她先回去休息。秀华没有推脱，在卫生间等桃枝来交接班。

秀华靠在洗手台上，看着对面有一个便池边缘沾上了污渍。她过去蹲下来用刷子刷，刷完扶着膝盖刚站起来，就听到耳边传来刺耳的声音：“哎哟，你怎么在这儿？”

秀华闻声心里“咯噔”一下，心想今天出门应该看一下黄历的，衰事怎么都赶到一起了。她极不情愿地抬起头，看到一个打扮时髦的妇人，淡淡回应道：“我在这儿工作。”

妇人一脸嫌弃地说：“之前听别人说看见你在这里扫厕所，我还不相信呢。你到底是咋想的啊，来干这个？缺钱跟我们说啊。”

秀华脑袋胀疼，心里更加烦躁，说：“我就是在家没事，来找个活儿干，我要工作了。”说着便提着工具往另一个卫生间走去。

桃枝刚好过来交接，见到这一幕，跟上来问道：“秀华姐，谁呀，这么彪？”

“我兄弟媳妇儿。”秀华叹气说道。

桃枝回头看向妇人，她皱着精致的眉毛，撇嘴嘟囔着：“这也算工作？”桃枝听到后，给了她一个大大的白眼。

秀华下班后拿出手机，看了一眼微信已经有四十多条未读信息，她刷便池的照片引爆了“相亲相爱一家人”的微信群。秀华不用听那些 60 秒的语音，也知道语音的内容大体是什么。无论是在娘家还是在婆家，只有自己只读到小学，其他人都读了大学，有着体面的工作。秀华觉得自己没文化，只有一身力气，一直把自己的姿态放得很低，这么多年她甚至已经习惯其他人在她面前充满优越感的样子。但是这次，她心中有一口气在肆意冲撞着。

秀华在休息室坐了好长一段时间才慢慢从商场出来，在出口处她看到了那个熟悉的身影。秀华有些惊讶，大涛见她低着头不言语，安慰道：“靠自己挣钱，有啥丢人的？他们那些人你又不是不知道，虚荣得要命。走吧，有我呢。”

秀华看向他，打趣道：“老了，反倒贴心起来了。”

大涛笑着说：“年龄长，智慧也在长嘛。”大涛最近确实反思了很多，越发觉得勤劳的秀华让人敬佩。所以当看到其他人嘲笑和谴责秀华时，他立即请了假来接秀华下班，下定决心这次要站在秀华身边。

“当个保洁，引来这么大阵仗，也是没谁了。”秀华苦笑道。

“谁说不是呢？这些年日子好过起来，反倒每个人的尾巴也都翘起来了。大明当了大老板，他那媳妇儿的鼻孔就没下来过。你兄弟，提了主任，那官派端的，礼堂都放不下。”大涛一边说着，一边惟妙惟肖地学着。

秀华被逗得忍不住笑起来，随即失落地说道：“就我没啥出息。”

“说啥呢！日子是给自己过的，人的价值也是自己给的，不在于跟别人比，更不在于别人的评价，只问自己的心。”刚才被人贩子打，被弟媳妇儿嘲讽，秀华都没有掉一滴泪，大涛的这番话却让她红了眼眶，这次的风暴也许不会太难熬。

06

婷婷回到家时，见到的是审判似的场面。爷爷奶奶、叔叔婶婶、外公、舅舅耀武扬威似的占据了沙发和两把高椅子，母亲坐在他们对面的小凳子上，微微驼着背，低着头盯着紧握的双手。唯一让她有点欣慰的是，这次父亲坐在母亲身边。

婷婷一直认为母亲身上有一种非常神奇的对立统一，而且随着自己年龄和见识的增长，她对母亲的这种特质越发敬佩。

比如，母亲是最典型的旧时代的传统女性，勤劳能干，有干不完的活计，将所有人都照顾得妥帖稳当；顺从忍耐，满足所有人的要求，将受到的不公平对待都埋藏在心底。可母亲又有着新时代女性的特征，她坚韧独立，虽然颠沛流离，但是从不怨天尤人，总是展现出一种格外朴实热烈的拼劲儿；她好学不倦，对新事物极有好奇心，虽然只读了小学，但会用电脑上网，智能手机也用得很顺当，当年为了贴补家用更是以理论满分的成绩考下了护工证。母亲的口头禅是“不会没关系，可以学”，所以当六十岁的母亲说在招聘软件上找工作时，婷婷既不意外，又十分佩服。

再比如，母亲一直因没文化、没受过高等教育而常常自惭形秽，但又相信只要是靠自己的双手劳动，工作就没有贵贱之分。

更让婷婷敬佩的是，作为女儿和妻子，母亲是迂腐的，父母、公婆对她再不好，她都尽力孝敬服侍，丈夫的需求也优先于自己；但作为母亲，她又是前卫的，她尊重和鼓励女儿保留自己的个性，支持孩子的各种梦想。她一生拘于婚姻，但又和女儿说婚姻最将就不得，要宁缺毋滥，要有自主权。

在婷婷的记忆中，母亲与全家硬碰硬过两次。一次是她七岁时想学小提琴，爷爷不让，那时还是与爷爷奶奶、小叔他们一大家人挤在一个三居室里。爷爷和小婶子都出来阻止，不让她母亲花这笔钱，母亲毫不犹豫地带她买了琴、报了课，跟她说：“想学就学，不怕，有妈妈在。”

第二次是高中时，父亲所在的厂有个内招，家里人都认为这是铁饭碗，让她一定要去。但她想读大学，当医生。当时全家所有人都指责她，只有母亲站出来说：“我闺女不想去就不去，她想干什么就干什么。”

后来大学心理课讲到“原生家庭”的概念，婷婷回望来路，发现自己的原生家庭也是糟糕的，只是母亲抵挡住了所有的风暴，让她可以恣意地成长。她便下定决心，要像母亲支持她一般支持母亲，但是她更希望母亲能像维护她一样维护自己。

所以当她看到外公指责母亲去扫厕所有辱门面，母亲反驳说当保洁很光荣时，她忍不住欣慰地笑起来，鼻子都开始酸酸的。

比秀华公公更顽固的是秀华的父亲，他自称祖上是书香门第，出过好几位进士，女人本就不应过多地抛头露面，更何况去做保洁扫厕所，太不体面、太不成体统了。

秀华低声说："保洁怎么不体面了？没有保洁，哪里来的这么干净的环境，怎么就低人一等了？我觉得我现在很有价值，我给商场的客人营造了干净的环境，认识了很好的同事，我的生活充实、有意义。怎么就丢你们的人了？社会分工不同，不是只有你们那些高大上的工作才是体面，小人物也有小人物存在的意义，小人物也有光芒。"

"哎哟喂……"大明媳妇儿作为秀华的揭发者，得意扬扬地正要开口，就被婷婷打断了。

"婶子，当年你偷偷炒股，把小叔的公司掏空了，还欠了一屁股债。那几年我妈每天晚上去医院当护工，病人便秘拉不出来，需要护工用手抠，没人愿意干，都是我妈做，因为工资高。你们的债就是我妈做这样不体面的工作还上的。"婷婷靠在门框上，语气平静，大涛挑了挑眉，笑着给她竖了大拇指。

大明媳妇儿吃了瘪，充满怨气地打了大明一下，大明没理她，放下了翘着的二郎腿，抱住了肚子。

秀华的弟弟，打着官腔开了口："底层工作者当然是光荣的，只是我们这样的家庭……”

“什么样的家庭？是我妈十二岁就在别人家当保姆挣钱养家，还是她白天去工厂打工，晚上出去捡垃圾给你挣学费，您忘了啊？小舅，如今的体面是不是得谢谢我妈？”婷婷环视了一圈，哼笑了一声，说：“你们这些可笑的虚荣心啊，你们到底是觉得我妈扫厕所丢人，还是想来显摆自己的优越感？”

婷婷说着拿出手机，打开一则新闻，“看，我妈今天还在商场抓住了一个人贩子，都上同城热搜了，现在大家都叫她‘最美保洁阿姨’。”

所有人，包括秀华在内都很吃惊，都争先恐后地拿过手机浏览新闻。还有记者采访孩子母亲的视频，视频中孩子母亲说孩子是被喂食了安眠药，医生已经做了处理，孩子没有什么大问题。秀华听到这里终于松了一口气。

孩子母亲说，最美保洁阿姨秀华，拯救的不仅是一个孩子，而是三个家庭。

大明媳妇儿阴阳怪气地说：“哟，嫂子，这是啥时候的事情啊？”

秀华看了她一眼，说：“就在你嘲笑我刷厕所前几分钟的事。”

婷婷的支持，“英雄事件”的加持，让秀华心中的那口气终于撞出了胸口，她站起来挺直了身体，说道：“我知道，我没有你们有文化，有能力，是最没出息的那个。但我不是全然没有价值，我觉得自己挺好的。”

大涛也起身说道："对，秀华自己开心就行。我跟闺女都支持她，就不劳你们操心了，都回去吧。"

等到大家都走后，家里终于安静下来，大涛笑着对女儿说道："网上都说什么，年轻人整治亲戚，还得是你出手。"

婷婷搂着秀华说："我算什么，今天妈妈才勇敢，敢为自己说话。"

秀华说："我也是最近干保洁，觉得保洁不容易，也挺有意义。中午的时候还在跟我们经理说要为自己撑腰，放到自己身上也是一样的。这还是你当年解剖鱼给我带来的启发呢。"

"这招特别好使。"婷婷大笑着说，"我们主任家孩子，初二到了叛逆期，到处偷着抽烟。我跟她说了这招，她把孩子带到了教研室，解剖了一个吸烟者的肺，什么话都没说，就让孩子在旁边看，中间看吐了都得接着看。从此，她的儿子再也不抽烟了，叛逆期也结束了。"

"哈哈，这比解剖大鱼还要刺激。"大涛也大笑起来。

秀华微信来了信息，是经理小菲发来的：

"秀华阿姨，下午警察来了，谣言也调查清楚了。当时警察把总经理叫下来的时候，我还是很害怕，但他没有怪我，惩治了造谣的人，再也没人敢胡说八道了。你说得对，得自己为自己撑腰。听桃枝说，你遇到了麻烦，不知道是否解决，盼好。另外，提前告诉你一个好消息，你要被提为保洁组组长了；而且你今天见义勇为的事情会在全集团通报表扬，总经理说还要给你发奖金。"

婷婷凑过来，问道：“妈妈，看什么呢，这么开心？”

“我要当保洁组组长啦。干了一辈子没当官，退休了，反而升职了。我们经理说还要全集团通报表扬我，说是还准备给我发奖金呢。”

“恭喜妈妈！”婷婷笑着说，“妈妈又在给我攒嫁妆的道路上更进一步了。我要是以后不结婚怎么办呢？”

“你自己定，给你攒的钱，你想怎么花就怎么花。”

“遵命，秀华女士。”婷婷绷着脸，行了礼。三人笑作一团。

窗外月光如水，洒在秀华栽种的晚香玉上，洁白的花瓣慢慢舒展，沁人的芳香随着月色慢慢散发出来。真是个好时节！

矿工寻友记

01

一

东桐峪金矿的采矿部6号宿舍住了四个人，陕西山阳的陈大河、河南灵宝的肖怀林、湖北襄阳的吴金西、安徽阜阳的孙健勇。这四个人也是一个班组的，好到穿一条裤子都嫌宽。上工的时候，四人配合得力，绩效最高；歇工的时候，四人喝酒聊天，好不快活。

这天休息，陈大河带来了西凤酒，肖怀林买的烧鸡，吴金西准备了卤猪蹄，孙健勇说他不喝酒。大家都不停劝他，陈大河倒了满满一碗酒端给他，他还是坚持不喝。陈大河说，不喝就是不把他当兄弟。孙健勇哭了，可眼睛流出来的是血，然后嘴巴、鼻子、耳朵都在往外喷血，他就那样一边喷血，一边说："不喝，我不喝。"

陈大河一下子就被吓醒了，心脏"突突"地像要跳出来。他不敢再睡，索性起床，在床头柜里翻出一本存折，翻看了一会儿，喃喃道："还有两个月就到期了。"存折里还夹着一张照片，矿车前面勾肩搭背地站着四个年轻男人，正是刚才他梦中的四个人，他抚摸着照片说：“二十五年啦，你们也都老了吧。最近啊，总梦见你们，我准备去看看你们啦。”

陈大河就要过六十岁生日了，按照老家的习俗来说，六十是大寿，子女要好好操办。儿子问陈大河有啥想要的，陈大河说：“我听说你张罗着换车，那把你换下来的小轿车给我吧。”

“你都没有驾照，要车干什么？”儿子很不屑地说。

陈大河的老伴儿说：“人家上个月就考下来啦。”

儿子看着陈大河的驾照，佩服地说：“哟，老爷子可以啊。等我提了新车，我就把小轿车给你开回来。”

半个月后，儿子把小轿车开了回来，陈大河也开始了自己的计划。

9 月 16 日，陈大河看了眼黄历，宜出行。一大早他就跟老伴儿说去练车，午饭都做好了还不见他的人影。老伴儿给他打电话，正想吼他，他先说道：“床头柜第一个抽屉里面有封信，你给娃们看看。”说完挂了电话。

老伴儿找到了那封信：

“我去看看原来金矿上的伙计们，就当满足我六十岁的愿望，我看完就回来，不用挂念。”

儿子和女儿知道后都急得直跳脚，老伴儿却很平静地说：“让他去吧，这是他的心病。”

陈大河规划好了路线，先去河南灵宝接上肖怀林，然后一起去湖北襄阳找吴金西，最后去安徽阜阳看孙健勇，多么完美的一条路线啊。

陈大河记得肖怀林家在灵宝市寺河乡，导航显示在高速公路上驾车三个多小时就到了，但陈大河刚拿到驾照，还不敢上高速，于是选择走国道，导航显示需要五个多小时的路程。但国道他也不敢开快，早上八点出发，下午四点才到寺河乡。他到处打听肖怀林家在哪儿，问了四个老人都说不知道，无奈中随口问了一个七八岁的小孩，小孩说："你找我爷爷啊，他在果园，我带你去。"

他跟着小孩走进一片果园，小孩大喊道："爷爷，有人找你。"

"唉，来了。"一个戴着草帽的老人答应着，从果林走出来。

陈大河突然很感慨，他和肖怀林二十五年没有见面了，感觉好像隔着天涯海角，其实就是几个小时的路程。所以啊，再近的路都怕心离得远啊。

肖怀林眯着眼睛看了好一会儿，才一拍大腿，喊道："哎呀，陈大河啊，你咋来了呢？"

岁月加深了二人脸上的皱纹，但好在还没有冲淡陈年的友情。西凤酒、烧鸡、卤猪蹄，外加油炸花生米和荆芥拍黄瓜，"咋样？还是当年的老四样。"肖怀林笑呵呵地说道。

陈大河倒上满满的两杯酒，"这四样最够味儿！"

九月的星空，宁静又灿烂，老友相见，酒浓正酣，过去点点滴滴的往事又涌上心头。肖怀林喝得满脸通红，说道："你说当年咱们四个多铁啊，咋就后来不联系了呢？”

陈大河没有言语，一杯酒一口闷下。

“我就记得，自从孙健勇出事，咱们三个好像就慢慢疏远了。尤其是你，你最先不跟我们一起玩的。”肖怀林自顾自地说道，“如果孙健勇没有被偷矿的推到竖井下面，没有出事，咱们是不是会一直都很铁？”

“嗯，肯定是的。”

“那你说，孙健勇当年有没有收偷矿的黑钱？”

“没有。”

肖怀林看了一眼陈大河，说道：“我也觉得没有，孙健勇是多耿直的一个人啊，我再也没见过比他更轴的了。当年偷矿的人一口咬定孙健勇收了他的钱，又不让他拿矿，两人推拉过程中孙健勇掉下竖井了。那偷矿的那么肯定，你说会不会是别人收了钱？”

“也许吧。”陈大河背对着院子里的灯，让他的脸看起来阴晴不定。

陈大河是累醒的，梦里他在快要塌方的矿洞里逃了一夜，再累得掉下竖井的那一刻，终于在惊吓中醒来。天光大亮，他听到肖怀林正在跟他儿子争吵。看见他出来，肖怀林拉着他，塞给他一包热乎乎的油条，大声说道：“大河啊，苹果正是成熟的时候，我走不开。你自己去吧。”说完使劲儿努了努嘴。

陈大河愣了一下，马上回过神，说道：“中，中，我走了。你忙，咱们再联系。”

陈大河将车开到国道口，停下来慢悠悠地吃着油条。吃到第四根油条，正准备从后备厢拿一盒牛奶时，看见肖怀林开着一辆三轮车赶了过来。

“你偷跑出来，还带一车苹果？”陈大河看着满满一车的苹果惊讶地问道。

“我跟儿子说，我去乡上找收苹果的，他才让我出来。”

“那你回去以后咋办？”

“管他咧，以后的事以后再说。”

“中，那咱们现在就去襄阳找吴金西。”

“我记得吴金西在襄阳市谷城县石花镇中心小学那里住。这么多年了，不知道他搬家没有？”

“去了打听嘛，总能打听到的。”

肖怀林又从车座下掏出两个老式对讲机，“当年矿上坏了不要的，我拿回来修好了。昨天试了一下还能用，你放你车上一个，这样咱们开着车还能说话。”

陈大河满是惊喜地说：“要不说咱四个人里面就你最周到呢。”

02

陈大河不敢上高速，肖怀林的三轮车上不了高速，两人只能沿着省道和国道慢慢开。到中午十二点多的时候，陈大河在路边的小树林停了下来。肖怀林惊叹地看他从后备厢拿出折叠的桌椅、锅碗瓢盆，又搬出一个便携的炉灶和一大桶纯净水。

“歇一会儿，煮碗面吃。”陈大河说。

于是，肖怀林看着陈大河跟变戏法似的一会儿拿出两个西红柿，一会儿再拿出两颗鸡蛋，没多久就端给他一碗热乎乎的西红柿鸡蛋面。“大河，你这车不大，倒挺能装啊。”

“那当然，我计划了很久呢。”说着，陈大河又递给他一杯茶。

肖怀林指着三轮车说：“我嘛，苹果管够，保你不缺维生素。”

两人哈哈大笑起来，肖怀林接着说：“不过你真别说，跟着你这么跑出来，让我找回年轻时的感觉了。”

“是吧，人生嘛，就要闯荡一次。走，启程！”陈大河潇洒地一挥手。

“走，出发！”肖怀林也大手一挥。

二人说得豪迈，但是车开得很是稳健，走走停停，绝不疲劳驾驶。路过县城、城镇等人多的地方，肖怀林还要停下车来卖一会儿苹果。下午五点他们走上了一条小路，越开越偏僻，彼此心里都有点儿没谱，但是导航显示让他们继续往前开。他们只好跟着导航继续前进，不料看见一位老人倒在了路中间。

二人急忙停车，小心查看，发现老人很可能是睡着了。将老人唤醒后，老人却一问三不知。肖怀林说：“他不会是老年痴呆吧。”

陈大河说：“很有可能。你看他的衣服虽然脏，但是质量还不错，尤其是鞋，还是个大牌子的。”

“那就是走丢的？”

“很有可能。”

“那咋办？”

“带上吧。到时候找个派出所问问。”

二人正说着，老人醒了过来，直勾勾地盯着三轮车上的苹果，肖怀林连忙拿给他一个。老人接过苹果，还鞠了一躬。肖怀林说：“哎哟，真有修养啊。”

跟着导航七拐八拐还真拐出了那片田野来到了镇上。打听到派出所后，警察也查到老人的信息，可是一直联系不到老人的家人。陈大河和肖怀林本想把老人留在派出所，但是老人坚持说陈大河和肖怀林是他的孩子，说什么都要跟着他们。无奈之下，陈大河决定先把老人送回家。警察说老人家在淅川县，刚好他们要路过此地。得知他和肖怀林是要去襄阳找老朋友时，所有值班警察都围了过来，称赞他们太酷了。

“小轿车、苹果三轮车，寻找在远方的友情，我要是到六十岁还能这么浪漫，此生无憾了。”一位年轻的警察兴奋地说。

年轻的警察们还提议他们就把车停在派出所对面的空地上，对这一提议，二人异口同声地答应了，毕竟他们对自己开夜车的水平都没有信心。

于是陈大河再一次展示了他的小轿车的收纳能力，他搬出各种炊具，煮了一大锅番茄鸡蛋面。肖怀林调侃道：“只有这一个花样吗？”

陈大河反问道：“啥青菜不放在冰箱里还不蔫儿？”

“这倒也是。至少咱们这一路不会缺维生素。”

在小轿车里挤了一晚后，陈大河对肖怀林说以后不能再在车上过夜了，老骨头经不起这么折腾。肖怀林揉着腰表示赞同，再这样睡下去，还没到襄阳呢，腰椎间盘就不行了。二人捶打捏揉，身上各种疼，倒是睡在后座的老人，红光满面，不断催促着：“大娃、二娃，赶紧走啊。”

走到淅川县城口的时候，就看见七八个人在朝他们招手，想来应该是警察联系到老人的家属了。

陈大河判断得没错，老人家境很好，家族很大，他的儿子、女儿、孙子、外孙都来了。老人已经走丢八天了，全家人都快找疯了。他们在县城最好的饭店请陈大河和肖怀林吃饭，闲谈中两人说到都是瞒着子女跑出来的，又赢得了在场所有年轻人的赞叹，“离家出走啊，太帅了！”

老人的儿子则问道：“出来这么多天了，孩子们都接受了吗？”

陈大河说：“我家里人没说啥了。倒是他儿子要跟他断绝关系。”

“这么严重？”

肖怀林说：“苹果熟了，他们让我回去卖苹果。和大河出走后，我承认刚开始确实有一点负罪感，觉得应该先顾家里。但是一路走来，我觉得我虽然老了但是也应该有权利追求自己内心真正渴望的。再者，我六十岁了，要是只能活到七十，我就只剩下十年的时间了，不应该被天天困在果园里，我也可以让有限的生命生出更多的枝杈。是吧？哎呀，我说得不好，让你们见笑了。”

老人鼓起了掌，“二娃，说得好。”其他人也鼓起了掌，说道：“肖叔，我们支持你。”

老人的大儿子拿起电话走了出去，回来后对肖怀林说：“肖叔，你家苹果的销路问题我帮你解决了。我有个朋友是做高端果酱的，我跟他说了你家苹果的品质，你把你儿子的电话给我，我让他直接联系你儿子。”

陈大河表现得比肖怀林还高兴，立马站起来敬酒道谢。肖怀林也从惊喜中缓过神来，不断地道谢。但他还是怀疑对方就是随口一说，毕竟萍水相逢，以后也不会再有交集，怎么可能施这么大的援手呢？饭菜很丰盛，但是期盼和怀疑在心中左冲右撞，让肖怀林食不知味。

直到下午快到襄阳时，肖怀林接到了儿子的电话，说有个大老板把家里的苹果都定下了，而且价格也给得高。儿子激动地问：“爸，你咋认识这么大的老板的？”

肖怀林一下子硬气起来，说道：“你不是微信上说要跟我断绝父子关系吗？”

陈大河听着对讲机中两人的对话，也插嘴道：“好了怀林，别难为娃了。”

“就是，父子哪有隔夜仇？我给你转了两千块钱，你和陈叔好好玩。”虽然肖怀林一路上都表现得很洒脱，但其实一直担心着回去以后如何面对儿子。如今，这颗悬着的心终于落下，他心情畅快地忍不住唱起歌来。陈大河听着对讲机里传来的走调的歌声，也不由得笑起来。

晚上六点，终于到达了石花镇中心小学，这次只问了一个人就知道了吴金西的下落，没承想得到的回应是：“吴金西啊，十年前就搬走了。”

03

“搬走了？那你知道搬到哪儿去了吗？”陈大河焦急地问道。

“这个不晓得，他走的时候我不在家，我回家后才知道他搬走了。”

看着陈大河有些失望，肖怀林安慰道：“这么大个地方，这么多人，我们慢慢问，总有人会知道的。我们先填饱肚子，然后再去打听。我不想再吃西红柿鸡蛋面了，今天吃点别的。”说着便拉着陈大河走进了旁边一家羊肉汤馆。

两人要了两碗羊肉汤、两张饼、两样素菜。陈大河还是嘴里不停嘟囔着：“吴金西能去哪儿呢？”

端羊肉汤的老太听到了，说道：“你说的是原来住在学校旁边的吴金西吗？”

“对，大姐，你知道他去哪儿了吗？”

“去武汉啦。他媳妇儿去世之后，她女儿就把他接过去了。

他跟我是本家，他家的老房子都是我在照看。你们是他什么人啊？”

肖怀林说：“我们是他以前在矿上的好朋友，专门来看他的。”

“这样啊，你们等着，我去把他电话抄给你们。”

陈大河的心情一下子阴转晴了，肖怀林说：“看吧，不要愁。有句话怎么说的，‘但行好事，莫问前程’。”

“这句话是这么用的？”

“不要在意。喝汤，喝汤。”

电话打通了，吴金西确实在武汉，但不在家里，而是在武汉市第四医院，他一个星期前骑车摔了一跤，把左腿摔断了。两人便规划着用两天的时间开车到武汉。

第一天下午在一家加油站，他们碰见了一位摩托车主也在加油，可当对方把头盔摘下来后，才发现对方是看起来年龄和他们差不多大的女士。

陈大河低声说道：“看着真神气啊。你看她那车，她穿的衣服，可不像是去走亲戚的，就是电视上那些年轻人的装扮。叫啥来着？对，机车族。”

本以为自己的声音够小，但是那位女士还是听到了，扭头对他们说道：“对啊，人家都叫我机车祝奶奶。”

陈大河尴尬地把头转过去，倒是肖怀林拿着两个苹果走过去，大方地与对方攀谈起来。刚好到了中午，肖怀林邀请祝奶奶一起吃饭，三人将车停在前面的小河边，他对祝奶奶说：

“我这兄弟做面条那是一绝。”

陈大河只得又展示了一番他的收纳功力，摆好桌子、椅子，开始煮面。祝奶奶也佩服不已，说道：“你这车真是麻雀虽小，但五脏俱全啊。”

肖怀林得意地对陈大河说：“我就说，谁见了你收拾东西的能力，谁都得惊叹。”陈大河并不理会他，专心煮面。

俗话说：“人间烟火气，最抚凡人心。”一碗热腾腾的面条下肚，祝奶奶也打开了话匣子。她说她出身农村，年轻时就爱好骑摩托车，但一辈子都是为家庭、为孩子，根本没机会、没时间来关注自己。好不容熬到娃们都大了，终于有了一点自己的时间了，就想着捡起年轻时的爱好。“所以啊，我就在 60 岁生日前几个月考了摩托车驾照，买了一辆二手摩托车。”

“太巧了！我跟你一样，我也是 60 岁生日前几个月考的驾照。”陈大河一下子找到了知音。

“对吧，别说人生能有几个 60 岁了，就说咱们的人生还能有几个十年。所以要趁着还能动，赶紧问问自己还有什么未实现的梦想。”祝奶奶说话的时候，由内而外散发出来的自信让人移不开眼。

“那你骑多久了？”肖怀林问道。

“快两年了，都骑了大半个中国了。我的目标是骑遍全中国。好不容易活一次，得好好看看祖国的大好河山，不是吗？”

“真了不起。”两人不由得竖起大拇指。

“那你们呢？”祝奶奶笑着问道，“装备这么全，看着也不像是去走亲戚啊？”

“我们去看朋友。”陈大河说道。

“我这位兄弟也非常有魄力，他先来看我，然后我们一起去看另外一个朋友。”肖怀林说道。

“你们也很厉害，让人敬佩和羡慕啊。”祝奶奶端起杯子，说：“来，我以茶代酒，敬你们，也敬勇敢的我们。”

分别时，肖怀林给祝奶奶装了满满两大兜苹果，目送着潇洒的背影疾驰远去后，对陈大河说道：“大河，我回去也要考驾照，考下来驾照后咱们去弄个房车，一起自驾，游遍全中国吧。”

“好啊，你加油，我等着你把驾照考下来。”

04

顺利到达医院，吴金西早早地就在医院门口等着。肖怀林指着半车苹果，笑着说：“给你带的礼物。”

话音刚落，耳边就传来一个声音：“老板，苹果多少钱？”

“五块钱一斤。灵宝红星苹果，刚上市，前几天刚摘的，非常新鲜。不信您尝尝。”肖怀林麻利地拿小刀切下一块苹果递给那人。

“嗯，味道不错。给我称五斤。”

“不是送我的吗？”吴金西坐在轮椅上，看向陈大河。

陈大河笑着说：“这得问肖老板。”

肖老板的生意很好，不一会儿就围过来好几个人要买苹果。陈大河将吴金西推到边上，说道：“想拜托你件事。”

“啥事？搞得这么郑重。”

陈大河停了一下说道：“陪我去看看孙健勇。”

吴金西说：“啥时候走？不过我先声明啊，我现在行动不便，你带上我可能是个累赘。”

“这不是事，我和肖老板两个人伺候你，包你满意。”

“哈哈，中。”

“你什么时候能出院?”

“现在就能。”

“医院你开的?”陈大河惊讶地问道。

“太抬举我了，主治大夫是我闺女，我和她说一声就行。”

“你闺女能同意不?我俩都是先斩后奏出来的。”

“能吧，我问一下。”说着吴金西就打通了电话。

肖怀林还在忙着称苹果，一个短头发，戴着口罩，穿着白大褂的医生拎着一个书包走了过来，对吴金西说道:“爸，您的换洗衣服和药都在包里了。我没什么要叮嘱的，您别再摔着就行。”接着对陈大河说道:“您是陈叔吧，我爸就麻烦您啦。”

陈大河一时间还没有反应过来，就见她又走到肖怀林面前，说道:“肖叔，路上我爸也要麻烦您照顾了，多谢啦。”肖怀林也愣住了。

“爸，我去忙了，您有事随时打电话。陈叔、肖叔，多谢啦。”说完转身走开，只留下三个老头儿待在原地。

“医生都这么手起刀落，干脆利落，一点反驳的机会都不给的吗?”陈大河问道。

“别贫了，走吧。”

“老肖，别卖了，出发啦。”陈大河朝肖怀林喊道。

三人有说有笑，可当车子开始驶往安徽省阜阳市阜南县中岗镇的时候，气氛一下子凝重起来，尤其是陈大河，几乎不再说话。直到他们经过一个叫赵桥村的地方时，这种压抑的气氛才被打破。

他们照例把车停在一片林子旁边，陈大河摆好炉灶，开始煮面。肖怀林说："你真的太厉害了，西红柿怎么放的，这么多天了，都没见坏一个。不过，我这大半年都不想再吃西红柿鸡蛋面了。"

"知足吧，只剩最后两个西红柿了，想吃也没了。"陈大河说道。

正说着，就听到有人歇斯底里地喊道："抢孩子啦，快来人帮忙啊！拦住那辆车，抢孩子啦！"

"抢孩子？"吴金西重复道。

"老肖，快把你的三轮车横到路中间。"陈大河声音里充满了急促。

肖怀林刚把车打着，就看到前面路口冲过来一辆面包车。他立即掉转车头，将车横在了路上。

陈大河又喊道："老肖，快下来！"

肖怀林刚跑下来，面包车就开到了跟前，眼看要撞上三轮车，最后关头还是停了下来。从车上跳下来一个男人和一个穿黑衣服的女人，朝林子跑去，后面村民们也追了上来。肖怀林连忙指着那二人逃跑的方向，喊道："往那边跑了，从前面包抄！"

村民们围得很快，两个人贩子只得从林子里跑出来，朝坐在轮椅上的吴金西跑来。陈大河端着刚煮好的面就朝他们泼过去。

滚烫的面条正中男人的光头，女人贩子也随即被村民按倒。面包车里两个瑟瑟发抖的孩子见到自己的家长后才开始号啕大哭。

原来这两个人贩子开着车在村里转，只要看到落单的小孩，立马就将其抓进车里。隔壁村就是这样丢了三个孩子，至今还没有找到。“今天幸亏遇到你们了，要不然孩子肯定丢了，人腿哪跑得过四个轮子，你们是我们的大恩人啊。”孩子的母亲说着就要下跪，陈大河连忙扶住了她。

肖怀林咬着牙气愤地说：“人贩子最可恶了。我们村也遇到过这样开车抢孩子的。还好当时给拦住了。那是一个由四个人组成的团伙，全村人只要在家的，都要赶上去踹两脚，挥几拳。等警察到的时候，那四个人没一个牙齿还齐全的。”

村民们要请他们去村里，他们说要赶路，被抢孩子的两家人拿来了腊肉、鸡蛋、青菜、大米、面粉，还有两只活鸡、活鸭，感觉是把能拿出来的东西都拿出来了，三人要是不拿着这些东西这两家人是万万不会放他们走的，于是肖怀林才卖空的车斗又被装得满满的。

陈大河问：“那俩人贩子呢？”

“绑回村里了。”

“没报警吗？怎么不见警察来？”

“报警了，但是派出所离镇子远，要过一会儿才能到。”

那俩人贩子的下场如何，成了三人一路上的谈资，气氛又开始活跃起来。

只是，一到阜阳，那种压抑的气氛，又弥漫开来。

05

一

陈大河关掉了导航，坐在副驾驶的吴金西惊讶地看向他。陈大河稳稳地开向阜南县，穿过县城，又开往中岗镇，最后在一个山坡前停下来。他从后备厢拿出一瓶西凤酒递给肖怀林，然后蹲在吴金西面前，说道：“里面推不了轮椅，我背你。”

陈大河背着吴金西爬过山坡，来到一片墓园，轻车熟路地来到一座墓前，一个头发花白的老太太正在擦拭墓碑，吴金西看到墓碑上刻的名字：孙健勇。

陈大河把吴金西放下，老太太也看向他们，一脸疑惑，肖怀林认出来了，老太太是孙健勇的妻子陈霜，他连忙上前说道：“嫂子，我是肖怀林，他是吴金西，他是陈大河。”

陈霜想了一下，恍然笑道：“哎哟，原来是你们呀，这么多年了，难得你们还记得阿勇。”

肖怀林笑着说：“哪能忘呢？这不都是忙着讨生活，没顾上嘛。”

陈大河却扑通一声跪下了，吓了三人一跳，陈霜连忙上去扶他：“大河快起来，不兴这样啊。”

“嫂子，你就让我跪着说吧。”

陈霜还要去拉，吴金西说：“嫂子，你就随他吧，要不然他该憋出病了。”

三人都看向陈大河，他对着墓碑规规矩矩磕了三个头，然后说道：“嫂子，对不起，建勇哥是我害死的。那年我妈得了癌症，需要一大笔钱，刚好有偷矿的找到我，让我值班巡逻的时候睁一只眼闭一只眼，每次给我一千块钱。我知道这样做不对，但我想救我妈的命，便答应了。本来一直配合得很好，可是那天我感冒了，还发烧，健勇就说要替我的班。我害怕事情暴露，不让健勇去，但他还是去了。我赶忙联系偷矿的，让他们那天晚上不要来了。结果因为那天下雨他们就想早点来早点走，就这么跟健勇碰上了。”

“偷矿的为什么一口咬定钱就是孙健勇收的？”肖怀林声音有些发颤地问道。

“偷矿的一开始要找的就是健勇，那天我跟健勇倒班了，他们以为我就是健勇，我没有否认。矿洞里光线暗，又戴着安全帽，他们没有看清我的脸。所以他们才会说钱是健勇收的。”

陈大河继续说道：“事后我想承认是我收的黑钱，还健勇一个清白。可我妈在医院里躺着，还等着我去找救命钱呢。所以，我就昧了良心。嫂子，对不起。”他拿出一本存折，递到陈霜面前，“我这些年一直在攒钱，终于攒够了五十万，才有脸来见你。我知道这根本弥补不了什么，也赎不了我的罪，我也不敢祈求你的原谅，还是请你能够收下，让我安心一点。”

陈霜没有接，缓缓问道：“每年都有人提前来扫墓，是你吧？”

“是。”

“从阿勇出事那年开始，我每年过年都会收到一张汇款单，一开始是两千，后来是五千，再后来是一万，年年都有，是你汇的吧？”

“是。”

陈霜把陈大河扶起来，说道：“你不欠阿勇什么，更不欠我们什么。偷矿的本来找的就是阿勇，以阿勇的性格肯定一开始就会把偷矿的得罪了，也许在那一天就会出事。后来你不让他去，他非要去，又恰巧和偷矿的碰上了，这是定数。说白了，就是命。这是他的因果，你只不过在这个因果当中，不要太纠结了，事情已经过去了，这二十多年来，你一直在弥补你犯的错，你付出够多了，该放过自己了。”

陈大河跌坐在地上，失声痛哭，吴金西挪动着身体也坐在他身边，肖怀林走过去，一把搂住他的肩膀，也陪着一起落泪。

陈霜回去了。他们三人还在墓前坐了很久，太阳转到他们的身后，将他们三人的身影拉到很长，长到和墓碑的影子靠在一起，就像当初四人坐在矿山的夕阳下一般。

许久，肖怀林说道：“我饿了，想吃烧鸡。”

“我想吃卤猪蹄。”

“再来盘油炸花生米。”

“还有健勇的最爱，荆芥拍黄瓜。”

“齐活，走！”

再次心动

01

孙安庆非常气愤，第一次报团旅游就遇到了骗子。450 元秦皇岛两日游，几乎全程都是在大巴车上，好不容易给拉到了一个看着像是景区的地方看大海，结果顶着大太阳走了快二十分钟才到海边。和想象中蔚蓝色的大海完全不同，这里的海是黄色的，但一眼望过去辽阔无边，在大巴车里的憋屈也渐渐疏散开来。可在沙滩上还没坐一会儿，胖导游就催促着赶紧前往下一个景点。

老人们纷纷抱怨，胖导游嘴一咧，不耐烦地嚷嚷："赶时间去下个景点。不想走的就自己在这儿，我可不管了。"整片沙滩上只看见这一个老年团的游客，位置之偏僻可想而知，老人们只能听从导游的指挥。安庆也是一肚子怒火，可他已不是年轻小伙儿了，又人生地不熟的，只能告诫六十岁的自己要忍耐。

但后来安庆跟老友韩明说，他这辈子花的最值的钱就是报了这个骗子旅游团。

因为在这个旅游团，他认识了沈南竹。

在一群老头儿、老太太中，安庆一眼就看到了沈南竹。微微卷的短发柔顺地别在耳后，皮肤白皙，岁月在脸上留下了一些褐色的斑点和细细的皱纹，却让整个人看起来更加温柔。她确实非常随和，旅游团的伙食和住宿条件都非常不好，有些老人们为了一个位置好的房间、一只虾都能争论半天，每当这时候沈南竹总是站在一旁，表情温和，一份既来之则安之的淡然，让安庆的目光总是忍不住追随着她。安庆每每也想跟着大伙儿一起抱怨和愤怒时，看到沈南竹不急不恼的样子，他也瞬间安定下来。他想，沈南竹一定是个很有文化、很有修养的人，这样的人估计一辈子都没有和人吵过架。

可第二天下午要返程的时候，沈南竹却和胖导游吵了起来。导游又在推荐购物，这已经是这两天他第四次让大家买东西了，前三次分别是一贴治百病的膏药、足底按摩的袜子、防治脑梗的梳子，这次是一个功效神奇的磁疗保温杯。胖导游已换上了谄笑讨好的嘴脸，天花乱坠的说辞句句离不开养生和保健，老人们被狠狠拿捏，觉得买了这 288 元的杯子就是买了一张健康保障卡。吴老太一口气买了俩，和老伴儿一人一个，等她被胖导游忽悠着要再买两个保温杯回去送人时，一旁的沈南竹开口了：“别被骗了，都是虚假宣传。”

胖导游假笑的嘴立马闭上，要不是车内空间有限，他估计要跳起来骂。但沈南竹吵架也仍是斯文的，没有一个脏字，语气坚定地让导游把产品的检测证书拿出来，还拿出手机说网上同样的杯子只卖几十块。导游连忙跑过来要抢手机，被安庆拉住了。

憋了两天的火终于发泄出来了，安庆一个利落的擒拿便将导游按倒在过道。安庆年轻时是军人，虽然现在不比当年，但是制服一个虚胖的导游还是毫不费力的。但导游显然也是身经百战，马上顺势躺在地上哭嚎起来，“哎哟，打死人啦。我家里有生病的老母亲，我就是想挣点外快给我老妈看病。这杯子我就多挣了 10 块钱，我退给你们还不行吗？这么欺负人。我那可怜的老妈还等着我回去给她买药呢。”

要说什么最能拿捏老年人的心，莫过于“孝心”二字了。导游这么一喊，安庆瞬间成了大反派。司机也适时出来煽动车里的气氛，说道：“小胖导游很难的，家里弟兄三个，爹娘把两个大哥都供的读了大学，轮到小胖上学的时候没钱了，他只能早早出来打工。可如今爹娘连那俩大哥家的一杯水都喝不上，只有小胖伺候二老，挣这点辛苦钱都给爹娘看病了。”说着还装模作样地抹了抹眼睛。

“苦难孝子”的人设对于老年人来说就是必杀技。吴老太一边擦着眼泪，一边埋怨南竹：“人家孩子多不容易，你们没善心就算了，还这么尖酸刻薄。”一时间，讨伐声四起，安庆和南竹成了众矢之的，就在他们还在感叹事态变化之快时，已经连人带包被推下了大巴车，胖导游得意的嘲笑比车轮扬起的尘土还呛人。

两人愣了半天，南竹才缓缓地说道：“那个导游的事一听就是编的，是吧？”

安庆终于回过神来，忙回答道：“是啊，一听就是假的，那些人都老糊涂了吧。”

南竹叹了口气，不再说话。

安庆问：“你为啥报这个团？”

“社区的朋友说他们有活动指标要求，她还差一个参加名额，让我帮帮她，我不好推托就报了名。”

“我退休了整天无所事事，朋友说他介绍我来报名这个旅游团可以得 50 块钱，我也可以顺便旅个游，听上去很划算，我就来了。”

南竹闻言看向他，说道：“你那朋友倒是坦诚，却也跟我这个朋友一样不靠谱。”

安庆笑了笑，问道：“那你接下来什么打算？”

南竹拿出手机，回答道：“订票，回家。”

安庆也拿出手机翻看，今天回去的车票已经没有了，他准备再换一个软件查查的时候，看着软件界面上酒店和景区的推荐，脑子里蹦出来个主意，转头问南竹：“你接下来有没有事啊？没事的话我们搭伴儿在这里玩几天呗。你看这两天正经景点都没去，来了一趟秦皇岛跟没来一样。我平时也想出来转转，但是没有伴儿。咱们有缘碰上了，搭个伴儿一起呗。”

很多年后，安庆笑着跟南竹说：“你不知道，你当时脸上的表情就像是遇到了人贩子。”

02

南竹确实是一脸戒备，要不是“水杯事件”，她对安庆一点印象都没有。

安庆见南竹没有说话，反而把包搂得更紧了，忙掏出身份证解释道：“我不是坏人啊，这是我的身份证。我说的都是实话，退休了没事干，我想到处走走看看，可是孩子们忙，再说他们就算不忙也不愿意跟我这个老头子出来溜达。朋友们也都难凑到一起，这才报了旅游团，没想到是个骗子团。我刚才看回去的票也没了，就想到好不容易出来一趟，总得有点收获嘛。刚好咱们碰到了，就想着搭个伴儿。”他紧张地看向南竹，也不知道自己解释清楚了没有。

南竹看着安庆塞过来的身份证，想了一会儿，说：“行吧，难得来一趟，那就好好转转吧。”

安庆之前的判断没错，南竹是一个修养很好的人。他们一起商量接下来的行程，南竹说话一直都是温温柔柔的，安庆想到一个成语来形容她，便是“如沐春风”。安庆也是一个很有绅士风度的人，对南竹照顾有加，南竹慢慢放下戒心，渐渐与他熟络起来。

两人相处得非常和谐，凡事商量，都懂得替对方着想，更会及时地向对方表达感谢和赞美。安庆对食物很有研究，带着南竹吃到了很多美食，每次南竹都会毫不吝啬地表扬他；南竹是历史老师，到了文化古迹，如数家珍般的讲解，安庆总是听得全神贯注，赞不绝口。刚开始两人决定在秦皇岛只待三天，结果意犹未尽玩了八天，要不是南竹惦记家中阳台上的花草，他们估计还会再待几天。

人往往不会因为一座城而爱上一个人，但是会因为一个人而爱上一座城。秦皇岛此后成了安庆和南竹极力向朋友推荐的旅游胜地。

安庆和南竹成了畅所欲言的好友，两个人的友谊也延续到了回家以后。

安庆家在经一路，南竹家在经五路，中间距离 7 214 步，安庆回家后的第二天就用脚丈量出来了。他常邀南竹去戏院听戏，请南竹来家里尝尝自己做的菜，总之，他有什么新事物、新点子首先想到的就是要与南竹分享。

南竹也常邀安庆一起去花卉市场买花，早起去公园练太极。家里的昙花要开了，南竹邀请安庆来看。安庆坐在阳台的藤椅上，喝着南竹煲的糖水马蹄，心中涌起一股情愫，就想这么一直在这里待着，不回去了。

“快看，花开了！”南竹唤他。

安庆看过去，莹白剔透的花朵一点点绽放，南竹脸上的笑意也随之盛开。南竹看着昙花，他看着南竹，心中萦绕的情愫越发分明。

安庆编了个朋友的朋友六十多岁再婚的事，东扯西拉一大堆后，装作漫不经心地问道：“南竹，你有没有想过再找一个老伴儿？”

南竹轻轻抚摸着层层叠叠的花瓣，淡淡地说：“一个人过就挺好的。”

安庆的心头像是被浇了一盆冷水，但心中的那团火仍在不断燃烧着。他一连好几天都忍着不去找南竹，怕控制不住暴露了自己的心思，到时候连朋友都做不了。到了第四天的时候，他还是走到了南竹家楼下，又徘徊许久才上去敲门，却被邻居告知南竹已走了多日。安庆大惊，他急忙打电话给南竹，可一直都没人接听。

安庆失魂落魄地走到他们一起打太极的公园，瘫坐在长椅上，他懊恼地敲打着头，自己那晚如果不说那些话就好了，都这个年纪了，谁不是个明白人呢？南竹肯定知道自己的心思了，果然连朋友都没得做了。脑中混沌一片，思绪七零八散，直到电话铃声将他的思绪拽回来。南竹打来的电话，她说自己的儿媳突然生病住院，她要去照看一段时间，并告诉安庆钥匙放在电表箱里，让他帮忙照看一下家里的花草。安庆觉得自己的心脏又重新开始跳动了，毫不犹豫地就答应下来。

一个月了，南竹还没有回来。安庆每次去浇花都要在阳台坐一会儿，回想着与南竹之间的趣事，想着想着就忍不住笑起来。与此同时，心中另一种情感也愈发明显，盘桓在心头，压得他呼吸困难。

安庆去找好友老解，他正在广场上带着一群老头儿、老太太跳得洒脱恣意。一曲舞毕，老解走过来说道：“老远就看到你乌云压顶，快给我说说，让我这个解惑大师给你解解惑。”

“老解，我想跟一个人结伴儿走完以后的日子。”安庆表情严肃地说道。

“和你在秦皇岛认识的沈南竹？”老解收起了嬉笑的表情。

“嗯。可我心里又觉得对不起玉彩。”安庆垂下了头。

老解一巴掌拍向他的肩膀，说道：“老弟啊，你就是想太多了。我最近学到一个新词，叫‘精神内耗’，说的就是你这样的人。玉彩都去世十来年了，虽说当年她是因为你不在家，发病时没能及时救治出了事，但你出任务去了，又不是故意不在家，不用把所有的责任都强加在自己的身上。再说了，玉彩要不是性格那么暴躁，跟街坊邻居平时相处得好一些，也不至于……”

看着安庆正瞪向自己，老解连忙说：“好好好，不说故人过。我的意思是，你一直觉得自己常年在部队对玉彩、对家庭照顾太少，心中有亏欠，但那都是过去的事了。你若因对玉彩的亏欠而错过了南竹，将来一定会将错失的懊悔转嫁到玉彩身上，到时候你就会想‘都是因为你，我才放弃了自己的幸福’，时间长了，懊悔就会变成抱怨，抱怨最终会变成怨愤。那你才真的是既对不起过去，又负了未来。”

那边音乐又响了起来，有人喊道：“解老师，开始啦。”

“好嘞。”老解回应着，又拍了拍安庆的肩膀说：“兄弟，到我们这个岁数了，还有多少个十年可以蹉跎呢？过去的就不要再纠结，没发生的事也不要恐惧。送你几句诗：‘得即高歌失即休，多愁多恨亦悠悠。今朝有酒今朝醉，明日愁来明日愁。’”老解边高声朗诵，边朝舞蹈队走去。

“哟，解老师又学李白呢？”队员们都笑着打趣他。

老解也哈哈大笑，说道：“不是李白，是罗隐。”说着潇洒地一挥手，“来！《最炫民族风》跳起来！”

老解的话点醒了安庆，他已经在愧疚中生活了十四年，难道接下来还要在遗憾中度过余生吗？

安庆年轻时曾是团里的格斗冠军，他知道格斗中不怕血肉模糊的外伤，最怕看不见的内伤。明明白白地向对方表明自己的心意，即便被拒绝，但那种伤痛就像是格斗中受的外伤一样，看起来惨烈但恢复得也快；而畏畏缩缩，瞻前顾后而不敢行动带来的后悔，就是格斗中的内伤，看似无事，实则会带来致命的危险。安庆太明白不过了，生命的光辉往往都是在“悔不当初”中一点一点被蚕食掉了。

安庆决定，等南竹回来就向她表明心意。

03

—

安庆决心下得大，可真等南竹回来，又有一种“近乡情怯”的感觉。最后还是老解出了主意，“去看电影吧，最近新上映的电影《我爱你！》就是讲老年人爱情的，非常适合。”

安庆立马买了票，仍有些忐忑地递给南竹，“我记得你说过喜欢叶童，她拍新电影了，我们一起去看吧。”

南竹接过票，安庆有些紧张地看着她。南竹看了眼票上电影的名字，停顿了一会儿，微笑着说：“好吧。”

电影情节真如老解所说的，很合适安庆当下的心境，甚至合适得有些过头。电影讲述了三对老人的爱情故事，有一生不离不弃、忠贞不渝的爱情，有命运多舛、遗憾悔恨的爱情，也有半路相识、携手相伴的爱情。南竹全程都在不停地抹眼泪，安庆也是眼眶湿了又湿。

从电影院出来，两人默默无语，走到晨练的小公园，安庆拉住南竹，语气坚定地说：“南竹，自从认识了你，我平静的生活重新有了活力。我……你……你愿不愿意做我的老伴儿?”

南竹没有回答他，只是缓缓讲起了自己的故事。

南竹的前夫是家人替她安排的，在所有人眼里他谦和大方。只有南竹知道，他只是将在外面受到的所有的委屈和不满发泄到了自己身上。他打南竹，从来只打在隐秘的部位，让南竹都无法向别人证明他是个恶魔。南竹只能向母亲求助，但母亲说哪家男人不打女人，过日子都这样，让她学会忍耐。她告诉父亲，父亲不耐烦地说一定是她也有错，并叮嘱她不要到处说，对女婿的名声不好。后来有了孩子，为了让孩子有一个完整的家，南竹只能一忍再忍。

直到儿子八岁的时候有一次问她什么是自宫，他要自宫。

南竹大惊，忙问孩子从哪里知道的这些东西。

儿子说:“电视上说，‘欲练神功，必先自宫’。我也要自宫，练成神功，这样就能打过爸爸保护你，让爸爸再也不敢打你。”

闻者惊心的往事，南竹说得云淡风轻，她还自嘲地笑了一下，接着说道:“我在那一刻才发现，自己的隐忍是个多么大的笑话。我以为我在保护孩子，其实是在伤害他。然后我花了一年半的时间终于成功离婚，为了彻底摆脱那个人，我带着孩子来到这个城市。”

南竹没有说离婚的具体过程，但安庆能想象那一年半她是如何艰难。他对南竹说:“我知道，不管我做什么样的保证都很苍白，我只是想请你能不能再勇敢一次，相信我一次?”

南竹说：“其实昙花开的那晚你问我的话，我后来也一直在想，是寂寞地走完人生，还是抓住难得的共鸣和陪伴？当时我想的是这么多年我都是一个人，习惯了。可在儿子家待的那两个月，虽然屋子里多了两个人，但我感觉更寂寞了。就像一个人没吃过糖，就不会觉得忍受不了苦，可后来吃到了糖，还喝上了蜜，苦就再也咽不下了。”她握住了安庆的手，微笑着说：“我相信你。”

安庆激动得想跳起来，语无伦次地说：“太好了……南竹，谢谢……我太开心了，都不知道说什么好了，哎呀，太高兴了……”

安庆一直记得，那天是农历的十五号，月亮特别圆、特别亮，公园里的四季丁香在月辉下芳香馥郁，沁润了安庆往后的人生。

安庆想为南竹办一场婚礼，南竹觉得这把年纪了不用搞这些虚礼，还浪费钱。安庆说仪式还是要有的，就办一个简单精致的，请孩子们和亲朋好友来见证他们的幸福。他让南竹放心，一切事务都交给他来办，一定不铺张浪费。南竹看他如此郑重其事，便笑着答应了。

其实这件事，最关键的是安庆女儿和南竹儿子的意见。南竹说：“年轻时的婚姻，子女得看父母的态度；年老时的婚姻，父母得看子女的态度。”

安庆说：“婚姻最终还是要看自己的态度，毕竟是我们自己过生活，婚姻的酸甜苦辣咸也只有自己知道。”

南竹笑道："你倒是通透得很啊。"

安庆也笑着说："有位哲人说过，爱人是最好的思想启蒙师。"

南竹说："我却不知是哪位哲人说的这句话。"

安庆一本正经地说："大概是位姓孙的哲人。"

两人像孩子般笑作一团。南竹很久没有这样开怀大笑了，她想起曾经在书中看过的一句话："一个很好的爱人，可以减轻一半的人间疾苦。"

安庆周末的时候乘坐高铁去到女儿小敏工作的城市，跟女儿说自己准备再婚。他预想了女儿的各种反应，准备好了应对说辞。

小敏却只是有些惊讶地问道："爸，你还相信爱情？"

"爱情又不是年轻人的专利，老年人也有血有肉、有爱啊！"

小敏若有所思地说："在我的记忆中，每次你好不容易回来，妈妈几乎没有好脸色，都是在跟你吵架。我以为你早对婚姻厌倦失望了呢。"

安庆说："小敏，妈妈跟我吵架不是她的错，我常年在部队，妈妈要承担起家里所有的事情，还要独自照顾你，其中的辛苦我都知道，她发脾气，是她太累、太委屈了。我从来没有对婚姻失望过，我一直对你妈妈和你都感到很亏欠。尤其是你妈，我那时候要是能再会哄人一些，也许你妈会少生些气，心脏就不会那么早出问题。"

小敏问：“那沈阿姨好哄吗？”

提到南竹，安庆就忍不住微笑起来，说：“不用。沈阿姨脾气特别好，永远都是和和气气、温温柔柔的。”

小敏听了，如释重负般长出一口气，说道：“爸，那我祝福你们。”

“谢谢女儿。”安庆笑得很开心，小敏很久没有见过这样神采奕奕的父亲了。

安庆迫不及待地赶回来，想第一时间告诉南竹这个消息，可南竹却消失了。

04

南竹的电话打不通，家里也没人。就在安庆着急地想要去报警时，南竹的邻居回来了，他告诉安庆，南竹跟儿子云峰走了。

安庆急得像热锅上的蚂蚁，十分后悔没有向南竹问过云峰的具体住址。在手足无措的第二天深夜，终于等来了南竹的电话。南竹声音很低沉，说儿子暂时不同意他们的婚事，但她会慢慢说服的，让安庆不要担心。

安庆问南竹地址，他想去跟云峰聊一聊，为自己争取机会。南竹让他等一等，等她先说服儿子。不过，安庆没过几天就见到了云峰。

云峰来找安庆，开门见山地说自己并不同意安庆与他母亲的事。他说母亲这辈子很不容易，希望母亲有个安稳的晚年。他语气强硬地说，南竹以后都不会再回来，让安庆以后不要再联系南竹，不要打扰南竹的生活。安庆还想为自己辩解几句，哪知云峰根本不听他说话，转身就走了。安庆看多了电视剧、电影里孩子阻拦父母再婚的情节，如今竟然真真切切发生在了自己身上。

自那以后，安庆像被抽走了魂，只剩下一副枯萎的躯壳，在他眼中，这个世界和他这个人一样，变得枯槁无光，毫无意义。老解和女儿不放心他，他每次都谈笑自如地应付二人，等他们走后，他又像没人要的傀儡，在窗边一坐就是一天。他想，南竹说得对，吃过糖，就再也咽不下苦了。

直到两个月后的一天，安庆接到了一个电话：“是沈南竹的家属吗？沈南竹闹自杀，你们家属尽快来医院看一下。”

这通电话犹如一道惊雷在安庆的脑中炸开，他的神智终于归了位。他发动当年做侦察兵的技能，迅速了解了大体情况。南竹一个月前突发脑出血，造成偏瘫、失语，现在在这家医院做治疗。但是最近南竹的精神状态很不好，绝食、不配合治疗，有自杀倾向。医院联系不上云峰，查看南竹手机后发现还有一位紧急联系人，名字备注的是“老伴儿”，医院便把电话打了过来。听到“老伴儿”几个字，安庆的眼泪一下子就涌了出来。他问清楚了医院的地址，便立即开始订票、收拾东西，第二天一大早他就登上了南下的飞机。

安庆赶到医院的时候，护工正在给南竹喂饭。南竹坐在轮椅上，上半身僵硬地向右后方扭曲着，嘴也牵扯着朝右后方使劲儿歪着，闭得严丝合缝。护工舀了一勺粥放到南竹的嘴边，想撬开她紧咬的牙关。徒劳无果后，恼羞成怒地将那勺粥扬在了南竹的脸上，恶狠狠地吼道：“你要死去别的地方死，别在这里折磨我们。”

安庆一把推开护工，她一个踉跄跌坐在地上，正要破口大骂，看着安庆怒气冲天的脸，一下子噤了声。安庆强忍着心痛看向南竹，两个月前只有少许白发，如今就像蒙了一层白霜，头发几乎白完了；原来清亮有神的眼睛已经深深地陷了下去，两只手臂上暴出一条条蚯蚓似的血管，以僵硬扭曲的方式屈曲在身前。安庆轻柔地为南竹擦去脸上的米粒，南竹眼泪不停地往下流，嘴里发出“呜——嗯——”的声音，脖子上的青筋暴出，身体也全力抽动着。

安庆握住南竹抖动的手，眼泪大颗大颗地掉下来，悲痛地说道：“南竹，不要赶我走，没有你，我也不知道接下来的日子要怎么过。”说完身体像被抽空了似的滑下来，蹲在地上，头抵着南竹的膝盖，像孩子一样抽泣。

公司这次的项目是封闭式会议，不让用手机，所以医院工作人员没能联系到云峰。三天后他才赶到医院，医生说自从南竹的老伴儿来了以后，她这两天精神好多了。医生叮嘱云峰，家人的陪伴非常重要，要是早点让老伴儿过来，南竹会恢复得更快。

云峰在小花园里找到了两位老人，安庆捡了一朵蓝紫色的小花笑着拿给南竹看，南竹扯动着嘴角似乎也想露出微笑，口水却不由自主地流了下来，安庆很自然地掏出手绢轻轻擦掉。他把花放在南竹手上，笑着说：“我再去多捡几朵。”云峰觉得安庆比两个月前苍老了许多，而母亲更甚，都不能说苍老，而是衰败。

“妈。”云峰走过去，又对安庆说道：“孙叔叔，我们聊聊。”

南竹激动地抽动着身体，安庆握住她的手，安抚道：“没事，没事啊。”转头对云峰说，“就在这儿聊吧，也让你妈妈安心些。你帮忙照看一下，我去拿个东西。”

云峰推着母亲在花坛旁坐下，他低着头不敢看母亲。上次他去找安庆，母亲知道后很生气，收拾东西就要走，说自己有权利决定怎么过接下来的人生。他的脾气也上来了，口不择言地说母亲“为老不尊，不识好歹”，把南竹直接气晕过去。他想给母亲道歉，张了几次嘴都没有发出声。

安庆拿来了一个文件袋，对云峰说道：“这次我先说。”说完便打开文件袋拿出一沓文件递给云峰，“我要跟南竹结婚，登记结婚，成为合法夫妻。这是我去公证处开的，南竹名下所有的房子、存款我不会拿走分毫，以后我生病、出事、死亡都不用你管，不会增加你的负担。这里有我的体检报告，没有什么大毛病，只是甲状腺有结节，肺上有一个结节，医生说都不是大问题，我也会注重保养身体，不会成为南竹的负累。我自理能力很强，厨艺不错，有退休金，这些年也攒了一些养老钱，以后我来照顾南竹，你可以绝对放心。医院环境压抑，我要带南竹回家，回去做康复，舒心的环境也有利于她早日恢复健康。你可以在家安监控，每个房间都可以安，手机上可以随时看你妈妈的状态。”

安庆说到一半的时候，南竹已经泪流满面。云峰见母亲努力地张嘴，发出含混的声音，不知道想要表达什么。但安庆清楚，他轻轻擦去南竹嘴角的口水，温柔说道：“这些文件我老早就准备好了。咱们教育儿女的时候总说婚姻不是两个人的事，是两个家庭的事。轮到咱们这也一样，不能让孩子们有后顾之忧。”

云峰看着手中的文件，那是一位老人沉甸甸的承诺。提到爱情，人们往往想到的是年轻、热烈，可是还有一种爱情更加深沉和隽永，那就是老年人的爱情。年轻人谈爱情，是对未来的无限憧憬。老年人谈爱情，则必须面对病痛和死亡，而在这些沉重负担加持下做出的选择，显得更加坚定和执着。

云峰觉得他是为了母亲好，但看着面前紧紧相握的两只布满皱纹的手，他为自己的浅薄而深感后悔。他郑重地看着母亲，说：“妈，对不起。我不该擅自做决定，应该尊重你的选择。”

他又对安庆说：“孙叔，对不起。我不是故意搞破坏，我是害怕……”他停顿了一下，继续说道：“从小我就看那个所谓的父亲家暴我妈，我又怕又恨。八岁的时候，我妈终于要离开他了，可他打我妈打得更厉害了，我上去拉他，他就连我一起打。不让我去上学，不让我妈上班，把我们锁在家里打。我妈为了找人救我，趁他不在家，从二楼跳下去，腿都摔断了还爬着去喊人，血印子拖了好长好长。我妈跟我说她要再婚的时候，那个血印子一下子就从我的脑海里蹦了出来，我害怕极了，我怕她又遇到一个坏人。这些年也有好多新闻，说有些老人打着找老伴儿的旗号，其实就是想找个免费的保姆。我妈这个人，心软，好说话，我就是怕她被骗了。”

云峰叹了口气，继续说：“我心想，找老伴儿无非就是因为缺少人陪伴，感觉孤单。那我就把我妈接过来跟我们一起住，有我们陪着，她就不孤单了。没想到我的这个行为却害了她，惹她生气，让她遭了这么大的罪。”说完便把脸埋进双手，这个身形高大的青年此刻变成了一个做错事的孩子。

安庆说：“你妈不怪你，你不要有心理压力。我都问过医生了，咱们好好做康复训练，都能恢复的，不要担心。”南竹也艰难地点了点头。

云峰深吸一口，站起来笑着说：“妈，孙叔，我送你们回家。”

05

小敏在自己父母身上没有看到过爱情的美好和婚姻的温馨，但父亲和沈阿姨向她展示了爱情和婚姻的另一面。她看着父亲陪沈阿姨做康复，她以为那是沉重的负担，父亲却甘之若饴。沈阿姨的每一次进步，每一次绽放出来的笑容，都让父亲精神焕发。原来，在美好的爱情里，不仅有理解和陪伴，还有为身边人遮风挡雨的成就，有与对方一起欢笑的治愈，更能让人感受到这世间充沛的能量，从而炽烈地活着。

小敏一直是坚定的单身主义者，但是她现在觉得能和相爱的人携手一生也是一件很幸福的事。

云峰每次见到母亲都有新的变化。本来医生预判，一年半的时间可以恢复到身体原本机能的 80%，但才过去七个月，母亲已经能够自主表达，虽然还不是完全清晰，但是能让人基本听明白，也不用坐轮椅了，能自己拄着拐杖慢慢走。第十一个月，南竹已经可以不用拄拐杖了。

南竹生日那天，孩子们都回来了。小敏给南竹化了妆，换上了一套旗袍，说要带她去过生日，大家都在那边等着了。

小敏带着南竹来到一家环境雅致的餐厅，穿过蜿蜒的长廊，来到一个铺满草坪的小庭院。

细腻的小草覆盖着整个场地，宛如一块柔软的绿色地毯。草坪的边缘点缀着各种鲜花，有玫瑰、郁金香、马蹄莲、蝴蝶兰、洋桔梗、绣球、百合，全都是南竹喜欢的花。各式各样的花朵绽放出迷人的色彩，白的、红的、黄的、蓝的、紫的、粉的，交织在一起，如彩虹般绚烂夺目。

草坪中间立着一座由白玫瑰和白杨兰扎成的花门，南竹一眼就认出那是她在短视频上看到的国外一对老夫妻结婚典礼上的花门，她给安庆看过，跟他说自己很喜欢，没想到安庆居然完美复刻了这个花门。南竹心中溢满暖流，原来不管多大年纪，人都会因为自己的话被别人放在心上而感动。

花门后面用白色花瓣铺了一条花路，通往一座布满白玫瑰和白杨兰的花亭，安庆站在花亭下，笑容满面地等着她。

南竹曾经也是一个爱幻想、爱浪漫的女孩，她喜欢各种花草，也曾憧憬自己的婚礼能用鲜花装点。她 23 岁结的婚，一切幻想全部破灭。没有仪式，没有婚礼，只是亲戚朋友召集在一起吃了个饭，要不是婆婆为了收礼金，怕是这顿饭也是要免掉的。她从没有想过，少女时的幻想居然在自己步入老年的时候实现了。

云峰西装笔挺地站在花门前，笑意盈盈地向南竹伸出手。

南竹挽着云峰的胳膊，缓缓走向等待她的安庆。

草坪松软，南竹脚步坚定。微风拂过，花朵轻轻摇曳，阳光透过花瓣洒在他们身上，将他们笼罩在温柔的光芒之中，似是伟大的自然在颂念神圣的祝福：此前的人生充满伤痕，此后的人生定将幸福安稳。

“漂流瓶” 老陶

01

陶新川今年六十岁，他准备找个喜欢的地方——等死。

要说这因，还是他 23 岁的时候种下的。那时他跟别人逞能从三米高的大坝往下跳，导致脊柱关节损伤，引发了强直性脊柱炎。医生说无法治愈，只能规范治疗，注意保养的话，再活 30 年应该没有问题，还有个别病例活了 50 年。陶新川算算自己已经活了 37 年，超过了医生的基础预估，但近些年身体越来越僵硬，各处关节的疼痛感加剧，晚上得靠强效镇痛药才能入睡，他觉得自己活到医生说的个别病例的年限应该很困难。

生病的头几年，陶新川既后悔又不甘，更不甘的是他的父母，四处求医，古方新药但凡说是可能有效果的全都找来。患病第七个年头的时候，父亲又打听到一个偏方，需要一种大山里的土虫做药引，年近六十的老父亲进山寻虫，不慎掉下悬崖，有幸捡回一条命，但也元气大伤，卧床多年。从那时起，陶新川认命了，自己造的孽，自己担恶果，不能再连累家人。他一改从前的放荡不羁和愤世嫉俗，开始踏踏实实、勤勤恳恳地工作，成了人们口中沉稳的“老陶”。

老陶没有结婚，并不是他个人条件受限，相反，他戴着一副金边眼镜，外表斯文，随着年纪和阅历的增长，越发稳重。朋友都说他一个辽宁的东北汉子，只要不开口说话，换上西装三件套，就是一个标准的上海滩老绅士。老陶不仅外表像绅士，还情商高，有礼貌，做事也是一派绅士风度。所以，他的异性缘一直都很好，有几位很优秀的女士都表示并不介意他的病，愿意与他共度一生。在这一点上，他又很“大男子主义”，他认为不管到了哪个年龄，都应该是丈夫照顾和保护妻子，丈夫更不能是妻子的累赘。这个病，让他连照顾自己已是勉强，何谈照顾别人？

更重要的是，老陶明白爱情是浪漫的，婚姻是现实的。浪漫的时候，是所向披靡的勇士，人间没有疾苦；步入现实之后，是积怨成恨的苦主，处处都是创伤。尤其是强直性脊柱炎到后期可能会引发系统性、全身性的病变反应，这样一个定时炸弹带来的破坏，靠浪漫时积攒的那点奉献和耐心又能持续多久呢？老陶无从判断，但他记得一句话：“久病床前无孝子”，对父母尚且如此，何况是没有血缘关系的人呢？与其到最后变得面目狰狞，不如从不开始。

朋友都说老陶太悲观了，凡事不能总往坏处想，都有例外。老陶不以为然，事情的真相往往就藏在人们最不敢直面的地方，持悲观主义才能发现潜在的风险，有预见性地防范，从而避开误区。就像当年若自己能悲观一些，不那么嚣张自信，人生也许就是另一番境遇。

"悲观者永远正确。"老陶说这是命运给他的教训，也是他的人生信条。

朋友说，"那你孤身一人，老了怎么办？"

老陶说，他在西双版纳的野象谷看到了高大的亚洲象，解说员说，年迈的老象能预感到自己即将迎来死亡，会在死亡前远离象群，找一个隐秘的地方悄然死去。老陶觉得老象真是既悲壮又酷飒，决定等老了也如老象一样，找个有眼缘的地方，静静待着，静静等待。

"如今这地方怎么找呢？"老陶犯了愁。

堂哥带着小孙子来看老陶，小家伙拿着玩具飞机边跑边喊："走喽，环游世界去喽。"

老陶心里来了主意，他叫住孩子，问道："环游世界的第一站是哪里？"

"海南省文昌市。"

"为啥呀？"

"前天的拓展课上讲到了文昌，那里有好多好吃的，蓝色的大海，海边还立着大风车。我想去。"

"那就去文昌。"

小家伙扑闪着大眼睛，高兴地问："小爷爷，你要带我去文昌吗？"

“我替你去。”老陶挑眉笑道。

他决定了，找个有眼缘的人让他说个地方，去那儿待十天，感觉对了就留下，感觉不对，再找人，再找地方，如此循环，总能找到想找的地方，就像随波逐流的漂流瓶那样。老陶简直要为自己的智慧鼓掌了，他断定没人能想出比这更酷的点子了。

02

老陶到了文昌，在手机上找住宿的地方时，看到一家民宿的名字很特别——“老人与海”，便不再看其他，打了车直奔而去。车开了很久，老陶迷迷糊糊中被叫醒，司机帮他搬下行李，便开走了。太阳炽烈，老陶眯着眼睛环顾四周，面前是一片丛林，身后也是一片丛林，左右望去，黑色的柏油马路延伸向远方，两边不见一座房子，只有林深叶茂。老陶呆立在路边好一会儿，不见一个人影，也没见一辆路过的车。他揉揉脸，确定自己不是在梦中，万分迷茫地拨通了民宿的电话。

不一会儿，丛林里传出窸窸窣窣的脚步声，钻出一位穿着白汗衫的老人，皮肤黝黑，爽朗地笑着，露出一口洁白的牙，说道：“哎呀，是你打的电话啊？来来来，欢迎欢迎。”他接过老陶的行李箱，热情地说：“我叫老莫，我家店就在林子那边。”

老陶这才发现，树林里有一条小路，被大大的芭蕉叶挡住了。“你遇到的是个老司机呢，一般司机都不晓得这条路。”老莫拎着箱子，走在前面带路，他脚步麻利，没几步就与老陶拉开了距离。他回头见老陶走得很慢，腿还有些跛，又折回来，细心地将小路上的石块踢开。

穿过林子，眼前豁然开朗，湛蓝的大海，银白色的沙滩，海风中还夹杂着一股清新的咸味，迎面而来。朝右走有一座三层白色小楼，墙面上画着各种可爱的涂鸦，石块垒砌的矮矮的院墙，上面还有颜色各异的图画和文字，朝着大海的方向还立着两架秋千。下午两三点是阳光正烈的时候，椰林为民宿洒下大片阴凉。

“真是个好地方啊。”老陶忍不住赞叹道，看见“老人与海”的手写木头招牌，忍不住问道：“老板，你喜欢海明威啊？”

老莫哈哈大笑，说：“好多来这里的人都这么问过我。这个名字和那个美国老头儿可没关系。”他指了指自己说：“老人”，再指向大海，说：“海”，然后指向小楼，“老人与海，就这么简单。”

老陶也笑道：“贴切，是个好名字。”

老莫将老陶安置在一楼，房间是家常装修，干净整洁，才一百多块钱一晚，性价比很高。老莫让他好好休息，说晚上院子里有活动。

老陶来的时候客栈里没见其他人，暮色降临，院子里的人越来越多，都是青春洋溢的年轻人。老莫拉亮了彩灯，搬出了冰镇好的饮料和水果，大家围坐在一起，开始弹吉他、唱歌，一个小型音乐会就开始了。每个人都是主唱，每个人都是伴舞，没有风格限制，没有地域区别，只有快乐和洒脱。笑容洋溢在每一个人的脸上，老莫拉着老陶坐在旁边，时不时也跟着高歌几句。

老陶很好奇，老莫的客栈看着只有八九间客房，但院子里粗略看来竟有一二十人。旁边的小伙儿说，他们都是慕名而来的，网上很多博主说，在“老人与海”有免费的饮料和瓜果，还有最青春的音乐，以及最纯粹的快乐。

老陶刚刚还在盘算老莫搬出来饮料和瓜果真是个好生意，一晚上估计能挣不少钱。得知居然是免费的，老陶瞪大了眼睛。老莫笑着说：“青春无售价！”他指着那些唱歌跳舞的年轻人说：“你看这些孩子，年轻、活力、充满激情，像一团燃烧的火焰，特别感染我，让我觉得自己也热血沸腾，而不是行将就木。你说，这点饮料和瓜果算啥呢？”

老陶和老莫作为在场仅有的两位老人，被年轻人们当作宝贝，做游戏时都抢着要跟他们一队。他们不会嫌弃老人反应慢，会耐心地讲解规则。刚开始，老陶还不大自在，但被气氛带动着也很快融入其中，玩到最后都忘记了自己是个老人，甚至还是个病患。那晚，老陶没有吃药就睡着了。果然，快乐是最好的良药。

老莫对独自出游的老陶很是照顾，一日三餐都为他准备好，且都是免费的。老陶过意不去，买来几瓶酒与老莫共饮。

几杯酒下肚，两个人的话匣子也打开了。

“陶老弟，你这是强直性脊柱炎吧。”

老陶很惊讶，老莫笑着说：“这是我的本行。”

老莫本是个医生，原也是要进大医院的，但他顾念老家的村民看病太难，就去了村卫生所工作。有一年，村里的老太太扁桃体化脓，老莫给她开了六天的青霉素。她打了三天就去忙着割稻子，隔了三天又来继续打。本来隔了三天要重新做皮试的，但老太太怎么都不愿意，她说三天前已经做过皮试了，不可能隔了三天就过敏了，说坚决不花这个冤枉钱。老莫劝了很久，她态度都很坚硬，最后，老莫也心存侥幸，妥协了。

可偏偏老太太就是个例外，刚输上液体没一会儿，就开始抽搐，口吐白沫。村卫生所只有一些基础药物，对药物过敏无计可施，老太太死在了去往县医院的路上。老太太的家属不依不饶，老莫赔光了所有身家，还背上了二十万的高利贷，在那个年代，这可是一笔巨款。即便如此，老太太的家属还添油加醋地到处瞎说，传来传去老莫变成了贪财索命的庸医。

老莫万念俱灰，说要不是为了还债，自己早就走上绝路了。老莫来到了海南打工，十年还清了债，又攒了十年的钱买下了这块地，然后花了四年多的时间建好房子。老莫骄傲地指着周围说：“这里的一砖一瓦、一石一草都是我自己一个人弄的。”

老陶敬佩不已，问道：“我看这个客栈，老板、伙计只有你一个人啊？”

老莫说：“对啊，我一个人身兼数职。只顾着说我了，你呢？为啥自己来这里？”

“我想找个喜欢的地方等死。”老陶说完哈哈大笑起来，但是笑声中还有一丝悲伤和无奈。

老莫跟着老陶一起笑，然后说道：“今天有些晚了，明天我带你去看我们这边的‘海明威’。”

第二天，老莫带老陶来到木兰湾，这里应该就是堂哥小孙子说的地方，海边矗立着巨大的风力发电的大风车，迎着海风轻轻转动，似乎在吟咏着壮丽的诗篇，也像一排庄严可靠的卫士，守护着蓝色的家园。

下午三点，阳光肆无忌惮地照耀着大地，老陶只能躲在大风车的阴影下才能勉强睁开眼。一群渔民推着一艘小艇往海里走。老莫说这些都是留守在村里的老人，趁着快退潮，下网捞些鱼。海浪一层赶着一层往岸上冲，小艇迎着一层又一层的浪往海里冲，三个老人跳上了小艇，剩下的人留在沙滩上。老陶来海南出过差，但坐在海边看渔民拉网捕鱼还是第一次。他看着小艇颠簸着驶向大海，人的背影也越来越渺小和单薄，海明威笔下，老渔夫圣地亚哥驾着飘摇的小船驶向一望无际的大海的景象，在这一刻具象化了。

老莫解释说，船要先去下网，把拉网展开，然后岸上的人合力把网拉回来。老陶觉得，老渔夫圣地亚哥肯定很羡慕这里的老人，虽然他们的船看着也很老旧，但是有机器马达的带动很快就开到了远处拉好了网。岸上的老人将网绳勾在腰上，步伐协调地往后退着开始拉网。这一拉就是一个多小时，老陶跟着大风车的影子换了两个地方。等网终于拉上岸了，老陶激动地赶到跟前，断定拉了这么久应该大有收获。结果，除了一条约有三四十厘米长的大海鲢，其他的都是巴掌大点的小鱼，将太小的鱼再放回去，就剩下十来条鱼，感觉还不够拉网的老人每人分一条。这和书中描写的一样，老渔夫历尽艰险钓到了一条大鱼，结果被鲨鱼啃得只剩一副鱼骨。老陶很难过，现实和书中都是劳而无获的遗憾和意难平。

但老人们的脸上没有一点沮丧，他们还热情地招呼道：“老莫，这是你朋友呀？来，这两条鱼拿回去吃。”

老陶还是没忍住，惋惜地说道：“太可惜了，拉了这么久才网住这几条。”

老人大笑一声，说：“这太正常了。今天网空，明天接着撒呗。”

老陶说：“大哥，你倒是很乐观啊。”

老人仍是笑着说：“俗话说‘人生不如意十之八九’，出海也是一样的道理，浮浮沉沉。不会一直在浪头，也不会一直在浪底，失败了怕什么，再来就是了嘛。”

“可若是都知道网不到鱼的概率很大，那为什么干脆不撒网呢？这样不是能将损失减少到最小吗？”

“网不到鱼的几率很大，若不撒网，那就只有失败；若撒网，那就有概率网住大鱼。凡事如果只看最坏的结果，风险是规避了，但机遇也同时规避了。”老人边收网边说：“对于我们渔民来说，只要生机不灭，即使网网都落空，终有抬头的日子。”

老人们手脚麻利，硕大的一张网，大家通力合作，不一会儿已收拾整齐。他们个个皮肤黝黑，身体精瘦。常年的劳作虽然磨砺了他们的外表，但通透的智慧让他们显得身形高大。

老莫说，当年他特别绝望，来海边准备一了百了，也是跟着他们拉网捕鱼才重拾信心的。

“接受失败，接受不完美，且仍保持积极乐观。你说得对，他们也是海明威。”老陶很久之前读过《老人与海》，他决定再好好读一遍，一定会有不一样的收获。

此后，老陶白天去看老人们拉网捕鱼，晚上和年轻人一起唱歌嬉笑，他觉得自己内心开阔了很多，连紧绷疼痛的后背也跟着一起缓解了不少。他开始期待下一个地方。

他问老莫：“你有想去的地方吗？”

老莫想了一会儿，说：“广西阳朔樟桂村，我的老家。”

03

—

阳朔，老陶多年前也来过此处，他记得西街有一家斑鱼火锅很鲜美。所以，他决定先找到那家店美餐一顿，再去樟桂村。但是时隔多年，西街没变，西街上的好多店铺都变了。老陶没找到那家店，但是这条街上的斑鱼火锅店很多，老陶寻了个临街的位置等待美食。

他四处张望着，试图寻找一些与记忆重合的地方，一位拎着一篮鲜花的老人走入了老陶的视线。老人的篮子里放着扎成一束束的白色栀子花、茉莉花以及各色玫瑰，篮子边上挂着串成一串串的白色小花，老陶识得那是黄桷兰，花开时清香怡人，他曾试图养过三次，都没成功。他叫住老人，询问花是否卖，他想买一串。老人回答是卖的，摸索着向他走过来时，老陶才发现老人是盲人。

黄桷兰一块钱一串，其他花五块钱一束。老陶买了三串黄桷兰，其他花每样都买了一束。老人将花递给他，布满伤痕的手与娇嫩的鲜花形成了强烈的对比。老人在街口卖花，老陶也一直关注着他。好在游客比较多，老人没有等太久，花就全部卖完了。

老人拄着盲杖慢慢往镇外走，老陶就在后面不远处跟着他。老陶想，若是有人注意到他们，肯定会觉得很奇怪，一个盲人后面跟着一个跛子，多么戏剧性。老陶一边自嘲地想着，一边脚步不停地跟着，穿过隧道，路过小桥，走上田间小路，两旁稻浪翻滚，桑树婆娑，绿意盎然。老陶在老人后面徐徐跟着，来到一个小院。院子中央是一间土屋，屋顶的瓦片上洒满了阳光，屋前屋后都是盛开的鲜花，小院的围墙上爬满了各种鲜花，散发出阵阵芳香。

老人摸索着打开锁走了进去。

老陶站在院子外，看着长势旺盛的花。这些花一看就是没经修剪，长得自由自在、热热闹闹。若这些花是人的话，一定是非常阳光开朗的大男孩和明媚大方的小女孩。

正瞎想着，老人走出来了，说道：“这位朋友，跟了一路了，来喝杯茶吧。”

老陶吓了一跳，急忙走过去解释道：“对不起，对不起，我没有恶意，我……我……就是随便看看。”老陶有些心虚，自己跟踪人的这个举动似乎怎么解释都不好。

老人却笑着说：“你是刚才买花的客人吧？”

“对，就是我。你记性可真好。”老陶松了一口气。

老人笑道：“都是练出来的。来吧，不嫌弃的话来喝杯茶。”

老陶说：“那就打扰了。”他跟着老人进屋，想帮忙倒水，老人让他坐着就好。老陶四处打量着，屋子被隔成两间，一间卧房，一间厨房。房间很简陋，墙面是用石灰涂的，好些地方已经斑驳脱落，但东西都收拾得干净整齐。老人泡了杯茶递给老陶，又问道：“吃饭了没？我煮面，你也来一碗吧。”

老陶连忙说吃过了。老人点头说：“好，那你坐，我煮口面吃。”

老人起锅烧水，水开放入干面条，又放入一些小青菜、一小块豆腐，最后撒上盐，用筷子挑了一点猪油放进去，一碗面就煮好了。老人做得很顺畅，就像手上长了眼睛一样。

老陶跟老人聊天，得知这里就是樟桂村。老陶夸院子里的花长得真好，老人说院子里有些花已经长了几十年了，像山茶花、栀子花、茉莉花等都二三十年了，都从一棵小苗长成树，大家也因此叫他花师傅。

花师傅说，他的花都是非常贴心的花，没怎么照顾就开得繁盛，还能让他去换些钱，他没有家人，这些花就是他的家人。

老陶太喜欢这些朝气蓬勃的植物了，便每天都来找花师傅，帮他选花摘花。老陶建议可以将每束花的价格提高一点，他在其他城市买的黄桷兰是两块钱一串，一串只有五朵小花。花师傅的黄桷兰花朵更大，十朵一串才卖一块钱，实在是太亏了。

花师傅却说：“已经够了。我需要的不多，换些油盐酱醋的钱就够啦。再说，价格合理，别人也愿意买，这些花也就没白摘。要是为了赚钱，花摘了却卖不出去，岂不是对不起这些花？花帮了我，我也要对花负责。”他说因为他的花好，有很多人愿意买他的花，还有很多人送他花，院子里的有些花他其实也不知道具体长什么样子，虽然只能摸出形状，但是他知道一定都是非常美丽的花。

老陶突然有些惭愧，习惯了从利益角度出发去评判事物，却忘记了由情而生才更难得。

花师傅也不是天天卖花，他说花也要休息，适当摘一些，花才能长得更好，要是贪心摘得多了，花也会伤心，不愿意开了。不侍弄花的时候，花师傅就在他的菜地里忙碌，他的手就是他的眼、他的尺，一畦畦的蔬菜整整齐齐的。老陶感叹，花师傅就是神农氏附体，不管啥植物在他手里都是生机勃勃、活力旺盛的，就像花师傅这个人一样，看起来精神抖擞的，以至于老陶常常忘记他是个盲人。

之后，老陶便天天去找花师傅聊天，两个人还一起侍弄花。老陶见花师傅每天都吃得很简单，便经常带一些他发现的美食。他从没问过花师傅眼睛的事，直到他带来了一份田螺酿。花师傅非常开心，搬出来前阵子做好的桑葚酒，两人边喝边吃。花师傅吃到第三个田螺酿的时候，眼泪刷刷地往下流，他想他的母亲了。他的母亲最擅长做田螺酿，自从母亲去世，他再也没吃过。

花师傅说，父亲去世得早，他从小跟母亲相依为命，发誓长大后一定让母亲过上好日子。十九岁那年，他凑热闹去看修路开隧道，结果炸出来的石头渣子崩进了眼睛。母亲到处带他看眼睛，花光了所有的积蓄，还借了很多钱，甚至跟医生说要把自己的眼睛换给他。最后，眼睛没治好，母亲却累倒了。

花师傅的痛苦，老陶感同身受，他想安慰花师傅，可又觉得所有的语言都苍白无力。他给花师傅的杯子倒满酒，轻声说道：“来，喝酒！”

花师傅喝下酒，语气也轻松起来，说：“这些长成树的花都是我娘种的，她走前还在教我怎么把花扎成一束。所以，我每天都要认认真真地活，不让天上的母亲担心。”

老陶说：“你把日子过得这么红火，你娘肯定放心的。”

花师傅说：“这几天丁香花开得正好，你明天一定来啊，我给你做丁香花酱。这也是我娘的招牌美食。”

老陶一口答应，第二天早早便来了。屋后的丁香树，花朵累累，只见紫花，不见绿叶。老陶帮着摘花，花师傅用白糖将花朵揉搓腌渍，最后放入砂锅中同泡好的木槿花水、柠檬、蜂蜜一起熬煮，煮到黏稠，丁香花酱便做好了。制作丁香花酱的每一个步骤都需要耐心，熬煮的时候更需要时刻关注火候，花师傅有条不紊，每个步骤都精准、到位。

老陶佩服地说：“花师傅，你的手真稳。”

花师傅笑着说：“我不甘心自己是个盲人的时候，我啥都看不见，啥都做不好。后来，我接受了自己是个盲人，我的耳朵、我的手，甚至我的鼻子都成了我的眼睛。人啊，越偏执路越窄。放下了，接受了，路反而宽了。”说着便倒了一杯泡好的红茶，加上丁香花酱，递给老陶，“来，好好活，过好每一天。”

老陶接过茶喝了一口，甘甜润喉，花香四溢，他闭上眼，似乎看到周围的每一株花都在欢笑起舞。他想起太宰治的一句话：“今天这一天，我想快乐、努力、温柔待人地度过。”

盲人的世界没有色彩，但花师傅的世界绚丽灿烂，而且将老陶的世界也晕染得生动起来。

老陶问花师傅：“你有想去的地方吗？”

花师傅说：“我想去镇江丹徒，我眼睛坏之前是要去那里学酿醋的，师傅都拜好了。”

04

—

老陶吃过镇江醋，却也是第一次来镇江。他没有目的地，脚随人心，随便在城里晃荡，见到的古城门、古街巷、古庙宇等都保留着古时风貌。古运河穿城而过，两岸的老街保留着悠久的历史和文化。走在这些古街巷上，仿佛穿越了时空，回到了古代。

某天，老陶转到了一条老街，看到了一家小店，招牌很奇特：两元饭店。两元杂货店老陶见过很多，但一个饭店取名“两元”，老陶还是头一次见。他好奇地走进去，里面都是老人，老板是老人，上菜的服务员也是老人，说是饭店，其实应该是食堂，饭菜是已经做好的三菜一汤。老陶询问怎么卖，一位正在吃饭的老人告诉他，“60 岁到 90 岁两块钱一份，90 岁以上免费。”

老陶还在惊讶“两元饭店”的饭菜真的只卖两元时，一位老太太端给他一份饭菜，热情地招呼道：“来，快吃吧。”番茄炒蛋、豆芽香干、香菇鸡丁和一份紫菜蛋花汤，很寻常的菜式，很家常的味道，老陶吃着感觉就像回家了一样。

老陶与大家攀谈后得知，这家店是桃姐、马婶和苏大娘一起开的，专门为附近的老人提供午餐。老陶问：“你们卖得这么便宜，不说挣钱，都要亏钱的吧？而且我刚才看到有好几位老人吃饭也没给钱啊。”

桃姐说：“不赚钱，但基本上也不亏钱。这房子是马婶家的，不用交房租。我们的成本只有菜钱和粮食钱。菜也不贵，好多卖菜的老板都给我们算得很便宜。每天赚到的钱基本上也就够买菜了。”

“那还有水电费，还有你们的人工费用呢？”

“哈哈，哪有什么人工费用啊？”马婶笑得很爽朗，说：“这边是老街，有很多经济条件不是很好的老人，孩子们也都不在家，老人们平日里吃饭都是对付一口。我们都退休了，天天没啥事，自己也要吃饭，无非就是每顿多做一些。本来我们想做午饭和晚饭的，唉，岁数大了，连着做两顿饭，身体也吃不消，只好就做一顿饭。”

“水电费也没多少。”苏大娘接过话说：“屋后有口井，不用交水费。居民用电，电费也没有几个钱。”

老陶感慨道：“你们这是做善事啊！”

桃姐说：“啥善事不善事的，都是街坊邻居的，相互照顾而已。”

五年前，桃姐在家炖汤，中间有些犯困就去睡了，结果汤烧干了，引发了火灾，多亏了邻居左大妈发现了火情，赶在消防员来之前冲进火场把桃姐背出来，否则桃姐就走不出那场火灾了。事后，也是左邻右舍轮流去医院照看她，还帮她整修房子。捡回一条命后，桃姐就想为大家做点什么，后来注意到很多老人因为节省，吃饭总是对付一口，便想着开个饭店。一个人力薄，桃姐找到好闺蜜马婶和苏大娘帮忙。二人觉得这是一件非常有意义的事，一拍即合，“两元饭店”便开起来了。

桃姐边说边打包了几盒饭菜，推出电动车，准备出门。有几位腿脚不方便的老人，距离饭店也有些远，桃姐就坚持每天去送饭。

“送了五年？”

“那倒没有。”桃姐说，“这几位都是别人介绍来的客户。钱大爷和于老师是前年有人告诉我们的，他们脑梗中风了，没人照顾，吃饭难。明阿姨和阿九是去年开始在这里吃饭。”说完，便着急忙慌地骑上电动车走了。

一个人做一件好事很容易，难的是一直做好事，并且已经坚持了五年。老陶被深深折服了，她们为老人提供饭菜，可她们自己也是老人，身体单薄清瘦，头发也已花白，皱纹爬满了脸庞，一双手也是干枯粗糙，她们也是需要被照顾的人，可她们却用瘦弱的肩膀，扛起了照顾别人的重担。

老陶深深地被“两元饭店”吸引了。不仅三姐妹善良，来这里吃饭的老人们也都很善良。每天都有人自发地来帮忙洗菜、备菜，甚至还有帮忙炒菜的。吃完饭，老人们也都自觉地将碗盘刷洗干净，收拾店里卫生。桃姐根本不去看谁付没付钱，但是也没人因此逃账。老陶只见过一位顾客吃饭不付钱，年龄看着也不到九十岁，老陶在心里唾弃了他很久。但过了几天，那位老人掏出一把零钱给桃姐，原来前几天他生病了，钱都用来看病了，身体没劲儿也就没去捡破烂，这几天终于好些了，捡破烂卖了些钱，先把饭钱补上。桃姐推脱不要，老人态度很坚决，都急出了眼泪。桃姐只好说，这些钱就先存在她那里，老人什么时候需要用钱就找她要。

老陶看到这一场景心中很是惭愧，在心里默默地道歉。桃姐她们有好东西都会想着拿到店里和老人们分享，老人们有好东西也都拿来店里给桃姐她们。这种相互的温暖和善良让老陶迫不及待地也想为饭店做些事，但疼痛僵硬的身体干不了活儿，他便买了不少粮油米面。店老板知道他是买给“两元饭店”的，给了很多优惠。桃姐很是感激，邀请老陶晚上过来吃饭。

话梅排骨、紫苏鸭、清炒菜心、腐竹牛肉煲、葱油猪排、薏米山药汤，都是之前聊天时老陶提到过的好吃的。桃姐还拿来了自己家酿的米酒，热情地招呼老陶：“快来，坐，尝尝我家自己酿的米酒。”

马婶说：“看看这些菜合不合胃口，紫苏鸭和葱油猪排是现学的，不知道成功没有？”

苏大娘笑着说：“有肉有酒，都是沾老陶的光啦，要不桃姐都不舍得把她的酒拿出来。”

老陶心里涌起一股暖流，母亲还在的时候，只要自己说想吃什么，哪怕是随口说的，母亲都一定会想方设法地准备好。如今在这异地他乡，居然也有人如此珍重自己，老陶的鼻子不由得开始发酸，他连忙端起一杯米酒一饮而尽：“绵甜醇厚，好酒！”

美食诱人，美酒怡人，四人像久违的老友般欢饮畅谈。老陶说了自己的病，聊到自己独身的原因，又聊到老莫的“老人与海”、花师傅的花园，说了自己“准备找一个地方等死”的“漂流瓶”计划。

桃姐说：“你应该换个说法，叫‘找一个地方开始新生活’。”

苏大娘说：“是啊，照你的说法，人从出生以后结局不就是既定的了吗，谁不是等死呢？结果是一样，过程可以不一样啊。”

马婶说：“可不嘛，就跟这菜一样。结果都是被吃了，但菜与菜不同啊。我这例子好像不太恰当啊，但意思就是这个意思。”

桃姐说：“老陶啊，你看苏大娘，精神头儿好吧？她得过胃癌，胃被切掉了三分之二呢。”

老陶惊讶地看向苏大娘，饭店里平日就数苏大娘风风火火，嗓门最高，老陶还调侃过，说苏大娘天天都在上演“速度与激情”。

苏大娘看老陶一脸惊讶的样子，大笑后说道：“当时医生跟我说，我的存活期只剩五年，结果他也没想到，我这都是第七个年头了，身体倍儿棒，还能喝几口小酒呢。”说着，她端起杯子跟老陶碰了一下，“我要是跟你一样，做完手术找个地方等死，估计人早就没了。”

老陶说：“那你这心态是真好。”

苏大娘说：“得亏这个饭店。人们都说我们是在做善事，是在帮助别人，其实我们也是在帮助自己。以前我们伺候家里人，他们都觉得理所应当，没人念你的好。现在，我给老人们做饭，被他们需要，被他们称赞，我觉得自己特别有价值，生活也更有奔头了。”

桃姐说：“老陶啊，你要走出自己的圈子。你刚才说到的老莫跟年轻人一起聚会，花师傅眼盲心不盲，他们也都是拥抱外面的世界，去热爱生活，去爱周围的人。你啊，也不能太消极封闭了。”

马婶说：“对了，说得没错。我刷小视频时刷到过一句话：‘去勇敢地爱别人，也敞开心怀让别人爱自己’。”

老陶的心一下子就敞亮了。以前他总怕自己是家人的累赘，克制自己不向家人提要求，不让他们照顾自己，努力挣钱给父母买昂贵的礼物，现在想来父母都没有特别开心，反而是他在温州工作时，跟母亲说想吃家里的酱菜了，结果半个月之后父母扛着三个菜坛子从辽宁赶到了温州，他当时很自责，可父母笑得很开心。他有些后悔，如果母亲还在的时候多麻烦她一些，她应该更开心吧。

桃姐见老陶一直沉默着，端起酒杯，说道：“因为花师傅的一句话，咱们就相识了，多奇妙的缘分啊！来，敬我们的缘分，也敬我们自己！”

老陶扶了扶眼镜，重新拾起笑容，端起酒杯，说：“是啊，多有缘分，敬我们的缘分，敬我们自己！”

桃姐问老陶：“接下来你准备去哪儿？”

老陶问桃姐：“你有想去的地方吗？”

桃姐想了想说：“攀枝花吧。你看路边那棵树是木棉花，你要是早来一个月就能看见它开花的时候，红红火火，轰轰烈烈，特别有生命力，我最喜欢了，就是我们这个地方种得少。这花还叫攀枝花，因为花开得高，要折它就要攀高枝。我知道四川有个城市就叫攀枝花，不知道这个城市是否真的有很多攀枝花？”

05

—

攀枝花，这座位于四川省的城市，被誉为花的海洋，四季花开，各具特色。这里也确实有很多木棉树，最大的木棉树在金沙江畔的拉鲊古渡，已有 300 多年的历史。据说这棵古树每年开花时都灿若云霞。现在虽然花期已过，但是老陶仍去参观了这棵树，高大粗壮，亭亭如盖，能想象出花开时它是何等风姿绰约。

酒店老板跟老陶说，酒店后面的小公园里也都是木棉树，花开的时候把周围映得红通通的。老陶便去小公园闲逛，一只不知从哪里钻出来的土黄色的小狗一直跟着他。他走，小狗跟着他走；他坐，小狗跟着他坐。老陶走不快，小狗跟着他的步伐，慢慢走。老陶很是触动，对小狗说："你在这儿等着，我去给你买火腿肠。"他起身走了，小狗没再跟着他。他回头看了几次，小狗都乖乖地蹲在那里。他绕了一圈才找到便利店，买到了火腿肠，他想着过了这么久了，小狗应该早就跑了，可等他回到老地方，小狗仍在原地等着。

老陶高兴极了，他摸着小狗的头说：“真是个通人性的狗啊，你以后就叫宝财吧。”小狗像是听懂了似的，朝他“汪汪”地回应了两声。

老陶小时候就养过一只小黄狗，名字叫宝财。他23岁出事那年，宝财已经18岁，是一条老狗了，那年家里忙着到处给他看病，没人顾得上宝财。还是堂哥说在大坝下面发现一条死去的狗很像宝财，家里人才发现已经好多天没见到宝财了。老陶也想再养一只狗，但狗要每天遛，并且狗一旦撒欢儿跑起来，老陶的身体招架不住。

这只小狗就像是专门为老陶而来的，它跟着老陶的时候从不跑跳，都是慢慢地跟着，只有等老陶坐下，他才欢快地奔跑、跳跃，但只要老陶起身，他就乖乖地跑过来继续跟着。白天的时候，老陶去哪儿它就跟到哪儿。晚上酒店不让宠物进，它就在小公园等着。

这天，老陶在公园跟宝财玩捡瓶子的游戏，他把空矿泉水瓶子扔出去，宝财兴奋地叼回来，来来回回，人和狗都玩得很开心。宝财再一次将瓶子叼回来的时候，瓶子上面贴上了一张宣传单，上面写道攀枝花是康养胜地。老陶看着单子上对攀枝花养老社区的介绍，又看着面前开心地吐着舌头的宝财，伸手摸摸小狗的头，说：“宝财，要不我们留下来吧。”

老陶小时候梦想着要在北京定居，长大后，去了很多繁华的大城市，但都是作为游客匆匆打个照面。上了年纪后，开始恋家，想回老家，可是老家冬天的严寒对老陶来说已经变成了酷刑。攀枝花冬暖夏凉，气候适宜，花多、水果多，物价也比大城市要低，看起来是个不错的选择。“宝财，我们去看看，要是能找到一个喜欢的房子，我们就留下吧。”小狗“汪汪”地叫着，围着他的腿跳起来，似乎也很高兴。

事情就是这么顺利，公园旁边就有中介公司，中介小哥说有一套房子正适合老陶。原本也是一位老人买来准备养老的，房子的装修都是按照老人的生活习惯设计的，但老人的女儿在国外，不放心老人自己一个人住，就把老人接过去了，这套房子装修过后一直没人住，家电齐全而且都是全新的，可租可卖。

房子就在公园的东边，楼下种了一株硕大的三角梅，三角梅沿着楼梯向上攀爬，紫色的花朵几乎铺满了半面墙。房子在四楼，中式装修风格，三居室，有主卧、客卧，还有一间放着棋盘和砚台的书房。客厅采光很好，有一个宽敞的阳台，刚才看见的那棵三角梅已经爬到了阳台边上，花朵的枝枝蔓蔓已经伸了进来。老陶坐在阳台的摇椅上，阳光透过密密叠叠的花瓣洒在脸上，他的心中弥漫起一种满足的喜悦，“就是这里了，我要在这里开始新的生活。”

老陶后来跟他在网上认识的年轻人们说：“人生有无限的可能性，要勇敢地去尝试各种可能性，所有的美好都是不期而遇的，但你不去尝试，你就永远遇不到。比如我，我从来没有想过会在一个西南地区的城市安定下来。”

老陶有了自己的小家，宝财也终于不用再露宿街头。老陶安顿好了，开始整理这次“漂流瓶”之行。他将在木兰湾捡到的漂亮石头和贝壳，粘成了一个大风车模型寄给了堂哥的小孙子，并和孩子说，路已经探过了，等放假就带他去；他把花师傅送的丁香花酱寄给了老莫，告诉老莫，他的家乡有了很大的变化，村卫生所已经变成了一家规模不小的医院；他用镇江带回来的醋做了两罐醋泡花生寄给了花师傅，告诉他丹徒的醋厂很大，离着很远就能闻到很浓的醋糟味儿；他买了三大包干木棉花，又制作了一份木棉花食谱，告诉桃姐她们攀枝花有很多木棉花，邀她春天时来看。

老陶对每个人说，他找到了自己喜欢的地方，他要开始过喜欢的生活。他开始玩无人机、爱上了摄影，每天直播做美食，尽管他的直播间只有四五个观众，但是这也完全不影响他的热情。他每天都和宝财去散步、玩耍，适当锻炼，接受自己的病痛，也享受生命的每一刻。老陶也是从这个时候明白了，每个人都将不可避免地走向生命的终点，但是生活的意义不在于他人，不在于以物质定义的成功，而在于每一段经历，在于每一个活着真好的瞬间。比如，木兰湾老渔夫送的鱼、花师傅冲泡的红茶、桃姐的话梅排骨，还有宝财叼着瓶子冲过来的时候，都让老陶觉得活着真好。

以前老陶去医院做检查都是自己一个人，这次他决定给堂哥打个电话。当年他从大坝往下跳时，堂哥也在一旁给他加油助威，他出事后，堂哥一直很内疚。虽然老陶从来没有责怪过堂哥，但堂哥觉得自己有过失，这些年一直提出要照顾他，都被他拒绝了。他想到马婶说的“去勇敢地爱别人，也敞开心怀让别人爱自己”，他问堂哥如果有空能否来陪他去看医生。堂哥立即答应了，声音里充满了兴奋，细数着要给他带去的东西——酱菜、大饼、木耳、大米。老陶打断他，这些东西哪里都能买到。

堂哥说：“卖的哪能跟自家做的比呢？”停了一下，又说道：“你能让我去，我很高兴。”

“你能来，我也很高兴。”

老陶在书房挂上了一幅字，这幅字是他自己写的，完全没有笔运章法，但他很喜欢，那是普希金的一句诗：“今天我在爱，今天我快活。”

中介小哥知道老陶是自己一个人住，便常来看望他，见老陶过得快乐又充实，羡慕地说：“叔，您这养老生活真不错。”

老陶回应道：“我不是在养老，而是以自己喜欢的方式过自己想要的生活。”

后 记

雕琢岁月，将自己活成一束光

故事讲完了，但故事远没有结束。

本书不仅是对六十岁老人故事的汇集，更是对人生态度的一次深刻反思。在这段旅程中，我们共同见证了经过岁月的积淀，如何找到新的追求与热情，如何让每一个生命都闪耀出独特的光辉。

每一位老人都有着自己独特的经历和故事，他们或多或少都曾经历生活的挑战与磨难，但无论岁月如何掩埋了他们的青春，他们的心中始终燃烧着对生活的热爱以及对梦想的渴望。

他们都是生命的强者，也曾有过犹豫与迷茫，但他们选择了勇敢、坚持与探索，用自己的经历向我们展示了“人老心不老”的真谛；用行动证明了“莫道桑榆晚，为霞尚满天”，年纪不是阻碍人生再次出发的借口，什么时间想要前行都不晚。

在这些故事中，我们不仅看到了老人的奋斗与坚持，更感受到了他们对生活的深刻理解与热爱。每一个选择、每一次尝试，都是对自我的再次发现。他们不仅在追寻梦想的路上绽放光彩，更在无形当中鼓舞着我们每一个人，让我们意识到，人生的每一个阶段都拥有无限的可能。无论外界的眼光如何，我们都应该以一颗开放的心去迎接每一个新的挑战。

年龄的数字只是时间的印记，真正重要的是我们所经历的种种起伏曲折、升腾跌宕；是在经过岁月的洗礼，火焰和海水的侵袭后，依然能追求美好、相信希望、坚持勇敢的最本真、最宝贵的品质；是无论繁星璀璨还是沧浪滚滚，都敢于追求、勇于行动，去努力成为任何我们渴望成为的人。

所以，到了六十岁又如何？六十岁以后的人生又该怎样？

美国作家塞缪尔·厄尔曼年逾古稀时才开始创作，写下了知名散文《青春》，给出了对上述问题最好的回答：

“青春气贯长虹，勇锐盖过怯弱，进取压倒苟安。

如此锐气，二十后生有之，六旬男子则更多见。

年岁有加，并非垂老；理想丢弃，方堕暮年。

岁月悠悠，衰微只及肌肤；热忱抛却，颓废必致灵魂。”

所以，六十岁，让青春再启啊！

山长水远，未来可望。

愿我们鬓如霜、发如雪时，仍能身披星辰，心中炽热，觉得“正青春”！